Jan Tilden

Transplantation. Auf der Liste

Zum Autor: Unter dem Pseudonym Jan Tilden schreibt der Universitätsprofessor Hermann Lindemann Marburg-Krimis, die im medizinischen Milieu und in der Sportszene angesiedelt sind. Der Autor studierte zunächst Philologie mit den Fächern Sport, Latein und Philosophie, später Medizin in Marburg. Er war ca. 35 Jahre lang als Arzt sowie in Forschung und Lehre tätig. Nach seiner Emeritierung wandte sich der Verfasser und Herausgeber mehrerer Sachbücher der Belletristik zu. Er lebt mit seiner Frau in Gießen.

"Der Tod des Pathologen", sein erster Roman, ist aus Sicht des Marburger Medizinstudenten Jochen Haller geschrieben, der aufgrund seiner Sach- und Ortskenntnisse in die Ermittlungen einbezogen wird. In "Sport-Mord", dem zweiten Buch, ist der Protagonist zum Juniorprofessor und Anti-Doping-Experten avanciert, der sich mit seinen Fachkenntnissen in die Ermittlungen einschaltet und dabei selbst in Gefahr gerät. Bei „Der Tod des Schiedsrichters" geht es um einen Fußballschiedsrichter, der nach einem Überfall querschnittsgelähmt auf der Intensivstation eingeliefert wird. Kurz darauf stirbt er. Zunächst spricht alles für Tötung auf Verlangen. Dann tauchen erste Indizien für ein Tötungsdelikt auf.

Zum Buch: Zwei Kasseler Chirurgen sterben bei einem Flugzeugunglück. Ein Internist aus Marburg kommt bei einem Brandanschlag fast ums Leben. Ein Gießener Urologe, Vorsitzender der Hessischen Transplantationskommission, erleidet einen tödlichen Autounfall. Ein Zusammenhang zwischen den Ereignissen erscheint abwegig und Kommissar Rückert ist mit der Leiche im Fermenter einer Biogasanlage beschäftigt. Erst als sich Professor Jochen Haller und Tom Wieland einschalten, kommt Licht ins Dunkel.

Jan Tilden

Transplantation
Auf der Liste

Hachinger Verlagsgesellschaft
Oberhaching bei München

Handlungen und Figuren sind frei erfunden.
Etwaige Ähnlichkeiten mit lebenden Personen
sind rein zufällig und unbeabsichtigt

Bajuwarenring 4, 82041 Oberhaching
Umschlagsgestaltung und Umschlagsillustration:
gdv Graphik-Design Verlagsservice, G. Leibssle, Reutlingen
Druck: buchbücher.de gmbh, Birkach
Printed in Germany
ISBN 978-3-944291-02-4

„Der Mensch ist nur da ganz Mensch, wo er spielt"
(Friedrich Schiller)

Im Gedenken an Alex

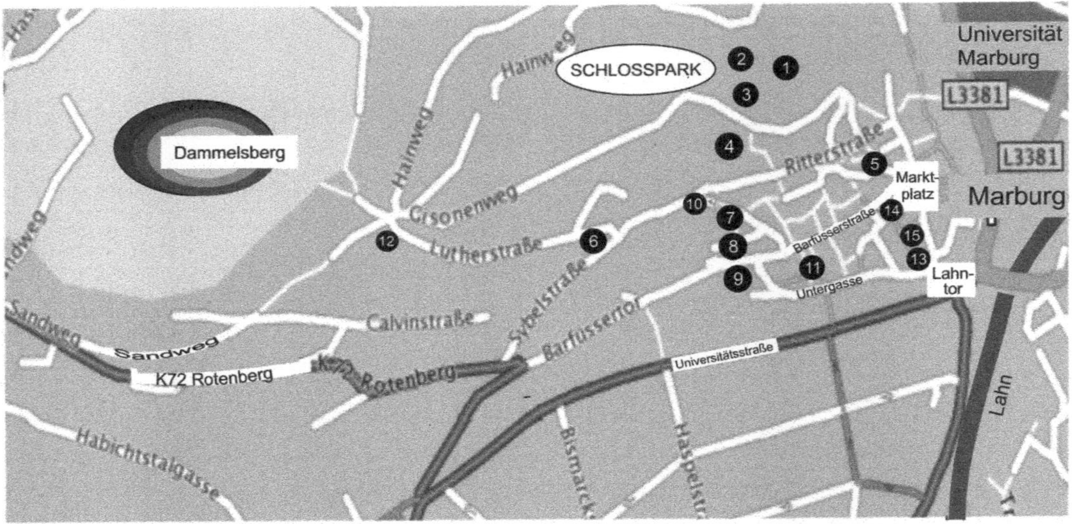

Stadtplan von Marburg mit markanten Punkten, die im Krimi eine wichtige Rolle spielen

1 Landgrafenschloß
2 Hexenturm
3 Collegium Philippinum
4 Duisberghaus
5 Lutherische Pfarrkirche
6 Turnergarten
7 Kugelkirche
8 Kugelhaus
9 IfL
10 Kalbstor
11 Augustiner Treppe
12 AMV Fridericiana
13 Alte Universität
14 Hofstatt
15 Dominikanerpforte

Prolog

Meldung in einer Kasseler Tageszeitung:

Privatmaschine aus Kassel verunglückt – 2 Tote: Trotz guter Sichtverhältnisse verunglückte gestern Nachmittag um 15.35 Uhr ein Kleinflugzeug aus Kassel bei der Landung auf dem Flughafen Marburg-Schönstadt. Beide Insassen kamen ums Leben. Ihre Identität war bei Redaktionsschluss noch nicht restlos geklärt. Nach ersten Informationen könnte es sich um zwei bekannte Mediziner des Stadtklinikums handeln. Wie es zu dem Absturz kommen konnte, ist noch unklar. Man vermutet einen Fehler des Piloten. Experten nahmen die weiteren Ermittlungen auf. Wir werden berichten.

Kapitel 1

Professor Mengelsdorf, der Chefarzt der Thoraxchirurgie am Marburger Universitätsklinikum, hielt die ‚Große Visite' wie immer am Freitag ab, wenn der Wochenbetrieb etwas nachließ. Früher hatte er darauf bestanden, dass diese traditionelle Form der Visite täglich stattfand. Aber die Oberärzte hatten ihren Chef nach langem Hin und Her davon überzeugen können, sich mit einer großen Show pro Woche zu begnügen. Durch die Privatisierung waren die personellen Ressourcen wesentlich knapper geworden. Man konnte es sich nicht mehr leisten, täglich über zwei Stunden das gesamte Personal von der Arbeit abzuhalten.

Die ganze Abteilung war auf den Beinen: von den Oberärzten bis zu den Praktikumsstudenten, von der Oberschwester des Hauses bis zur jüngsten Schwesternschülerin. Mengelsdorf liebte es, als Kopf dieser medizinischen Prozession von Zimmer zu Zimmer zu schreiten, um sich selbst und allen anderen seine Macht zu demonstrieren.

Dass ein Teil seines Gefolges nur auf dem Flur herumstand, weil es nicht mehr in die Krankenzimmer passte und somit gar nicht in den Genuss seiner lichtvollen Ausführungen kam, scherte ihn nicht. Die jungen Leute am Ende des Rattenschwanzes nutzten manchmal die Visite zu einer kleinen Polonaise und machten sich über ihren Chef lustig. Aber das bekam er nicht mit.

Er war gerade dabei, einem schwerhörigen älteren Privatpatienten lautstark klar zu machen, dass seine Herzkranzgefäße so eng waren, dass in nächster Zeit eine Bypass-Operation unvermeidlich sei, da drängte sich seine Sekretärin, eine hübsche Frau Mitte dreißig, an der Schlange der Mitarbeiter vorbei, um ihrem Chef das Mobiltelefon zu überbringen:

„Dringend! Professor Bertram aus Kassel. Das wird dir gefallen", raunte sie ihm zu. Sie hatte schon lange ein Verhältnis mit ihm. Dass er verheiratet war, störte beide nicht. Sie beeindruckte ihn durch ihr gutes Aussehen und ihre Tüchtigkeit, er imponierte ihr durch sein Ansehen und seine Großzügigkeit. Irgendwann würde sie einen Partner fürs Leben finden. So lange war das eine gute Alternative.

Unwirsch schaute er sie an. Er mochte es nicht, wenn er bei der Visite gestört wurde und wenn sie ihn – selbst im Flüsterton – vor allen duzte. Nach außen wollte er auf jeden Fall den Schein wahren, obwohl jeder in seiner Abteilung Bescheid wusste.

Er zog sich mit dem Handy auf den winzigen Balkon vor dem Krankenzimmer zurück, während sein Gefolge ungeduldig wartete. Mengelsdorf dachte nicht daran, seinem ersten Oberarzt auch nur eine Minute lang das Hochgefühl der Wochenvisite zu gönnen, wenn es nicht unbedingt sein musste.

„Hallo Siegbert, was gibt es so Dringendes?"

„Gerhard, entschuldige, dass ich dich bei der Visite störe, aber du musst mir unbedingt aus der Klemme helfen. Wir haben eine Lungentransplantation auf dem OP-Plan und der Kollege aus Hannover, der uns helfen sollte, ist ausgefallen. Könntest du einspringen?"

„Ist nicht gerade mein Spezialgebiet."

„Du hast mir doch erzählt, dass du die Technik beherrschst."

„Sagen wir mal, ich habe schon mit Schweinelungen experimentiert und mich kürzlich in Wien informiert: Einmal habe ich zugesehen und dann mit Assistenz von Professor

Nesswang selbst operiert. Aber bevor ich mich sicher fühle, müsste ich das noch einige Male wiederholen."

„Ach komm schon!" Bertram appellierte an Mengelsdorfs Eitelkeit. „Ich habe dich schon immer bewundert, weil du so schnell lernst. Du siehst einmal zu und kannst es. Lass mich jetzt nicht im Stich. Wir sind in einer absoluten Notsituation. Ich entnehme mit meinem Team einen Lungenlappen von der Mutter, mein Oberarzt den von der Schwester. Du brauchst sie nur einzusetzen, eine einmalige Gelegenheit zum Üben."

Das war nicht das erste Mal, dass der eine dem anderen aus der Patsche half.

„Und was für eine Patient ist das?"

„Eine Mukoviszidose-Patientin, die aus der High-Urgent-Liste für Lungentransplantationen gestrichen wurde, weil es ihr zu schlecht geht. Jetzt spenden die Mutter und die jüngere Schwester jeweils einen Lungenlappen, um ihr zu helfen. Sie sind schon für die Operation vorbereitet, und ausgerechnet jetzt fällt der Hannoveraner Kollege aus."

„Ich dachte, es verschlechtert die Immunitätslage, wenn man zwei Lungenhälften von verschiedenen Spendern nimmt?"

„Stimmt schon, aber wenn wir nichts tun, stirbt die Patientin bald. Die einzige Chance ist in diesem Fall die Lebendspende von Angehörigen. Wenn es klappt, sind wir die Größten!"

„Und wenn nicht?"

„Kann uns keiner einen Vorwurf machen. Wir waren ja in einer Zwangslage."

„Also gut: Wenn das so ist. Ich bin dabei."

„Da fällt mir ein Stein vom Herzen. Ich wusste doch, dass ich mich auf dich verlassen kann. Der Flieger ist schon unterwegs."

Bertram wusste, warum er so viel investierte. Wenn er durch diese Operation berühmt wurde, würde er sich kaum vor lukrativen Patienten aus Saudi-Arabien und Russland retten können. Binnen Kurzem wären sie aus den roten Zahlen heraus. Er träumte davon, eines Tages als Retter des Kasseler Klinikums gefeiert zu werden.

Professor Mengelsdorf instruierte kurz seinen Oberarzt und verließ mit hoch erhobenem Haupt und wehendem Kittel das Krankenzimmer. Das würde auf alle großen Eindruck machen. Er wurde so dringend gebraucht, dass er sogar seine Visite abbrach.

Die Maschine, die ihn nach Kassel bringen sollte, stand schon in Schönstadt bereit, als er mit seinem Mercedes SLK an dem kleinen Flugplatz eintraf.

*

Die Lungentransplantation verlief ohne Komplikationen.

„Na siehst du, Gerhardt. War doch ganz easy. Das wird ein Triumphzug durch die Medien." Bertram war außer sich vor Freude. Seine Sekretärin hatte den Champagner schon kalt gestellt. Sie stießen auf ihren Erfolg an.

„Ja, das ging besser, als ich zu hoffen gewagt hatte."

Im Hotel, in dem Professor Mengelsdorf untergebracht war, gab es ein rauschendes Fest für das ganze OP-Team. Die Feier nach der gelungenen Transplantation ging bis tief in die Nacht. Die Nachsorge war Sache der Intensivstation, die Operateure hatten ihre Schuldigkeit getan.

Zum krönenden Abschluss verschwand Mengelsdorf mit einer OP-Schwester, die ihn schon während der Operation angehimmelt hatte, in seinem Hotelzimmer. Bertram sah keinen Anlass einzuschreiten. Beides waren erwachsene Menschen, und sein Freund hatte sich ein bisschen Spaß verdient.

*

Wenige Stunden nach der Operation traten erste Probleme mit der Sauerstoffversorgung der Patientin auf. Man ging von einer fulminanten Abstoßungsreaktion aus und behandelte mit hoch dosiertem Kortison und anderen Immunsuppressiva. Die Situation ließ sich vorübergehend stabilisieren, so dass man schon glaubte, den Entzündungsprozess zu beherrschen. Aber das war ein Irrtum. Am frühen Morgen trat der Exitus ein. Reanimationsbemühungen blieben erfolglos.

Dann entwickelte sich auch bei Nicoles Mutter eine Lungenentzündung, die gegen die herkömmlichen Antibiotika unempfindlich war. Als der Keim drei Tage später ermittelt wurde, war es zu spät. Sie starb, noch bevor die Umstellung der Chemotherapie greifen konnte.

Nicoles Schwester Christina war von der Infektion ebenfalls betroffen. Sie überwand dank des neuen Antibiotikums und ihrer guten Abwehrkraft die Sepsis und kam mit dem Leben davon.

Erst Wochen später stellte sich bei einer gründlichen Untersuchung durch einen externen Hygieneexperten heraus, dass das Warmwasserreservoir für die Klinik nicht ordnungsgemäß gewartet worden war und sich dort Legionellen angesammelt hatten, gefürchtete Krankheitserreger, die schon in anderen Kliniken Patienten zum Verhängnis geworden waren.

Der Hintergrund war banal, aber eigentlich ungeheuerlich. Professor Bertram hatte darauf gedrungen, dass sein

Transplantationsteam durch einen erfahrenen Oberarzt verstärkt wurde. Dafür war die Stelle eines Hygienebeauftragten, der krankheitsbedingt ausgeschieden war und von Bertram sowieso als überflüssig angesehen wurde, eingespart worden.

Jetzt wurden die Medien aufmerksam und attackierten die Klinikleitung und Professor Bertram scharf. Für viele Patienten und Angehörige kamen die Konsequenzen, die daraus gezogen wurden, zu spät. Von Entschuldigung, Entschädigung oder gar einer Bestrafung der Verantwortlichen war nicht die Rede.

Kapitel 2

Armin Gröger war von Professor Bertram darauf vorbereitet worden, dass der bevorstehende Eingriff bei seiner Tochter Nicole nicht ohne Risiko sei.

Nachdem ihn Professor Bertram persönlich informiert hatte, dass die Transplantation gelungen sei, war er überglücklich und voller Dankbarkeit. Umso größer war dann die Enttäuschung, als ihn einige Stunden später der diensthabende Arzt von der Intensivstation vom Tod seiner Tochter unterrichtete, angeblich als Folge einer massiven Abstoßungsreaktion. Er war wie vor den Kopf geschlagen. Alles war umsonst gewesen.

Und es kam noch schlimmer: Wenige Tage später starb auch seine Frau, wie es hieß, an einer Lungeninfektion. Und auch seine Tochter Christina rang mit dem Tod.

War das die Strafe dafür, dass er gegen das Schicksal ankämpfen wollte? Er konnte doch nicht einfach tatenlos mit ansehen, wie Nicoles Leben verrann! Über ein Jahr hatten sie auf eine neue Lunge gewartet. Dann wurde Nicole – angeblich wegen zu geringer Erfolgsaussichten – von der Hochdringlichkeitsliste der Transplantation gestrichen. Bis zu diesem Zeitpunkt hatte sie vor Lebensfreude gesprüht, obwohl sie zuletzt in allen Lebensbereichen drastische Einschränkungen hatte hinnehmen müssen. Längere Strecken konnte sie nur noch im Rollstuhl bewältigen. Am schlimmsten war für sie die zunehmende soziale Isolierung gewesen. Sie hatte zum Schluss nicht mehr die Kraft, am Schulunterricht teilzunehmen, und musste zu Hause unterrichtet werden. Das war besser als nichts. Aber der Kontakt zu den Schulkameraden fehlte ihr sehr, und die anfänglichen Besuche aus ihrer Schulklasse wurden immer spärlicher. Selbst ihre engste Freundin machte sich rar. So sehnte sie den Tag herbei, an dem sie endlich eine neue Lunge bekam. Es war ein schwerer Schlag für sie, als ihr die Hoffnung auf die Lungentransplantation, auf ein neues Leben, genommen wurde. Resignation machte sich breit. Es war entsetzlich mit anzusehen, wie schnell sie verfiel.

In seiner Verzweiflung versuchte Armin Gröger über inoffizielle Kanäle einen Spender zu finden, der einen Teil seiner Lunge opfern würde. Ein Urologe, Dialyse-Spezialist in Kassel, der wie er Mitglied im Waldauer Schützenverein war, gab ihm die Adresse eines Mittelsmannes, der ihm gelegentlich einen Nierenspender besorgte. Der Preis für einen Lungenlappen war allerdings horrend: fünfzigtausend Euro.

Gröger führte zähe Verhandlungen mit seiner Bank, die ihm einen Kredit gewähren sollte, obwohl sein Haus noch mit einer Hypothek belastet war. Als Standesbeamter bei der Stadt Kassel hatte er ein sicheres Einkommen. Seine Chancen waren nicht schlecht. Aber er würde sein Leben lang an den Schulden zu knacken haben!

Auf einer Veranstaltung einer Selbsthilfeorganisation erfuhr er, dass in den USA und Japan schon mehrfach erfolgreich Lungentransplantationen mit den Lungenteilen von Familienmitgliedern durchgeführt worden waren. Das schien der rettende Strohhalm zu sein, nach dem sie gesucht hatten. Gröger und seine Frau waren sofort bereit, jeweils einen Teil ihrer Lunge für ihre Tochter zu opfern. Sie ließen sich bei Professor Bertram einen Termin geben, von dem sie gehört hatten, dass er in den USA gewesen war und nun in Kooperation mit Hannoveraner Kollegen solche Lungentransplantationen auch in Kassel durchführen wollte. Zu ihrer großen Freude war Professor Bertram sofort bereit, ihnen zu helfen. Das Risiko für die Spender tat er als minimal ab. Die Kosten für den Eingriff würde die Krankenkasse übernehmen.

Bei den Voruntersuchungen stellte sich heraus, dass Armin Gröger selbst als Spender nicht geeignet war. Allerdings kam seine zweite Tochter, Christina, in Frage, die zum Glück gesund war. Christina war nicht gerade begeistert, als sie hörte, dass von ihr erwartet wurde, dass sie einen Teil ihrer Lunge opfern sollte. Sie war eine gute Leichtathletin und würde mit der Restlunge bei Ausdauerbelastungen nie wieder die alte Leistung erreichen. Natürlich wollte sie ihre Schwester nicht einfach sterben lassen. Sie willigte schließlich ein, zumal sie mit dem Versprechen geködert wurde, dass sie sich danach ihren Traum erfüllen und ihr Studium in München fortsetzen durfte. Zum Glück war Nicole so schmächtig, dass der Chirurg Christina zugesichert hatte, er werde nur den Oberlappen der rechten Lunge entnehmen.

Nach dem Tod Nicoles und seiner Frau bleib Gröger keine Zeit zu trauern. Christina, die ebenfalls infiziert war, brauchte jede Unterstützung und beanspruchte seine ganze Kraft. Er musste damit rechnen, dass auch sie die Infektion nicht überstehen würde. Aber sie kämpfte sich durch, nachdem das Antibiotikum zu wirken begonnen hatte.

Erst als Christina das Schlimmste überstanden hatte und zur Reha in Bad Wildungen war, gab Gröger seiner Trauer nach. Seinen Beruf als Standesbeamter wollte und konnte er nicht mehr ausüben. Zu schmerzlich war die Erinnerung an die schönste Zeit aus seinem eigenen Leben, wenn sich ein junges Paar in seiner Gegenwart das Jawort gab. Auch zu einer anderen Tätigkeit in der Stadtverwaltung konnte er sich vorläufig nicht aufraffen. Er ließ sich beurlauben.

Auf Anraten seiner Freunde nahm er eine psychotherapeutische Betreuung in Anspruch, obwohl sie vom Kostenträger nicht finanziert wurde, weil Trauer nicht als Krankheit angesehen wurde. Aber das brachte ihn nicht wirklich weiter. Er dachte oft an Selbstmord. Nur die Sorge um seine Jüngste hielt ihn davon ab.

Dann sickerten die ersten Gerüchte durch, dass die Klinik es mit den hygienischen Vorgaben nicht so streng genommen hatte und das Geld für einen Hygienebeauftragten eingespart hatte. Aber erst ein zweiter Bericht, der auf gehäufte bakterielle Verunreinigungen und Blutvergiftungen in der Klinik in letzter Zeit hinwies und die unverantwortliche Personalpolitik anprangerte, rüttelte ihn wach. Alles war darauf ausgerichtet gewesen, ein Transplantationsteam für Professor Bertram auf die Beine zu stellen, koste es, was es wolle. Denn mittelfristig würde das ganze Klinikum davon profitieren.

Gröger wurde mit einem Mal klar, dass Nicole und seine Frau Opfer der Geltungssucht Bertrams und des Profitdenkens des Klinikumsvorstandes geworden waren. Seine Trauer wich einer zunehmenden Verbitterung.

Mit Empörung verfolgte er die Medienberichte über die vorübergehende Stornierung der Operationen. Die Auflagen der Hygienekommission wurden erörtert, kostenaufwändige Investitionen in den neuen OP-Trakt wurden detailliert beschrieben. An die betroffenen Patienten wurde kein Gedanke mehr verschwendet.

Zu allem Überfluss hörte Gröger im Radio zufällig einen Bericht, dass in Marburg eine erste Lungentransplantation vorgenommen worden war, die dank der Hilfe des Kasseler Professors Bertram und seines Oberarztes, Doktor Fischer, erfolgreich verlaufen sei.

Das war ja ungeheuerlich! Professor Bertram operierte einfach an anderer Stelle weiter. Niemand schien ihn zur Rechenschaft ziehen zu wollen. Er selbst schien sich auch keiner Schuld bewusst zu sein. Bei nächster Gelegenheit würde er wieder Unheil anrichten und eine andere Familie zerstören. Das durfte nicht sein!

Kapitel 3

Professor Bertram und sein Oberarzt starteten voller Vorfreude mit Bertrams kleiner Privatmaschine nach Marburg. Sie waren die Stars eines kleinen Symposiums über Lungentransplantation und würden entsprechend hofiert werden.

Bei wunderschönem Wetter war der Flug völlig problemlos, so dass sie Gelegenheit hatten, Zukunftspläne zu schmieden. Sie rechneten damit, dass ihre Klinik in spätestens drei Monaten wieder den normalen Betrieb aufnehmen konnte. Sicherheitshalber würden sie in Kassel auf Transplantationen vorerst verzichten, bis Gras über die unrühmliche Vergangenheit gewachsen war. Es war riesiges Pech gewesen, dass ihnen damals diese Mukoviszidose-Patientin und ihre Mutter trotz gelungener Operationen gestorben waren. Aber so etwas konnte jedem passieren. Früher war man ja auch ohne diese übertriebenen Hygiene-Maßnahmen ausgekommen.

Zum Glück war auf Bertrams Freund und Kollegen Gerhard Mengelsdorf in Marburg Verlass gewesen. Der hatte innerhalb weniger Wochen die Voraussetzungen dafür geschaffen, dass mit einem Teil des Kasseler Teams die Transplantationen an seiner Klinik fortgesetzt werden konnten. Die erste Operation war gut verlaufen. Der Patient, er hatte eine angeborene Lungenverhärtung, war kürzlich der Presse vorgestellt worden, und als die Mitwirkung des renommierten Chirurgen Bertram lobend Erwähnung fand, hatte es keinerlei Proteste gegeben.

Professor Bertram hatte mit Unterstützung seines Kopiloten die Vorbereitungen zur Landung abgeschlossen. In Gedanken waren sie schon im Hörsaal des Lahnklinikums.

In zwanzig Metern Höhe traf plötzlich ein greller grüner Blitz seine Augen, so dass er nichts mehr sehen konnte. Er versuchte noch durchzustarten, um wieder Höhe zu gewinnen und abzuwarten, bis die Blendwirkung nachließ, aber es war zu spät. Die Maschine ließ sich nicht mehr abfangen. Sie prallte hart auf dem Boden auf und fing Feuer. Jede Hilfe kam für die Insassen zu spät.

*

Armin Gröger nahm die kurze Zeitungsnotiz über den Tod der Chirurgen mit tiefer Genugtuung zur Kenntnis. Die angekündigten Ermittlungen würden erfahrungsgemäß noch mehrere Monate in Anspruch nehmen.

Er überlegte, wie wahrscheinlich es war, dass man ihm auf die Schliche kam, und ging noch einmal alle Punkte sorgfältig durch:

Die Vorbereitungen hatten mehrere Wochen gedauert. Angeregt von der nächtlichen Laserschau in der Karlsaue, ein Relikt der documenta 6, das sich in Kassel großer Beliebtheit erfreute, hatte er sich im Internet einen leistungsstarken grünen Laserpointer bestellt und die Blendwirkung mit Hilfe eines Spiegels trotz der Warnung auf dem Etikett des Gerätes an sich selbst ausprobiert. Das war wirklich ein überzeugender Effekt. Seine Augen waren mehrere Sekunden geblendet, obwohl er den kleinen Druckknopf, der den Laserstrahl auslöste, nur einen kurzen Moment betätigt hatte.

Sicherheitshalber hatte er für diese Aktion sein Aussehen verändert. Sein normalerweise braunes Haar hatte er schwarz gefärbt. Die Augenpartie war durch eine blau getönte Brille verfremdet. Die Oberlippe zierte ein Magnum-Schnauzbart, den er sich angeklebt hatte. Selbst gute Bekannte, denen er in Kassel in dieser Maskerade begegnete, erkannten ihn nicht und gingen achtlos an ihm vorüber.

Etwas schwieriger war es gewesen, Einblick in Professor Bertrams Lebensgewohnheiten und Pläne zu erhalten. Es war ihm entgegen gekommen, dass Bertrams frühere Sekretärin sich – entnervt von den ständigen Anrufen wegen des Hygiene-Skandals – auf eine andere Stelle hatte versetzen lassen. Er gab sich bei ihrer unerfahrenen Nachfolgerin als Herzchirurg aus Rotenburg an der Fulda aus, der bei nächster Gelegenheit bei einer Lungentransplantation hospitieren wolle. Von ihr erfuhr er, dass zwar in nächster Zeit kein derartiger Eingriff anstand, dass Professor Bertram zusammen mit seinem Oberarzt aber zu einem Symposium über Transplantationen nach Marburg eingeladen sei. Stolz wies sie darauf hin, dass Bertram mit seiner kleinen Privatmaschine selbst nach Schönstadt fliegen werde, wo sie von Professor Mengelsdorf persönlich abgeholt würden.

Von Zeitgewinn konnte da sicher nicht die Rede sein. Aber den berühmten Chirurgen war natürlich nicht zuzumuten, dass sie wie Hinz und Kunz mit dem Zug oder dem Pkw nach Marburg fuhren.

Ursprünglich wollte Gröger den Anschlag beim Start in Kassel-Calden durchführen. Aber er war als Standesbeamter zu vielen Leuten bekannt. Selbst wenn er sich verkleidete, würde man ihn unter Umständen an seiner auffällig sonoren und tiefen Stimme und seinen Bewegungen erkennen. Damit der Verdacht nicht auf ihn fiele, würde er sein Vorhaben auf dem kleinen Flugplatz von Schönstadt vor den Toren Marburgs in die Tat umsetzen.

Er stattete dem Flugplatz einen kurzen Besuch ab, um sich die Örtlichkeiten anzusehen. Jetzt musste er nur noch in Erfahrung bringen, wann Bertrams Start in Kassel-Calden geplant war, so dass er sich in Schönstadt rechtzeitig auf die

Lauer legen konnte. Er gab sich als Assistent von Professor Mengelsdorf aus, der die Gäste am Flugplatz Schönstadt abholen solle, und erhielt diese Auskunft ohne Probleme.

*

Nach dem Gelingen des Anschlags war Grögers Mission eigentlich erfüllt. Die Schuldigen waren bestraft.

Seine Tochter Christina hatte sich so weit erholt, dass sie inzwischen ihr Studium in München begonnen hatte. Die Distanz zwischen seiner Tochter und ihm hatte nicht nur räumlich zugenommen. Sie würde ihm ihr Leben lang vorwerfen, dass er sie überredet hatte, einen Teil ihrer Lunge für ihre Schwester zu opfern, und sich in Lebensgefahr zu begeben.

Die Energie, die Gröger in den vergangenen Wochen gespürt hatte, war nach dem Gelingen des Anschlags wie weggefegt. Er fühlte sich schlapp und ausgelaugt. Die depressive Stimmung nahm wieder überhand. Erste Gedanken an Selbstmord kamen in ihm hoch.

Das änderte sich schlagartig, als er tags darauf den Nachruf auf Bertram und seinen Oberarzt in der Zeitung las: Die Würdigung des überragenden chirurgischen Geschicks der Verunglückten und ihrer wissenschaftlichen Verdienste war eine einzige Lobhudelei. Bertrams Versäumnis, für eine angemessene hygienische Überwachung in seiner Klinik zu sorgen, wurde übergangen – nach dem lateinischen Motto ‚De mortuis nil nisi bene', über Tote nur gut zu reden. Der Berichterstatter war bemüht, den Hygieneskandal herunterzuspielen. Patienten, die Schaden erlitten hatten, wurden gar nicht erwähnt. Das ließ Grögers Wut zwar wieder aufflackern, aber was konnte man dagegen unternehmen? Nichts.

Es folgte noch ein Abgesang, den er zuerst nur überflog. Dann fiel ihm der monströse Begriff ‚Transplantationskommission' ins Auge. Er wurde wieder aufmerksamer und las den Absatz noch einmal konzentriert durch.

Darin ging es um die besonderen Verdienste Bertrams bei der Initiierung der Hessischen Transplantationskommission, der er als Gründungsmitglied angehörte. Das war offenbar ein Gremium, das dafür sorgte, dass die Richtlinien von Eurotransplant in Hessen umgesetzt wurden. Natürlich gehörte auch sein Spezi Professor Mengelsdorf, der Marburger Chirurg, dazu, der an der Lungentransplantation bei Nicole beteiligt gewesen war. Vorsitzender der Kommission war ein Urologe aus Gießen, ein Professor Leinweg. Daneben wurden weitere Ärzte genannt, die überwiegend aus Mittel- und Südhessen stammten.

Gröger sah nun alles in einem neuen Licht. Letzten Endes trugen diese hoch gelobten Ärzte die Verantwortung dafür, dass Nicole seinerzeit von einem auf den anderen Tag von der Transplantationsliste gestrichen worden war. Sie waren in seinen Augen die eigentlich Schuldigen am Unglück seiner Familie. Er konnte sie nicht einfach so davonkommen lassen.

Sein Elan war plötzlich wieder da. Aber es war ihm auch klar, dass er sein Vorhaben nicht allein bewältigen konnte. Er war auf weitere Informationen und tatkräftige Unterstützung angewiesen, die er sich von anderen Betroffenen erhoffte. Die nächste größere Mukoviszidose-Ambulanz in Hessen gab es in Marburg. Da gab es mit Sicherheit Patienten, die mit den gleichen Problemen zu kämpfen hatten wie Nicole. Vielleicht fand er da Gesinnungsgenossen. Außerdem würde es ihm gut tun, Kassel zu verlassen. Jeder Schritt hier erinnerte ihn schmerzlich an seine verstorbene Frau und Nicole.

Grögers Entschluss stand fest. Er würde nach Marburg umziehen.

Das Haus konnte er Christina übertragen, die damit eine sichere finanzielle Basis für die Zukunft hatte. Er löste seine Konten in Kassel auf, regelte die notwendigen Dinge und kaufte einen gebrauchten Pickup, den er bar bezahlte. Er verstaute die wertvolleren Sachen in der fest auf der Pritsche montierten großen Stahlkiste hinter dem Fahrerhaus, packte alles andere, was er für brauchbar hielt, auf die Ladefläche, zurrte die Abdeckplane fest und startete Richtung Marburg.

Kapitel 4

Es war ein lauer Oktoberabend, als Walter Ploch einen Erkundungsgang in seiner neuen Wahlheimat unternahm. Unbekümmerte Studenten bevölkerten die Straßen in der Oberstadt und saßen beim Abendessen oder einem Bierchen in der Barfüßerstraße und der Wettergasse, die zur Fußgängerzone gehörten und gewissermaßen zu einem lang gestreckten Biergarten umfunktioniert waren, der sich am Marktplatz verbreiterte.

In Kassel gab es zwar auch Studenten, aber sie prägten nicht das Bild der Stadt wie hier in Marburg. Er spürte, wie gut ihm die neue Umgebung tat. Man konnte sich fast selbst als Student fühlen.

Überall stieß er auf Motive, die an Grimms Märchen erinnerten: ‚Sterntaler', ‚Das tapfere Schneiderlein', ‚Schneewittchen', ‚Aschenputtel', ‚Der Wolf und die sieben Geißlein'. Er erinnerte sich, dass die Brüder Grimm eine Zeit lang in Marburg studiert hatten, wenn auch ohne große Begeisterung.

Auch in Kassel gab es ein Schloss und zahlreiche Spuren der Brüder Grimm. Trotz seines Kummers hatte er mitbekommen, dass die Vorbereitungen für das Grimm-Jahr anlässlich des 150. Todestages von Jacob und Ludwig Grimm und die Diskussion um ein neues, aufwändiges Grimm-Museum im Gange waren.

Marburg war eine andere Welt, und doch war es tröstlich zu wissen, dass die Verbindungen zu seiner Heimatstadt nicht ganz abgebrochen waren.

Als Unterkunft hatte er das ‚Hesse-Stübche' ausgewählt. Das war eine der wenigen alt eingesessenen Gaststätten Marburgs, Hotelbetrieb inklusive, die noch in deutscher

Hand waren. Hier hatte er sich bei seinen gelegentlichen Besuchen in Marburg immer wohl gefühlt. Das Abendessen nahm er in der urigen Schankstube ein. Die Gäste unterhielten sich zwanglos untereinander und bezogen auch den Wirt in ihr Gespräch ein. Das hatte er in Kassel nie so erlebt.

Eine Familie erkundigte sich bei dem Wirt, dem auch einige Immobilien in Marburg gehörten, nach einer behindertengerechten Wohnung für ihren Sohn, der von Geburt an gelähmt war und nun mit dem Studium beginnen wollte.

„Da bin ich leider nicht der richtige Ansprechpartner", gestand der Wirt. „Aber ich kann Ihnen das Konrad-Biesalski-Haus in der Sybelstraße, gar nicht weit von hier, empfehlen. Mein Hausmeister hilft da gerade mit aus, weil sein Amtskollege schwer erkrankt ist und das Studentenwerk auf die Schnelle niemanden gefunden hat, der einspringen könnte. Lange kann er das nicht machen. Er hat bei mir genug zu tun. Ich habe außer dem Hotel über fünfzig Studentenwohnungen und Appartements, die betreut werden müssen."

Am Nebentisch hatte sich ein Marburger Stammtisch versammelt. Die Mitglieder beklagten das Überhandnehmen der Tauben, die überall ihren Dreck hinterließen, und den nächtlichen Lärm, der durch die weitgehende Aufhebung der Sperrstunde den Anwohnern in der Oberstadt das Leben schwermachte. Selbst Studenten zögen aus der Oberstadt weg, weil sie Ruhe zum Lernen und ihren Schlaf brauchten, damit sie ausgeruht zu ihren Testaten und Prüfungen gehen konnten.

„Und jetzt überlegen die Marburger Stadtväter allen Ernstes, ob sie die Millionenspende eines Unternehmers für einen Schrägaufzug von der Oberstadt zum Schloss verwenden sollten, um noch mehr Touristen nach Marburg und aufs Schloss zu locken. Dabei ist die Stadt noch nicht einmal in der Lage, den Oberstadtaufzug sauber zu halten", jammerte eine alte Dame. „Alles voll Staub und Dreck. Neulich hat einer sogar in die Ecke gekotzt. Das Erbrochene war drei Tage später immer noch da."

„Sie haben Recht. Die Marburger Kernstadt ist jetzt schon eine hemmungslose Partymeile geworden", schloss sich der Wortführer, ein weißhaariger älterer Herr in Anzug und Schlips, ihrer Klage an. Er hatte sich im Zuge eines besonderen Projekts in den achtziger Jahren ein Haus am Schuhmarkt gebaut und war nun von der nachlassenden Wohnqualität direkt betroffen. Er regte an, eine Interessengemeinschaft zu gründen, die dafür sorgen sollte, dass dieser Entwicklung entgegengesteuert würde.

Von einem anderen Tisch schnappte Ploch noch eine Diskussion darüber auf, warum die Marburger Brauerei aufgegeben hatte. Angeblich hatte es an einer Unterstützung durch die Stadt Marburg gefehlt, die bei Festlichkeiten auswärtigen Brauereien den Vorzug gab. Auch würden andere unsinnige Ausgaben getätigt, obwohl es an allen Ecken und Enden an Geld mangele.

Ploch ertappte sich dabei, wie er automatisch Anteil nahm und die Argumente dieser außerparlamentarischen Opposition größtenteils nachvollziehen konnte. Eine gute Voraussetzung, wenn er künftig Marburger Bürger sein wollte! Morgen würde er sich beim Studentenwerk Marburg wegen der Hausmeister-Stelle erkundigen.

Zum ersten Mal nach langer Zeit schlief Ploch fest und gut.

Kapitel 5

Udo Teichmann machte am frühen Montagmorgen seinen morgendlichen Rundgang über den Hof, um nach dem Rechten zu sehen. Voller Stolz kontrollierte er die einzelnen Stationen der Biogasanlage, die seit einigen Monaten in Betrieb war und in der ganzen Umgebung Furore machte.

Als er am Herzstück der Anlage, dem Gärbehälter, vorbeikam, sah er etwas Längliches in der zähen Masse treiben. Er dachte erst an eine Schaufensterpuppe oder Vogelscheuche. Aber als er genauer hinschaute, erkannte er, dass es ein Mensch war. Der vom Morast überzogene quadratische Schädel passte zu Boris Ezatow, der seit einigen Monaten bei ihm arbeitete. Boris war ein Russlanddeutscher, der kaum ein Wort Deutsch sprach. Er hatte immer noch Heimweh, das er – vor allem abends und am Wochenende – mit Wodka betäubte. Mit den Menschen auf dem Hof hatte er wenig Kontakt, aber mit den Tieren kam er sehr gut zurecht, und auch von der Landwirtschaft verstand er was. Das war für Teichmann der Grund, weshalb er ihn nach der Probezeit behalten hatte. Und als billige Arbeitskraft war er natürlich auch willkommen.

Wahrscheinlich hatte Boris bei einem Gang durch die Anlage irgendetwas gehört und nach dem Rechten sehen wollen. Dabei hatte er wohl im Suff das Gleichgewicht verloren. Kein schöner Tod. Man konnte nur hoffen, dass er – gut alkoholisiert – nicht viel davon mitgekriegt hatte.

Jetzt hatten die Gase im Fermenter die Leiche nach oben getrieben. Teichmanns Schrecken hielt sich in Grenzen. Er hatte im Laufe seiner Tätigkeit bei der Freiwilligen Feuerwehr schon viele Tote gesehen, die schlimmer ausgesehen hatten. Obwohl er sicher war, dass hier jede Hilfe zu spät kam, holte er ein paar Leute zusammen, die den schweren Körper bargen.

Teichmanns Frau rief den Hausarzt an, der sie schon seit ihrer Geburt kannte.

„Hättest du Zeit, mal rüber zukommen, um einen Totenschein auszustellen, Heiner?“ Doktor Kühling erkannte Gitta sofort an ihrer durchdringenden Stimme, die ihm schon bei ihrem ersten Schrei nach der Geburt aufgefallen war.

„Worum geht's denn, Gitta?“

„Boris, einer unserer Arbeiter, ist im Fermenter umgekommen. Wahrscheinlich hat er das Gleichgewicht verloren, als er über den Laufsteg am Fermenter gegangen ist. Er trinkt ziemlich viel.“

Zehn Minuten später war er vor Ort.

Heiner Kühling war längst über siebzig und suchte schon einige Zeit nach einem Nachfolger. Aber wer wollte heutzutage schon Landarzt werden? Er würde einfach so lange weiterarbeiten, wie er konnte. Trotz aller Belastungen machte ihm sein Beruf immer noch mehr Spaß als Ärger. Er wurde gebraucht, und wer konnte das in seinem Alter noch von sich sagen: Die meisten waren damit ausgelastet, die Enkel zu hüten und sich der eigenen Kinder zu erwehren, die auf ihr Erbe erpicht waren. Das war nichts für ihn.

Kühling hatte sich wohlweislich Gummistiefel angezogen. Man hatte die Leiche auf einer Plane neben dem Gärbehälter abgelegt. Für Laien bot sie einen grausigen Anblick, aber Kühling konnte nichts mehr erschüttern.

„Man muss das ja nicht gleich an die große Glocke hängen. Für die Gegner der Biogasanlage ist das ein gefundenes Fressen. Denen wäre es am liebsten, mein Betrieb würde sofort still gelegt“, versuchte Teichmann ihn zu beschwatzen.

Kühling ließ sich davon nicht beirren.

„Holt mir einer mal einen Eimer Wasser?", bat er, während er Einmalhandschuhe aus latexfreiem Material über die Finger stülpte. Er leerte den Eimer über Kopf und Brust des Toten und untersuchte ihn kurz.

„Noch einen bitte. – Du scheinst Recht zu haben. Auf den ersten Blick ist nichts Besonderes zu erkennen", machte er Teichmann Mut.

Aber als Kühling die Leiche auf den Bauch gedreht und die Rückenpartie mit dem Inhalt des zweiten Eimers freigespült hatte, fiel ihm ein feiner, schmutzig umrandeter Riss von etwa zweieinhalb Zentimetern Länge im Hemd des Toten auf. So etwas konnte in der Arbeitskleidung schon mal vorkommen. Kühling schob das Hemd nach oben, säuberte die Haut mit einem Zipfel des wasserdurchtränkten Unterhemdes und – brach gleich darauf die Untersuchung ab. Am Rücken war seitlich unterhalb des Schulterblattes ein tiefer Schnitt oder Stich zu erkennen, so ganz sicher war er sich nicht.

Er wandte sich an Bert Teichmann. „Du siehst ja selbst. Das war kein Unfall. Da hat jemand kräftig nachgeholfen und den Toten dann im Fermenter entsorgt. Das kann ich nicht einfach unter den Teppich kehren. Da gibt es klare Richtlinien. Holst du die Polizei? Ich rufe in der Rechtsmedizin in Gießen an. Die kennen mich. Bei Doktor Arnulf habe ich im Sommer vergangenen Jahres eine Fortbildungsveranstaltung mitgemacht. Hoffentlich erreiche ich ihn noch, bevor er das Institut verlässt."

*

Als die Polizei eintraf, hatte sich der Rechtsmediziner schon einen ersten Eindruck verschafft. Kriminalhauptkommissar Rückert, der mit ihm auf vertrautem Fuß stand, wunderte sich: „Das gibt es doch nicht. Ich kann mich nicht erinnern, dass du schon einmal vor uns da warst, Max? Du hattest doch noch die Fahrt von Gießen hierher zu bewältigen."

„Doktor Kühling hier und ich kennen uns persönlich von einer Fortbildung. Er hat mich gerade noch erwischt, als ich in den Ulenspiegel zu einem Jazz-Abend wollte. Er hat gleich erkannt, dass das kein Unfall war. Viele andere Kollegen hätten das übersehen. Bei dem Gärschlamm hier wäre das verständlich gewesen." Er zeigte auf die Anlage um den Fermenter herum. „Sehr imponierend. So was habe ich vorher noch nicht gesehen."

„Ich auch nicht. Ich hatte schon immer mal vor, hier vorbeizuschauen. Schließlich sind derartige Anlagen wesentlicher Bestandteil unserer künftigen Energieversorgung, seit sich unsere Bundeskanzlerin von der Atomkraft losgesagt hat."

„Und wie soll das funktionieren?", fragte Arnulf skeptisch.

„Ich hoffe, ich gebe das richtig wieder. Olli Berner, der sich mit so was auskennt, hat mir das mal erklärt: Das Prinzip ist einfach: Das Vieh produziert Mist und Gülle, die zusammen mit Maispflanzen den Rohstoff liefern. Daraus wird durch einen Gärungsprozess Energie gewonnen, die in Wärme umgesetzt wird. Damit können dann die Haushalte in der näheren Umgebung versorgt werden."

Rückert kam gleich wieder auf den unerfreulichen Anlass ihrer Begegnung zurück: „Kannst du mir schon etwas zum Todeszeitpunkt sagen?"

„Ja, natürlich. Das ist das Gute, wenn ich so früh da bin. Niemand stört mich bei der Arbeit. So was passiert mir selten." Er grinste Rückert provozierend an. „Also, wenn man die Temperatur im Gärbehälter berücksichtigt, ist er wahrscheinlich am Freitagabend umgebracht worden."

„Scheiße, das ist ja schon zweieinhalb Tage her. Das erschwert unsere Ermittlungen erheblich."

„Ja, ich kann's nicht ändern. Aber zum Trost kann ich dir noch etwas zur Tatwaffe sagen."

„Ich bin gespannt."

„Ein zweischneidiges Messer oder Dolch. Der Täter hat von hinten das Herz getroffen. Wo genau, muss die Obduktion ergeben. Da war ein Experte am Werk, der seiner Sache sehr sicher war. Sonst gäbe es einen zweiten Einstich."

„Habt ihr die Tatwaffe?"

„Nein, bisher noch nicht. Wenn der Täter sie nicht mitgenommen hat, liegt sie bestimmt im Fermenter."

„Das gäbe ja einen riesigen Aufwand. Ich muss gleich mal mit dem Betreiber der Anlage reden."

Udo Teichmann war alles andere als begeistert, als Rückert ihm eröffnete, dass man unter Umständen den Betrieb der Anlage unterbrechen müsste.

„Im schlimmsten Fall müsste der Fermenter sogar geleert werden", sagte er entschieden.

„Das wäre wirklich eine Katastrophe für uns und gäbe eine Mordsschweinerei."

„Ich hoffe auch, dass wir Ihnen das ersparen können. Vielleicht haben wir Glück und finden rechtzeitig den Täter oder zumindest Hinweise auf ihn. Eventuell können wir auch mit einem Metalldetektor die Waffe orten. Dann würde sich der Aufwand der Bergung in Grenzen halten."

Philipp Körner von der Spurensicherung trat hinzu:

„Wir haben auf dem Hof an Stellen, wo er nicht geteert ist, jede Menge Fußspuren entdeckt. Das gibt eine Heidenarbeit, wenn wir die allen hier Beschäftigten zuordnen müssen."

Teichmann ergänzte: „Nicht nur denen. Eine besondere Attraktion ist das Maislabyrinth ganz in der Nähe. Damit locken wir viele Besucher an. Viele von ihnen entdecken dann die Biogasanlage und sehen sich überall um, weil sie sich für unsere Arbeit interessieren."

„Na dann: Prost Mahlzeit." Philipp Körner war alles andere als erfreut.

„Hilft alles nichts." Rückert kannte kein Pardon. „Da müsst ihr durch. Notfalls müssen wir Hilfe anfordern."

„Lass uns noch ein bisschen Zeit. Der Hof ist ja groß. Vielleicht finden wir noch konkrete andere Spuren."

„Also gut. Sag mir, wenn ihr so weit seid."

Rückert wandte sich an Teichmann: „Kannten Sie den Toten näher?"

„Mein Freund, der Küster von Wehrshausen, hat ihn mir vermittelt. Er betreut hier die Russlanddeutschen. Ich selbst weiß so gut wie nichts über Boris. Nur, dass er seine Arbeit zuverlässig gemacht hat und ein Händchen für Tiere hatte. Vielleicht kann Ihnen der Werner Jobst mehr sagen."

„Und wie ist Boris mit den anderen Arbeitern zurecht gekommen? Hatte er vielleicht Zoff mit ihnen?"

„Kann ich nicht so gut beurteilen", gestand Teichmann.

„Aber ich", schaltete sich seine Frau ein, die aufmerksam zugehört hatte. Sie machte einen sehr energischen Eindruck. „Mein Mann kümmert sich mehr um die technischen Belange des Betriebs. Ich habe besseren Kontakt zum Personal. Boris war hier Außenseiter, weil er wenig Deutsch verstand und immer für sich blieb, fast als würde er jedem misstrauen. Die anderen Mitarbeiter haben ihm immer mal einen Streich gespielt, um ihn aus der Reserve zu locken. Aber neulich muss etwas Besonderes passiert sein: Boris wäre beim Verladen der Heuballen fast überrollt worden, und da waren sie richtig erschrocken, keine Spur von Schadenfreude. Als ich nachgefragt habe, wie das passieren konnte, wussten sie keine rechte Erklärung. Irgendjemand wollte ihm wohl ans Leder."

„Heuballen? Das hört sich ja nicht gerade gefährlich an", meinte Rückert.

„Da täuschen Sie sich aber gewaltig. Das ist nicht mit einer Gabel voll Heu zu vergleichen, wie Sie das vielleicht von früher her kennen: Das Heu wird maschinell eng gepresst, zu großen Ballen aufgerollt und in Folie eingewickelt, damit es raumsparend gelagert werden kann. Sie haben einen Durchmesser von zwei Metern und wiegen zwei Zentner. Wenn die in Bewegung geraten, ist das nicht ungefährlich. Die walzen alles nieder. Es hat sogar schon tödliche Unfälle gegeben."

Rückert bedauerte, dass sein Freund und Kollege Olli Berner nicht da war. Der kannte sich in landwirtschaftlichen Dingen gut aus.

"Und wer könnte es auf ihn abgesehen haben?"

„Keine Ahnung. Unseren Leuten traue ich das jedenfalls nicht zu."

Kapitel 6

Zwei Stunden später erstattete Körner seinem Chef Bericht über die Fortschritte bei der Arbeit der Spusi:

„Vielleicht bleibt uns die ganz große Suchaktion doch erspart. In der Scheune, gleich hinter dem Tor haben wir einen hoch interessanten Fund gemacht. Da gibt es einen kleinen angekokelten Strohhaufen, so, als hätte jemand versucht, ein Feuer anzuzünden. Es kann aber nur kurz gebrannt haben. Entweder war es ein Versehen, oder jemand ist dazugekommen und hat das Feuer gleich danach gelöscht."

„Vielleicht ein Raucher, der nicht erwischt werden wollte?"

„In einem Heuschober? Der wäre ja lebensmüde."

„Sind das nicht alle Raucher?"

„Jedenfalls nicht so direkt", grinste Körner. „Wir haben auch keine Zigarettenkippe gefunden."

„Schade, das hätte die Sache vereinfacht. Fußspuren?"

„Von zwei verschiedenen Leuten."

„Sind die Spuren schon mit den Stiefeln der Leiche abgeglichen?"

„Wird sofort erledigt." Körner entfernte sich eilig.

Jens Rückert wandte sich an Teichmann. „Wer könnte denn daran ein Interesse haben, Ihren Hof in Schutt und Asche zu legen?"

„Oh je! Da gibt es eine ganze Menge Leute. Viele sehen die Biogasanlage als Konkurrenz an. In erster Linie denke ich da an die Erdöl- und Erdgaslieferanten. Aber auch für die Produzenten der Solaranlagen wird die Luft dünn, weil geplant ist, die Subventionen spürbar zu reduzieren. Da sind die Gemeinden und private Investoren gefordert, die auch bei den Biogasanlagen eine entscheidende Rolle spielen."

„Machen Sie mir keinen Kummer. Das gibt ja einen Riesenaufwand bei der Ermittlungsarbeit. Hoffentlich kommen wir ohne Sonderkommission aus." Rückert hasste einen zu großen Personalaufwand. Da wurde meist unrationell gearbeitet, und häufig gingen wichtige Informationen verloren.

Kurze Zeit später war Körner wieder zurück: „Tatsächlich, das in der Scheune sind zum Teil die Fußspuren des Toten." Sieht so aus, als habe der Ermordete den Brandstifter auf frischer Tat ertappt und einen Brand verhindert. Vielleicht hat es dann einen Kampf gegeben, und dabei ist es zu dem tödlichen Stich gekommen", spekulierte er.

„Dann hätte ich den Stich aber eher an der Brust erwartet, und danach hätte der Brandstifter die Scheune immer noch in aller Ruhe anzünden können", wandte Rückert ein.

„Ja, da hast du Recht. Meine Leute haben übrigens noch eine interessante Beobachtung gemacht, die uns vielleicht weiter hilft."

„Und?"

„An einem Haken oberhalb des Brandherds haben wir Rußspuren gefunden."

„Na, passt doch. Wenn da ein Feuer gelegt wurde!"

„Aber der Strohballen, der daneben an der Wand lehnte, war unversehrt, und die Rußspuren waren nur oben auf dem Haken und an einem Balken darunter zu finden."

„Das ist allerdings merkwürdig. – Können Sie etwas damit anfangen, Herr Teichmann? Hängt da normalerweise ein Gegenstand, an den Sie sich erinnern?"

„Nicht dass ich wüsste, schon gar nicht einer, der mit Ruß behaftet ist. Das müsste dann von einer früheren Feuerstelle sein. Die Scheune stand aber schon, als ich den Hof übernommen und zur Biogasanlage umgebaut habe."

Körner widersprach ihm: „Soweit ich das sehe, sind das frische Spuren, ältere wären stärker verwittert. Gibt es hier keinen Kamin, der regelmäßig gereinigt werden muss?"

„Oder einen Kachelofen?", ergänzte Rückert. „Ich habe zwar wenig Ahnung von Landwirtschaft. Aber so etwas gehört doch in jedes Bauernhaus oder?"

„Nein, nein, bei uns ist alles ganz modern. Wir haben eine Zentralheizung, die wir aus unserer eigenen Energieproduktion speisen. So etwas wie Kehrbesen, Schürhaken und Ähnliches gibt es bei uns nicht."

„Dann gibt es nur eine Erklärung: Ein ungebetener Besucher hat einen verrußten Gegenstand bei sich gehabt und dort vorübergehend hingehängt. Schauen wir uns mal die Sache an."

Sie gingen zu dritt zur Scheune. Die Rußspur unter dem Haken hatte – mit kleinen Unterbrechungen – einen bogenförmigen Verlauf.

Teichmann war ganz nachdenklich geworden.

Rückert sah ihn vor sich hinbrüten und fragte: „Sie grübeln über etwas nach. Haben Sie eine Ahnung, was das gewesen sein könnte?"

„Vielleicht ein Kehrbesen, wie ihn Schornsteinfeger benutzen."

„Was für ein Interesse könnte ein Schornsteinfeger haben, hier alles in Schutt und Asche zu legen?"

„Na, so ganz abwegig ist das nicht."

„Wieso?"

Teichmanns Handy klingelte.

„Entschuldigung." Teichmann wandte sich etwas von Rückert ab, schaute aufs Display und ging ein paar Schritte zur Seite, um zu telefonieren. Offenbar war ihm die Nummer vertraut. Denn er begann sofort zu sprechen

„Hallo Marie! Wir haben dich am Wochenende vermisst!" Er hörte einen Moment zu und meinte: „Ist doch klar, ein Notfall geht vor." Wieder gab es eine längere Pause, in der Marie wahrscheinlich erläuterte, was passiert war. Zum Schluss erkundigte sie sich offenbar nach einem Kamel, das sie bei Teichmann untergebracht hatte.

„Ja, ja, dem Kamel geht's prima. Hat hier jede Menge gute Gesellschaft, mich eingeschlossen." Er lachte. „Und bei den Kindern hat es auch super eingeschlagen. Das ist ja mal was Besonderes. Wir haben es auf deinen Vorschlag hin Helmut getauft. Du hast es ja schließlich gerettet."

Er steckte sein Handy wieder ein und kehrte zu Rückert zurück, der ihn neugierig ansah.

„Sie nehmen Tiere auf?"

Nicht von jedem, aber die Anruferin ist eine alte Bekannte, Marie Döbus. Sie hat selbst ein kleines Gehege. Darin ist aber nur für kleinere Tiere Platz, bei großen wendet sie sich an mich.

„Aber ich kenne doch ihren Emil, einen alten Esel, dem sie das Gnadenbrot gewährt", erinnerte sich Rückert.

„Sie kennen Marie? Ja, der Emil war ihr erstes Tier, soweit ich weiß. Den würde sie auch nie abschieben. Aber ein Kamel übersteigt ihre Möglichkeiten."

„Wie kommt sie denn an ein Kamel?"

„Sie hatte irgendwie spitz gekriegt, dass ein Zirkus, der gerade in Marburg gastiert, das Tier einschläfern lassen wollte, weil es zu alt ist für die Mätzchen, die es da mitmachen muss. Da hat sie die Tierschützer mobilisiert. Die machen dem Zirkusdirektor wegen der Raubtierhaltung sowieso die Hölle heiß. Er hat das Kamel dann sogar hierher transportieren lassen, weil er jedem Ärger aus dem Weg gehen wollte. – Und woher kennen Sie als Kripobeamter Marie?“, wollte Teichmann wissen. „Hat sie mal was verbrochen?“

„Nein, nein“, wehrte Rückert lächelnd ab, „obwohl ihr allerhand zuzutrauen ist. – Ich habe ihr mal geholfen, als sie überfallen wurde. Seitdem sind wir befreundet. Eine tolle Frau.“

„Ja und noch so aktiv und offen für alles Neue, und das mit über fünfundachtzig! Einmal im Monat lässt sie Kinder aus schwierigen Familien mit einem Kleinbus hierherbringen und füttert zusammen mit ihnen die Tiere im Gehege unserer Tierpension. Anschließend fährt sie mit ihnen zur Dammühle, die kennen Sie ja sicher.“

„Ja, ja. Ich komme zwar aus Norddeutschland, aber inzwischen kenne ich mich ganz gut hier aus. An der Dammühle treffen wir uns gern, wenn es etwas zu feiern gibt. Die Küche hat für jeden Geschmack etwas.“

„Und es gibt auch einen herrlichen Spielplatz, auf dem die Kinder herumtoben können. Anschließend gibt es immer Kaffee und Kuchen. Das ist wie ein Geburtstag für die Kinder. Das macht allen Beteiligten viel Spaß und gibt ihnen ein Gefühl der Geborgenheit, das sie zu Hause nicht haben. Gestern war ihr allerdings etwas dazwischen gekommen, so dass meine Frau und ich einspringen mussten.“

„Ja, das passt zu ihr, sie hilft, wo sie kann. Konventionen und sozialer Status sind ihr wurscht. – Aber zurück zu meiner Frage. Wir wurden durch das Telefonat abgelenkt. Was hätte ein Schornsteinfeger davon, wenn hier alles in Flammen aufgeht? Ich dachte, so was machen nur Leute von der Feuerwehr, damit sie was zu löschen haben?“, fragte Rückert mit einem Schmunzeln.

„Ja, soll schon vorgekommen sein. Ich bin selbst bei der Freiwilligen Feuerwehr“, stimmte Teichmann lächelnd zu.

„Aber die Schornsteinfeger aus der Umgebung haben tatsächlich ein Problem mit uns. Die Anzahl der Haushalte, die von der Nahwärme unserer Biogasanlage profitieren, wird immer größer. Bei denen sind Schornsteinfeger so gut wie überflüssig."

„Das ist ja hoch interessant. Das wäre ja wirklich ein erstklassiges Motiv. Den Schornsteinfeger schauen wir uns gleich mal näher an. Wo finden wir ihn?"

Für das Gespräch mit dem Schornsteinfeger forderte Rückert Verstärkung an. Er brauchte jetzt die Fachkenntnis seines Kollege Olli Berner, der in Marbach, einem kleinen Dorf, das zu Marburg gehörte, aufgewachsen war.

Seine Sekretärin wandte ein: „Der wird nicht gerade begeistert sein, Chef. Der wollte doch heute zu einem Jodelkurs fahren, und Sie haben das auch abgesegnet."

Berner war ein großer Chorsänger vor dem Herrn und wollte angeblich sein Repertoire erweitern. Das hätte er auch an der Musikschule Marburg machen können. Aber wie er Jens Rückert gestanden hatte, war der eigentliche Grund der, dass er für ein paar Tage seinen Schwiegereltern entrinnen wollte, die sich nun schon seit über zwei Wochen bei ihm zu Hause einquartiert hatten.

„Aber da wusste ich noch nicht, dass es hier in Wehrshausen einen Mord und versuchte Brandstiftung geben würde. Hilft alles nichts. Jetzt brauche ich ihn dringend hier. Seinen Jodelurlaub muss er verschieben."

Kapitel 7

Das junge Mädchen im Rollstuhl wirkte etwas verloren, wie es inmitten seines Gepäcks auf dem Treppenabsatz vor dem Marburger Hauptbahnhof stand. Sie sollte eigentlich abgeholt werden. Aber bisher war noch niemand gekommen. Die Frau von der Bahnhofsmission, die ihr bis hierher geholfen hatte, war wieder im Bahnhofsgebäude verschwunden, weil noch jemand anders auf ihre Hilfe angewiesen war.

Die Taxifahrer schauten begehrlich zu ihr hinüber. Aber Lia hatte sich vorgenommen, noch fünf Minuten zu warten. Sie schaute sich währenddessen um, auch wenn der Bahnhofsvorplatz im Moment nicht gerade attraktiv war. Überall wurde gebaut. Der einzige Lichtblick war in der Ferne das Landgrafenschloss, das sie früher schon einmal besichtigt hatte.

Kurz vor Ablauf der selbstgesetzten Frist kurvte ein dunkelroter Mercedes Diesel heran, der seine besten Zeiten schon hinter sich hatte. Dafür machte der Fahrer einen umso frischeren Eindruck. Er grinste sie unter einer blonden Mähne, die ihm bis in den Nacken reichte, aus strahlend blauen Augen freundlich an. Unkonventionelle Kleidung wie ein Student, buntes Ringelhemd, Jeans und Sportschuhe.

„Tut mir leid. Ein Unfall in der Biegenstraße. Ich musste einen Umweg machen. Ich bin Leon Bartel."

Sie reichte ihm die Hand, die er kräftig drückte. Endlich jemand, der sie nicht wie ein rohes Ei behandelte!

„Lia Ferner! Hauptsache, du hast es noch geschafft. Die Taxifahrer haben mich schon wie die Geier beäugt", lachte sie.

„Hast du einen Chinesen unter deinen Vorfahren?"

„Nein, ist nur die Abkürzung von Julia. – Übrigens, wenn ich dir damit nicht zu nahe trete: Du siehst nicht gerade wie ein professioneller Fahrer aus."

„Du meinst wegen des alten Mercedes? Den hat mein Vater ausrangiert. Dafür hätte er doch nichts mehr gekriegt, und ich kann ihn gut gebrauchen. Übrigens nur zu deiner Beruhigung. Der eigentliche Fahrer ist krank geworden. Ich mache gerade mein Pflegepraktikum in der Neurologie. Da hat mich einer vom Studentenwerk, den ich vom Sport her gut kenne, angeheuert, dich abzuholen. Die sind dort chronisch unterbesetzt."

„Neurologie? Du studierst Medizin?"

„Noch nicht so richtig. Geht erst im Herbst los."

„Bei mir auch. Aber ich will die Zeit nutzen, mich hier einzuleben."

„Und was willst du studieren?"

Leon konnte sich nicht vorstellen, welches Studium für eine Rollstuhlfahrerin überhaupt in Frage kam.

„Psychologie."

„Wie kommst du denn darauf? Das studieren doch nur Leute, die selbst eine Macke haben."

„Danke, sehr charmant."

„Das ist meine starke Seite. Aber sag schon, wieso gerade Psychologie?"

„Hat wirklich was mit mir zu tun. Ich hatte mit zwölf einen Autounfall, meine Eltern sind dabei ums Leben gekommen. Seitdem bin ich an den Beinen gelähmt." Das klang fast unbeteiligt. Man merkte, dass sie das schon oft gefragt worden war.

„Wie schrecklich für ein junges Mädchen."

„Ja, damals dachte ich auch, die Welt geht unter. Aber meine Oma hat mich zu sich nach Ziegenhain genommen und sich rührend um mich gekümmert. Außerdem hatte ich eine gute psychologische Betreuung. Ich bin selbst überrascht, wie gut ich alles verkraftet habe. Ich glaube, dass ich von dem Psychologen ganz gut gelernt habe zuzuhören."

„Das ist sicher eine gute Voraussetzung für deinen späteren Beruf. Und mit deiner offenen Art wirst du gut bei den Leuten ankommen."

„Danke. Ich hoffe es."

Die Taxifahrer waren im Nachhinein froh, nichts mit dieser Fuhre zu tun zu haben. Mehrere Koffer und Kartons, eine große Sporttasche mit einem Basketball darauf und einige Einkaufstaschen sowie kleinere Stofftaschen mit allerlei Krimskrams, wie die Kleiderbügel zeigten, die daraus hervorlugten, waren zu bewältigen. Dann war da noch ein großer Käfig, in dem ein bunter Vogel hockte, den Leon als Papagei einordnete, und ein zweiter zusammengeklappter Rollstuhl.

Leon störte sich nicht an dem vielen Gepäck. Das ovale Gesicht des Mädchens mit den grünen Augen über der kecken Stupsnase gefiel ihm. Die kurzen brünetten Haare verrieten, dass ihr eine pflegeleichte Frisur wichtiger war als eine lange Mähne, die man häufig bei jungen Mädchen sah.

Leon machte sich an die Arbeit. Er schnappte sich einen großen Koffer und wollte sich noch die Sporttasche aufpacken.

„Achtung, ist schwer", warnte sie. Er setzte den Koffer ab und hob die Tasche probeweise an. Die Warnung war berechtigt.

„Oha, Goldbarren oder Waffen?", fragte er scherzhaft.

„Nur ein paar Hanteln für mein Muskeltraining."

„Alle Achtung. Das wäre das letzte, wozu ich mich aufraffen könnte. Bei mir gehört immer ein Ball zum Training", gestand er voll Bewunderung.

„Hast du als Normalo ja auch nicht nötig. Aber für mich als Rolli ist das lebenswichtig. Welchen Sport machst du denn?"

Es gefiel ihm, dass sie so locker auf seinen Kommentar reagierte.

"Volleyball."

„Elegante Sportart. Das ist für mich nicht mehr drin", sagte sie salopp.

„Sag das nicht, es gibt auch Sitzvolleyball, spielen wir sogar gelegentlich als Variante im Training", meinte er und mit einem Blick auf den Ball: „Und du spielst Basketball? Kann ich mir gar nicht vorstellen, wie das im Rollstuhl gehen soll."

„Hast du noch nicht davon gehört? Es gibt sogar eine erste und zweite Bundesliga. Ich spiele noch in der zweiten, aber ich hoffe, bald in die erste aufzurücken."

Ganz schön ehrgeizig die Kleine!

„Und wo ? Hier in Marburg habe ich noch nichts davon gehört."

„Ja, schade: Hier gibt's nur Blindenfußball. Wenn ich das richtig in Erinnerung habe, sind die Marburger in diesem Jahr wieder Deutscher Meister geworden."

„Und wo spielst du?"

„In Wetzlar beim RSV Lahn-Dill."

„Ist ja gar nicht so weit weg. Und ich habe nichts davon mitgekriegt. Da kann man mal sehen, mit welchen Scheuklappen man durch die Weltgeschichte latscht. Und ihr spielt sogar in der Bundesliga?"

„Ja, wir haben einen ausgezeichneten Trainer und einen sehr rührigen Manager, der alles organisiert und vor allem Sponsoren beschafft. Ohne Geldgeber geht gar nichts."

Sie erzählte munter weiter, während er sorgfältig Stück für Stück auf der Rückbank und im Kofferraum verstaute.

„Nach dem Abi sollte ich eigentlich eine Tournee in die Türkei mitmachen, bevor ich mich ins Studium stürze. Aber dann ist meine Oma schwer krank geworden, und ich habe mich bis zu ihrem Tod um sie gekümmert. Eine fremde Pflegekraft hat sie abgelehnt."

Und das trotz ihrer Behinderung. Leons Hochachtung vor dem Mädchen wuchs. Sie musste aus einem besonderen Holz geschnitzt sein.

„Und was führt dich gerade nach Marburg mit seinen steilen Anstiegen und engen Häusern, Lia?"

„Weißt du nicht, dass Marburg zu den Behindertenfreundlichsten Städten Europas gehört? Außerdem soll die Psychologie mit all ihren Facetten hier besonders gut aufgestellt sein. Alte Fachwerkhäuser mit engen Fluren und Türen sind für mich natürlich tabu. Aber sonst: Wozu gibt es Fahrstühle und Rampen? Wenn es nicht anders geht, schaffe ich mir einen Rollstuhl mit Elektromotor an. Aber erst einmal will ich es ohne so einem Ding versuchen."

„Okay, okay, ich wollte dich nicht vergraulen. Ich freue mich ja, dass du hier gelandet bist. Sympathische Menschen gibt es viel zu wenig."

„Flirtest du mit jeder Rollstuhlfahrerin?"

„Nur wenn sie Basketball spielt."

Sie lachte: „Das tröstet mich."

Ohne falsche Scham ließ sie sich vom Rollstuhl auf den Beifahrersitz helfen.

Sie fühlte die Anspannung der kräftigen Muskulatur unter seinem dünnen T-Shirt.

„Du scheinst auch nicht schlecht in Form zu sein."

„Du weißt, wie man einem Mann Komplimente macht. Ein bisschen Muskeltraining gehört zu unserem Trainingsprogramm, und beim Balltraining selbst tragen wir teilweise Bleiwesten. Das ist ganz schön hart."

Den Käfig mit dem Vogel setzte er ihr auf den Schoß. Den Rollstuhl legte er zusammen und hob ihn vorsichtig auf das schon eingeräumte Gepäck auf die Rückbank.

„Der ist ja federleicht", staunte er über den Rollstuhl.

„Ist ein Rollstuhl aus Carbon, das Geschenk meiner Oma zu meinem letzten Geburtstag. Ist mehr wert als dein Auto. Sie meinte, bei so etwas darf man nicht an der falschen Stelle sparen. Du hast ja gemerkt, der andere, den du in den Kofferraum gepackt hast, ist viel schwerer. Der hat seine zwanzig Kilogramm, dieser hier nur fünf. Damit kann man sich prima bewegen und ist nicht bei jeder Kleinigkeit auf fremde Hilfe angewiesen, wenn man genug Kraft in den Armen hat."

„Aha, deshalb das Muskeltraining."

„Ja, soweit es geht, möchte ich selbständig sein, und für das Basketballspiel ist das auch nicht schlecht."

„Ist der andere für den Sport?" Er zeigte mit dem Daumen nach hinten.

„Nee, da gibt es Spezialanfertigungen. Der ist zum Duschen und so, damit kann ich sogar ins Schwimmbad gehen."

„Und wo soll's nun hingehen?"

„Zum Konrad-Biesalski–Haus in der Sybelstraße. Kennst du das?"

„Na klar, das Studentenwohnheim für Behinderte. Da habe ich schon mal jemanden hingebracht."

„Und so was stört dich nicht?"

„Wie kommst du darauf? Dann hätte ich mich nicht zum Praktikum in die Neurologie melden dürfen. Da gibt es viele Patienten, die auf den Rollstuhl angewiesen sind. Allerdings hatte ich noch nie eine so seltsame Kombination mit Hanteln, Basketball und Papagei."

„Der Fritz gehörte meiner Großmutter. Ich selbst kann nicht viel mit ihm anfangen. Vor mir hat er schon immer Angst gehabt. Der Rollstuhl ist ihm nicht ganz geheuer. Und jetzt ist er ganz verstört. Sonst hat er immer vor sich hin geplappert. Aber seit Oma tot ist, ist er stumm wie ein Fisch und schaut mich immer nur so vorwurfsvoll schräg von unten an. Er frisst auch kaum noch. Hoffentlich geht er mir nicht ein."

„Der wird sich schon wieder berappeln. Papageien sind zäh. Aber ob du den im Wohnheim behalten darfst?"

„Weiß nicht, will ich auch gar nicht. Ich bin ja ständig unterwegs. Ich suche einen freundlichen Menschen, der ihn zu sich nimmt. Kannst du ihn nicht gebrauchen?" Sie schaute ihn fragend an.

Leon schüttelte bedauernd den Kopf: „Der Papagei würde mich echt interessieren, aber ich bin ja auch immer auf Achse."

„Schade. Das wäre auch zu schön gewesen."

„Heute Abend im Volleyballtraining höre ich mich mal um. Die Hälfte unserer Mannschaft sind Marburger. Die haben viele Kontakte hier in der Gegend."

„Das wäre super."

Kapitel 8

Kaum hatte Leon begonnen, Lias Gepäck in der Sybelstraße auszuladen, da tauchte ein Mann mittleren Alters in Blaumann mit einem stabilen Rollwagen auf. Er schien schon auf Lia gewartet zu haben und öffnete die Beifahrertür, während Leon sich beeilte, Lia den Rollstuhl bereitzustellen. Mit der Geschmeidigkeit einer Geräteturnerin wechselte sie den Sitz.

„Herzlich willkommen!" begrüßte sie der Hausmeister. „Ich bin Walter Ploch, Mädchen für alles hier im Haus. Falls Sie irgendwelche Probleme haben, melden Sie sich ruhig bei mir." Er reichte Lia mit einem freundlichen Lächeln die Hand. Im Handumdrehen war alles auf dem Wagen verstaut.

Leon sah, dass er überflüssig war.

„Ich muss dann mal wieder. Heute Abend wird es sicher spät. Ich melde mich morgen, sobald ich ausgeschlafen habe. Gibst du mir sicherheitshalber deine Handy-Nummer?"

Er winkte ihr kurz zu und verschwand gleich darauf mit seinem Wagen hinter dem Kalbstor Richtung Kugelgasse.

„Flotter Bursche. Lassen Sie sich nicht von ihm einwickeln", warnte Ploch.

„Keine Angst. Mit mir lässt sich kein vernünftiger Mann ein", Lia lächelte etwas schmerzlich.

„Haben Sie eine Ahnung. Es gibt Kerle, für die sind Sie das ideale Opfer. Sie sind hübsch und offenbar gut betucht. Ich habe noch nie jemanden mit zwei Rollstühlen aufgenommen."

„Machen Sie sich keine Gedanken. Leon ist Medizinstudent. Der kann keinen Klotz am Bein gebrauchen."

Ploch schaute auf den Papagei im Käfig. „Ein schönes Tier. Leider sind Haustiere nach der Hausordnung nicht gestattet. Bei einem Vogel würde ich persönlich ein Auge zudrücken, aber der Tutor, Doktor König, wird das nicht dulden."

„Ich suche ja schon nach einer Bleibe für ihn. Aber bisher habe ich noch nichts gefunden. Wissen Sie jemanden, der ihn nehmen würde?"

„Auf Anhieb nicht, aber ich höre mich mal um."

„Leon, der mich herchauffiert hat, will sich auch darum kümmern. Aber je mehr Leute das Problem kennen, desto besser."

„Sehe ich auch so. Für heute nehmen Sie ihn erst einmal mit aufs Zimmer. Ich tue so, als hätte ich ihn nicht bemerkt. Haben Sie ein Tuch zum Abdecken?"

„Kein Problem." Lia zog einen großen bunten Schal aus einer ihrer Taschen und warf ihn über den Käfig, so dass nichts mehr davon zu sehen war.

Während sie mit dem Fahrstuhl in den zweiten Stock fuhren, erkundigte sich der Hausmeister:

„Und was wollen Sie studieren?"

„Psychologie", antwortete sie bereitwillig. Sie war gespannt auf seine Reaktion.

„Oh je, noch eine von der Sorte", klagte er scherzhaft. „Hoffentlich sind Sie nicht so ein Klugscheißer wie der Psychologiestudent im ersten Stock. Und der Tutor ist auch vom Fach. Wahrscheinlich haben sie ihn vom Studentenwerk extra ausgesucht, damit er mit den Behinderten gut zurechtkommt. Aber Theorie und Praxis gehen weit auseinander, und wenn Sie mich fragen: Der bräuchte selbst dringend einen Psychotherapeuten. Ich bin mir noch nicht sicher, ob nur Leute Psychologie studieren, die einen Dachschaden haben, oder ob sie durchs Studium erst so werden"

Lia lachte: „Danke für die Offenheit. Am Ende meines Studiums können wir ja nochmal darüber reden."

„Jedenfalls ist der Doktor König mit Vorsicht zu genießen."

„Wie meinen Sie das?"

„Ach, vergessen Sie, was ich eben gesagt habe. Ist mir nur so rausgerutscht, er ist nicht gerade ein angenehmer Zeitgenosse. Als Hausmeister existiere ich für den gar nicht. Aber machen Sie sich selbst ein Bild. Nur kommen Sie ihm nicht in die Quere."

Lia war erleichtert, als sich herausstellte, dass ihr Zimmer weit weg vom Fahrstuhlschacht lag, so dass sie nicht vom Lärm gestört wurde.

„Da sind wir. Wollen Sie selbst aufschließen?"

Feierlich überreichte ihr Ploch die Schlüssel.

Es war ein erhebendes Gefühl. Das also war für die nächsten Jahre ihre Bleibe. Zum ersten Mal würde sie ihr eigener Herr sein. Es war ihr ein bisschen mulmig zumute, als sie in den kleinen Eingangsbereich rollte, dessen Garderobe durch den runden Spiegel über einem Schränkchen mit vier Schubladen ganz anheimelnd wirkte. Der Flur ging ohne Zwischentür in ein helles geräumiges Zimmer über. Dort gab es eine gemütliche Sitzecke mit einem runden Tisch und zwei einfachen Sesseln, eine kleine Kochnische mit Spüle und Kühlschrank, sogar eine elektrische Heizplatte, die in die Arbeitsfläche integriert war.

„Die Kochecke ist nur für den Notfall gedacht", erläuterte der Hausmeister. „Am Ende des Flurs gibt es eine Gemeinschaftsküche mit Fernseher. Da kann man gemeinsam kochen, essen und sich unterhalten."

„Auf die Begegnung mit den anderen freue ich mich schon."

„Das kann ich gut verstehen. Auf diese Weise kommen Sie unter Leidensgenossen. Es gibt hier viele nette Kommilitonen, mit denen Sie gut auskommen werden, wenn Sie ein bisschen auf sie eingehen. Hier ist übrigens Ihr Schlafgemach.“ Ploch zeigte auf einen roten Vorhang, der mit einer Schiene an der Decke angebracht war und sich leicht zur Seite schieben ließ.

„Ist alles etwas knapp bemessen, damit für die Nasszelle genügend Raum bleibt.“

Das Bettgestell war mit Knopfdruck höhenverstellbar, Kopf- und Fußteil ebenfalls veränderlich.

„Ist die Sitzhöhe so in Ordnung? Ich habe sie auf Verdacht eingestellt. Probieren Sie mal, ob das so geht.“

Lia rollte neben das Bett, stemmte sich hoch und rutschte hinüber.

„Ja, perfekt.“

Begeistert war sie von der großzügigen Nasszelle mit bodengleicher Dusche, einem erhöhtem Toilettensitz und begehbarer Badewanne. Überall, wo nötig, waren Haltegriffe angebracht. Es war an alles gedacht.

„Super. Da werde ich gleich mal eine Dusche nehmen. Ich bin von der Reise ganz schön verschwitzt. Sind Sie so lieb und rollen den anderen Rollstuhl schon mal hierherein.“

„Gern. Darf ich Ihnen vorher noch die Aussicht zeigen?“

Lia rollte an das große Fenster, das nach Süden ging.

„Da unten sehen Sie das Südviertel, links die Psychologie mit dem Collegium Gentium, von dem sie vielleicht schon gehört haben, weil es vor kurzem einen ganz ordentlichen Medienrummel verursacht hat. Rechts der Friedrichsplatz mit einer schönen Parkanlage. Optimal für die Mittagspause, wenn Sie fit gut genug sind, bis dahin zu fahren. Ist ungefähr ein halber Kilometer", erläuterte der Hausmeister. „Und von hier fährt alle halbe Stunde ein Bus, mit dem Sie in die Universitätsstraße kommen. Von da aus gibt es dann jede Menge weitere Verbindungen."

„Für den Berg runter brauche ich den Bus nicht. Ich spiele Rollstuhlbasketball und habe eine ganz gute Kondition."

„Das ist ja interessant! Ich habe bisher nur mal beim Rollstuhltischtennis in Stadtallendorf zugesehen, weil ich das hier einführen möchte. Die Platte ist schon bestellt."

„Haben wir in der Reha in Bad Wildungen auch gespielt. Aber in Ziegenhain hatte ich leider keinen Partner."

„Aber Rollstuhlbasketball gibt es da doch auch nicht! Da hätte ich schon von gehört."

„Dafür in Wetzlar. Der Physiotherapeut in Bad Wildungen hat mich dorthin vermittelt, weil ich mich ganz gut dabei angestellt habe."

„Und wie kommen Sie nach Wetzlar? Ich meine, Sie müssen doch regelmäßig trainieren."

„Die meisten werden von ihren Angehörigen gebracht. Ein paar wie ich, die auf sich allein gestellt sind und noch keinen eigenen Wagen haben, werden mit einem Kleinbus abgeholt, der von Sponsoren finanziert wird. Vom Staat werden die Behindertensportclubs nicht gerade großzügig unterstützt."

„Ja, es gibt noch viele andere Bereiche, in denen er versagt", meinte der Hausmeister etwas verbittert, ohne sich weiter darüber auszulassen.

„Gibt es hier eine Möglichkeit in der Nähe, wo ich mit meinem Basketball trainieren kann?"

„Da bin ich leider überfragt. Ich bin noch nicht so lange in Marburg. Man müsste mal in der Emil-von-Behring-Schule nachfragen. Ist gar nicht weit von hier. Dort gegenüber von dem Turnergarten, von dem Sie gerade die Spitze erkennen können. Der gehört schon zur Schule."

Besonders erfreut war Lia, dass sie sich nicht mehr wie zuletzt im Haushalt ihrer Großmutter um Müllabfuhr, Heizung oder eventuelle Reparaturen kümmern musste. Auch die Fensterreinigung war im Mietpreis einbegriffen.

Kapitel 9

Am Morgen nach ihrer ersten Nacht im Biesalski-Wohnheim, es war kurz nach sieben, klingelte es an der Tür. Lia saß gerade unter der Dusche. Konnte das schon Leon sein?

Eigentlich wollte er erst später kommen. Wenn er sich so früh meldete, hatte er vielleicht gute Nachrichten und wollte sie ihr so schnell wie möglich überbringen. Sie öffnete die Tür des Badezimmers und rief: „Einen Moment bitte, bin gerade unter der Dusche."

Sie trocknete sich eilig ab, zog eine Trainingshose an und warf ein T-Shirt über. Sie schaute in den Spiegel und kämmte kurz über ihr Haar. Das würde reichen. Sie empfing schließlich keinen Staatsbesuch. Sie schaute sich prüfend im Zimmer um. Das war noch ein heilloses Durcheinander. Aber wenigstens lag keine schmutzige Wäsche herum. Sie hatte am Abend zuvor nur das Notwendigste eingeräumt und sich dann erschöpft hingelegt.

Als sie die Tür öffnete, ein freudiges Lächeln auf den Lippen, stand statt des schlanken Leon, ein kleiner, leicht korpulenter Mann in vornehmem dunkelblauen Anzug und rot gepunktetem blauen Schlips vor ihr.

„Doktor König", stellte er sich mit einem gekünstelten Lächeln vor. „Guten Tag Frau Ferner. Ich bin der Tutor des Hauses und möchte nur kurz nach dem Rechten sehen. Alles in Ordnung bei Ihnen?"

„Danke der Nachfrage", erwiderte Lia zurückhaltend. Sehr geschickt der Herr Psychologe, dachte sie.

Er drängte sich, ohne ihre Antwort abzuwarten, an ihr vorbei ins Zimmer. Dass ihm der Eintritt verwehrt werden könnte, schien ihm gar nicht in den Sinn zu kommen. Er gab zwar vor, um ihr Wohlergehen besorgt zu sein. Aber Lia merkte, wie er sich neugierig umschaute. Hoffentlich entdeckte er den Käfig nicht. Er war noch mit dem bunten Schal abgedeckt, den sie auf Plochs Rat drüber geworfen hatte. Wenn Fritz stumm blieb und nicht umherflatterte, konnte alles gut gehen. Das Durcheinander im Zimmer hatte seine Vorteile.

„Ich bin noch nicht dazu gekommen, mich einzurichten. Aber einen Espresso könnte ich Ihnen schon anbieten", meinte Lia und versuchte ihn abzulenken, indem sie Richtung Kochnische rollte, wo sie die Espresso-Maschine aufgestellt hatte. Das war das erste, was sie gestern erledigt hatte. Ohne Espresso war sie nur ein halber Mensch.

„Danke, ich hatte gerade einen Kaffee zum Frühstück. Aber lassen Sie sich nicht stören. Ich schaue mich derweil ein wenig um", lehnte er ab und setzte seinen Rundgang fort. Überrascht verharrte er bei dem Stapel Schallplatten, der neben einem modernen Plattenspieler mit USB-Anschluss und einer Mini-Stereoanlage stand.

„Wie sind Sie denn daran gekommen. Ist das Ihr Hobby?"

„Nicht wirklich, sind noch von meiner Großmutter. Zum Wegwerfen waren sie mir zu schade. Ich will sie archivieren, indem ich sie direkt ins MP3-Format übertrage, und dann werde ich sie wohl weggeben. Sie nehmen zu viel Platz weg", antwortete Lia. Sie wollte gerade fragen, ob er sich dafür interessierte. Aber er hörte schon nicht mehr zu. Ihm lag vor allem die Hausordnung am Herzen.

„Denken Sie daran. Mittags zwischen eins und drei und abends nach elf die Ruhe der anderen nicht zu stören, Musik nur auf Zimmerlautstärke." Er schien nicht gerade ein Musikfan zu sein.

Er entdeckte den Basketball: „Damit können Sie hier nichts anfangen", sagte er streng. Selbst unten im Hobbyraum sind Ballspiele nicht erlaubt. Das stört die anderen beim Training an den Geräten."

Lia verzichtete darauf, ihm zu erklären, dass sie in einem Rollstuhlsportverein aktiv war. Sie akzeptierte, dass König seiner Aufsichtspflicht nachkam.

„Was für Geräte haben Sie denn?“, fragte sie interessiert.

„Fahrrad-, Handkurbel- und Rudererergometer. Für jeden, dem etwas an Ausdauertraining liegt, ist etwas dabei. Und dann noch ein paar Geräte für die wichtigsten Muskelgruppen. Die Auswahl für Behinderte ist leider begrenzt.“

Er vergaß nicht, darauf hinzuweisen, welche Bedeutung die konzentrierte Arbeit an den Geräten für die Psyche habe. „Das setzt positive Kräfte frei, ist besser als jede Meditation.“

Auf dieses Thema konnte sie sich einlassen, ohne ihn zu sehr zu hofieren. Sie erklärte, dass sie etwas zur Ergänzung des Muskelaufbaus brauchte, vor allem für die Unter- und Oberarmmuskeln, die sie für schnelle Starts und Stopps, aber auch für schnelle Pässe beim Rollstuhlbasketball benötigte. Nach Königs Schilderung gab es zumindest zwei Geräte, die für sie von Interesse sein konnten.

„Haben Sie auch ein Gerät für Torsionstraining?“, fragte sie abschließend. In den Beinen hatte Lia Restfunktionen, und sie konnte den Rumpf beugen und wieder aufrichten. Aber bei der Rumpfstabilität zur Seite haperte es. Rasche Drehungen fielen ihr schwer.

„Leider nicht. Dafür hat uns der Platz gefehlt.“ Er hörte, dass der Espresso durchgelaufen war und näherte sich ihr von hinten.

„Kann ich helfen?“

Ehe sie abwehren konnte, reichte er an ihr vorbei, als sie das Tässchen mit dem Espresso ergriffen hatte und stieß dabei gegen ihren Arm, so dass der größte Teil des Inhalts auf ihrem T-Shirt landete, unter dem sie nichts trug.

„Autsch!“ Sie spürte die heiße Flüssigkeit auf ihrer Haut. Ein Glück, dass es keine große Tasse war.

„Entschuldigung, wie ungeschickt von mir.“ König wischte schnell mit der Hand die Nässe vom Stoff und streifte dabei wie unabsichtlich ihre festen Brüste. Am liebsten hätte er zugegriffen. Aber das Risiko war jetzt noch zu groß. In ein paar Tagen würde die neue Hausbewohnerin Bescheid wissen, dass es besser war, sich mit ihm gut zu stellen. Außerdem liebte er dieses Vorgeplänkel, das Austesten seiner Opfer. Wie würde sie reagieren?

Lia spürte seine Hände über ihre Brüste streifen. Sie tat so, als habe sie nichts bemerkt, zumal sie nicht ganz sicher war, ob es Absicht gewesen war. Wenn ja, war sie garantiert kein Einzelfall. Sie würde sich im Hause umhören. Er war nicht der erste Busengrabscher, dem sie begegnete. Als Rollstuhlfahrerin schien sie für manche Männer Freiwild zu sein. Inzwischen hatte sie sich auch ein Pfefferspray zugelegt und war bereit, sich zu wehren. Aber hier in den eigenen vier Wänden war sie auf so eine Attacke nicht gefasst gewesen.

Beim Rausgehen entdeckte König doch noch den Sockel des Käfigs.

„Was haben wir denn da?“

Er entfernte den Schal. „Ah, ein Papagei. Sie wissen, dass er weg muss. Tiere sind hier im Haus verboten“, sagte er streng. „Ich gebe ihnen drei Tage.“

Dann verließ er vergnügt vor sich hin summend Lias Appartement.

Das fing ja gut an.

Immerhin hatte Lia eine Galgenfrist von drei Tagen. Sie musste Fritz schleunigst loswerden, damit sie nicht in Abhängigkeit von König geriet.

Kapitel 10

Als Olli Berner auf Teichmanns Hof eintraf, nörgelte er erst noch etwas herum:

„Und ich hatte mich schon so auf den Jodelkurs gefreut. Du sabotierst meine Solo-Karriere!“, warf er Jens Rückert vor.

„Aufgeschoben ist nicht aufgehoben“, tröstete Jens Rückert seinen Freund und Kollegen. „Ich brauche dich jetzt hier. Allein schaffe ich das nicht.“

Jens Rückert machte Olli mit Herrn Teichmann bekannt: "Mein Mitarbeiter, Kriminaloberkommissar Berner. Er ist unser Experte für landwirtschaftliche Fragen und Erzeugnisse, wie man ihm unschwer ansieht. Olli, das ist Herr Teichmann, der Betreiber der Biogasanlage.“

Teichmann war etwas verwundert. So jemand bei der Kripo? Berner hatte ein rotes, rundliches Gesicht mit kurzen, rötlichen Haaren. Seine etwas korpulente Figur war der beste Beweis dafür, dass er deftiges Essen bevorzugte. So stellte man sich einen Kriminalkommissar nicht vor. Er sah eher wie ein Bäuerlein aus dem Marburger Hinterland aus. Da machte sein Chef mit seiner hageren Gestalt und dem scharf geschnittenen Gesicht schon mehr her.

Sie gingen zusammen in Teichmanns Büro, wo Teichmann alle seine Leute zusammengerufen hatte, um sie zu informieren und den Kripo-Beamten Gelegenheit zu geben, sie zu befragen. Niemand von ihnen hatte am Freitagabend etwas Auffälliges gesehen oder gehört.

„Wir würden uns gern noch einmal die Brandstelle in der Scheune ansehen“, sagte Rückert.

Auf dem Weg dorthin fragte Olli Berner nach Einzelheiten der Biogasanlage. Teichmann erkannte an seinen gezielten Fragen schnell, dass er einen Kenner der Materie vor sich hatte. Zum Schluss zeigte er auf ein Bassin, das einem Swimmingpool ähnelte, allerdings kein klares Wasser auf blauen Untergrund, sondern eine bräunlich-trübe Flüssigkeit enthielt.

„Hierauf bin ich besonders stolz. Das ist der ‚Restebehälter'. Sieht nicht sehr appetitlich aus, aber das ist das, was am Schluss übrig bleibt. Ist fast so wertvoll wie Erdöl: Da sind alle Nähr- und Mineralstoffe aus der Maisproduktion noch drin. So spare ich die Kosten fürs Düngen. Und vor allem: Das Zeug stinkt nicht mehr."

Nachdem er alles gebührend gewürdigt hatte, urteilte Berner: „Alles sehr eindrucksvoll. Und die automatische Entmistungsanlage ist wirklich vom Feinsten. Mir tut jetzt noch der Rücken weh, wenn ich daran denke, wie ich die vollgeladenen Mistkarren vom Kuhstall zur ‚Miste' auf dem Hof fahren musste. Am Schluss musste man einen schmalen Bretterweg den Misthaufen hinauf fahren, wo man dann den Schubkarren endlich umkippen konnte, um ihn zu leeren."

Dann äußerte er seine Bedenken: „Wenn man Sie so hört, könnte man meinen, man sei jetzt in der Lage, aus Scheiße Gold zu machen. Davon träumen die Menschen schon lange. Aber finanziell dürfte das ohne immense Subventionen nicht machbar sein. Wer soll denn das alles bezahlen?"

„Das Nahwärmenetz zur Energieversorgung benachbarter Häuser ist schon ein wichtiger Schritt", erwiderte Teichmann.

„Schön und gut. Langfristig werden Sie aber erst dann ohne Zuschüsse auskommen, wenn Sie einen Weg finden, überschüssige Energie zu speichern und überregional zu verwenden", meinte Olli Berners kritisch.

„Wir sind auf dem besten Wege dahin. Ich hoffe, wir sind bald in der Lage, die Biogasanalyse auch als Stromspeicher zu nutzen."

„Wie soll das denn funktionieren?"

„Wie das genau geht, müssen sie den Biochemiker fragen, mit dem wir zusammenarbeiten. Er behauptet, dazu braucht man nur den Überschussstrom aus Biogasanlagen wie der unsrigen, aber auch aus Windkraft oder Photovoltaik, in einem Elektrolyseverfahren zu nutzen, um aus Wasser und Kohlendioxid Wasserstoff herzustellen. An beidem haben wir keinen Mangel. Der Wasserstoff wird anschließend in Methan umgewandelt, das dann ins Erdgasnetz eingespeist werden könnte."

„Und wie weit ist man damit?"

„Im Labor scheint das schon zu klappen."

Teichmann deutete auf eine kleine stahlgraue Halle, die auf den ersten Blick unscheinbar aussah. „Jetzt arbeiten wir an der Umsetzung im Großen. Ich hoffe jeden Tag auf den Durchbruch."

„Hört sich an, als wären Sie bald ein gemachter Mann."

Trotz ihrer Fachsimpelei musterte Olli Berner, den Rückert über alles Notwendige informiert hatte, aufmerksam die Umgebung. Als sie auf dem Plattenweg zum Fermenter waren, bückte er sich plötzlich und hielt etwas Helles in der Hand, das Rückert für einen trockenen Grashalm gehalten hätte. Auch die Spusi hatte das für unwichtig gehalten.

„Halten Sie auch Pferde?"

„Nein, nur Rinder, Schweine und Kleinvieh. Wieso fragen Sie?"

„Das hier würde ich für ein Haar aus der Mähne eines Falben halten." Berner zog eine Plastiktüte aus der Brusttasche seines grünkarierten Sakkos und verstaute den Fund.

„Könnte vielleicht von einem Reiter sein, der sich mal die Biogasanlage angesehen hat", meinte Teichmann nachdenklich. „Allerdings kann ich mich an niemanden vom Reiterhof erinnern, der sich für den Fermenter interessiert hätte. Das alles hier ist ihnen nicht nobel genug. Die meisten von dort kenne ich, weil sie sich in unserem Hofladen mit frischem Obst und Gemüse versorgen."

„Hofladen?", fragte Berner. „Das erste, was ich höre." Spätestens jetzt war sein Frust über den verpassten Jodelkurs vergessen. „Was verkaufen Sie denn Schönes außer Obst und Gemüse?"

„Na, sehen Sie doch selbst!", forderte ihn Teichmann auf und führte ihn zu einem kleinen Laden auf der Rückseite des umgebauten Pferdestalls, der jetzt als Unterkunft für die Arbeiter diente, die keine eigene Wohnung hatten.

Berner war begeistert.

„Das sind ja wahre Schätze, die Sie hier haben."

„Ja, alles aus dem eigenen Garten, vom eigenen Vieh und selbst gebacken."

„Wunderbar. In Marburg gibt es nur sogenanntes Bauernbrot, das noch nie einen Bauern gesehen hat. Das schmeckt genauso fad wie all das andere Graubrot. Und diese herrliche ‚Ahle Worscht'! Da läuft einem ja das Wasser im Mund zusammen. Schlachten Sie selbst?"

„Was denken Sie denn! Mein Großvater war Fleischermeister. Von dem habe ich alles gelernt, worauf es ankommt. Seine Wurstsuppe war einsame Spitze. Vor Weihnachten veranstalten wir richtige ‚Schlachteressen'. Hat sich das noch nicht bis Marburg rumgesprochen?"

„Nee, noch nicht. Da muss erst ein Mord passieren, damit ich so etwas mitkriege. Eine Wurst nehme ich gleich mit. Was kostet sie?"

„Wenn Sie den Mörder von Boris fassen: nichts. Schließlich hätte der fast meinen ganzen Hof abgefackelt."

Auch Olli Berner konnte sich auf die merkwürdigen Rußspuren über der Feuerstelle in der Scheune keinen Reim machen, als sie zusammen noch einmal die Scheune besichtigten. Immerhin hatte er noch eine Idee.

„Gibt es einen Schmied in Wehrshausen?" erkundigte er sich bei Teichmann.

„Es gibt hier in der Nähe wie gesagt ein Gestüt, da kommt man ohne Schmied nicht aus."

„Wie kommst du darauf?", fragte ihn sein Chef.

„Na, ein Schmied hat doch auch mit Feuer und Ruß zu tun."

„Siehst du! Gut, dass ich dich hergeholt habe. Schon das Haar wäre mir gar nicht aufgefallen. Der Schmied kommt mit auf die Liste der Verdächtigen", entschied Rückert. „Aber als erstes schauen wir beim Schornsteinfeger vorbei."

Teichmann beschrieb ihnen den Weg: „Ist gar nicht weit. Hier liegt alles eng beisammen."

Sie gingen auf Berners Vorschlag zu Fuß. Das fiel nicht so auf. Die Dorfbewohner brauchten vorerst nicht zu wissen, dass die Kripo in Wehrshausen ermittelte.

Auf ihr Klingeln hin öffnete ein drahtiger Mann Ende fünfzig in rot-schwarz kariertem Holzfällerhemd und Jeans mit griesgrämigem Gesicht.

„Sind Sie der Schornsteinfeger?"

„Ja, steht doch auf dem Schild. Und wer sind Sie?"

„Kriminalpolizei!" Sie holten ihre Ausweise hervor. „Wie kommt es, dass wir Sie um diese Zeit zu Hause antreffen?", fragte Berner unbefangen, nachdem er sich und seinen Chef vorgestellt hatte.

„Das kommt jetzt immer öfter vor, ich habe ja kaum noch zu tun", erwiderte Ernst Lukas und machte in der weiteren Unterhaltung keinen Hehl daraus, dass ihm die Biogasanlage ein Dorn im Auge war.

„Für mich wird es jetzt immer enger. Die Windkraft- und Photovoltaikanlagen haben mir schon zu schaffen gemacht. Aber bei den schwankenden Windverhältnissen waren die Einbußen für mich erträglich, und der Sonnenschein ist hier in Mittelhessen auch nicht sehr verlässlich. Ohne normale Energiequellen kommt man da nicht aus. Aber als vor kurzem der Stadtkern von Wehrshausen mit Nahwärme aus der Biogasanlage vom Teichmann versorgt wurde, fielen für mich gleich über fünfzig Häuser völlig weg. Jeder Straßenzug, der angeschlossen wird, ist ein weiterer Schlag ins Kontor. Meinen Gesellen musste ich schon entlassen. Ein Glück, dass mir meine Frau die Bücher führt und Termine vereinbart. Eine Sekretärin könnte ich mir nicht leisten. Jetzt habe ich nur noch einen Azubi. Man munkelt, dass demnächst die Biogasanlage von Teichmanns sogar ans Erdgasnetz angeschlossen werden soll. Dann kann ich endgültig einpacken."

„Sind Sie schon einmal Boris Ezatow begegnet?"

„Wer soll das sein?"

„Ein Angestellter von Teichmann, der ist am Freitagabend umgebracht worden."

„Kenne ich nicht", behauptete der Schornsteinfeger.

„Können Sie uns sagen, wo Sie zu diesem Zeitpunkt waren?"

„Sie glauben doch nicht, dass ich etwas damit zu tun habe! Die Biogasanlage macht mir zwar allerhand Kummer. Aber deswegen ermorde ich doch niemanden."

„Sagen Sie uns einfach, wo Sie waren, und schon sind Sie uns los."

„Na wenn's sonst nichts ist. Ich habe in der Dammühle den ganzen Abend Skat gespielt. Das können meine Mitspieler bezeugen."

„Die Namen!" Berner zückte ein kleines Notizbuch.

„Winfried Benaz, der Ortsvorsteher von Wehrshausen, und Otto Fringsen, das ist ein Bauunternehmer, von dem halb Wehrshausen lebt. Später kam dann auch noch Ferdinand Moor auf ein Bier dazu. Das ist hier der größte Milchproduzent der Umgebung. Der ist übrigens auch ganz schön sauer auf Teichmann, weil der sich seinen Mais für die Gärung von einem Bauern aus Mardorf liefern lässt."

„Das haben wir schnell geklärt."

Tatsächlich war binnen Kurzem das Alibi des Schornsteinfegers durch die beiden Skatbrüder des Schornsteinfegers bestätigt. Auch der Azubi kam nicht in Frage. Der war am Freitagnachmittag nachweislich auf einem Fortbildungslehrgang gewesen.

Berner war ganz begeistert von den schnellen Ermittlungsergebnissen. „Wir sollten unsere Ermittlungen ganz auf Dörfer konzentrieren. Es geht alles so schön schnell hier."

„Aber wir sind noch keinen Schritt weiter gekommen", erinnerte ihn Rückert.

Etwas weiter war der Weg zu Ferdinand Moor, der einen großzügig angelegten Hof am Rande von Wehrshausen hatte. Olli Berner kannte eine Abkürzung über einen leicht ansteigenden Feldweg, den sie zu einem Spaziergang nutzten. Rückert genoss den weiten Blick über die Wiesen und Felder.

„Das ist hier ja fast so schön wie in Hamburg. Nur dass die Schiffe fehlen." Rückert fand an den Ermittlungen auf dem

Land auch langsam Gefallen. Er schnüffelte hörbar. Von irgendwo kam eine leichte Gülle-Brise. „An diesen würzigen Duft muss ich mich allerdings erst noch gewöhnen."

Seine Ausbildung hatte Rückert in Hamburg genossen, bevor er der Liebe wegen nach Marburg gekommen war. Die Liebe war bald vergangen, aber er war trotzdem in Marburg hängen geblieben. Es gefiel ihm in der kleinen Universitätsstadt, die durch die Studenten einen jungen und lebendigen Eindruck machte. Nur manchmal packte ihn die Sehnsucht nach dem flachen Norden und dem Meer.

Unterwegs wurden sie von einem Fahrradfahrer in Arbeitskleidung überholt, dessen weißer Haarkranz um die Glatze von hinten an einen Mönch erinnerte. Er strebte dem nahe gelegenen Wald zu. Rückert fiel außerdem auf, dass das Rad uralt war und keine Gangschaltung hatte, so dass der Mann trotz der geringen Steigung aus der Puste geriet und jedes Mal durch Verlagerung des Oberkörpers die Beine unterstützen musste, um voran zu kommen. Manchmal stieg er sogar aus dem Sattel. Dann schwankte der Axtstiel, der aus dem Rucksack des Mannes ragte, bedrohlich hin und her. Der Radfahrer schien jeden Moment in Gefahr, am Kopf getroffen zu werden.

Rückert, der ein Tourenrad hatte, das über vierundzwanzig Gänge verfügte, geriet schon beim Zusehen ins Schwitzen.

Moors Bauernhof machte einen sehr modernen Eindruck. Es gab einen großen Stall, in dem die Kühe untergebracht waren. Tagsüber weideten sie gleich nebenan auf einer großzügig angelegten Weide. Sie war in Parzellen unterteilt, damit das Gras optimal genutzt wurde.

Olli Berner hatte schon von dem Hof gehört. „Der Moor hat viel Geld in einen Melkroboter investiert. Der ist rund um die Uhr in Betrieb. Die Kühe brauchen nur durch das

Tor da reinzugehen, wenn das Euter drückt, und sich in die richtige Position zu stellen. Der Roboter reinigt das Euter. Dann erfasst ein Laserstrahl die Zitzen, die Melkbecher saugen sich fest und los geht's. Die Milch wird automatisch auf Fett- und Eiweißgehalt analysiert, so dass man das Futter bei Bedarf verändern kann. Er hat natürlich auch so eine automatische Entmistungsanlage wie Teichmann. Der Moor braucht keinen Finger mehr krumm zu machen. Wahnsinn!"

Der Besitzer hatte sie vom Wohnhaus aus beobachtet, das getrennt von der Stallung erbaut worden war und eher an eine Villa als an ein Bauernhaus in üblichem Sinne erinnerte. Er war ihnen schon ein Stück entgegengegangen, als wolle er sie wie liebe Besucher empfangen. Die letzten Worte hatte er noch mitbekommen.

„Tja, man muss wissen, was man will", sagte er stolz.

Er war noch erstaunlich jung, Mitte dreißig. Den elterlichen Betrieb hatte er schon vor zehn Jahren übernommen.

„Natürlich musste ich ganz schön investieren. Rund hundertfünfzigtausend Euro. Aber es hat sich ausgezahlt. Ich hatte mir von vornherein vorgenommen, dass ich nicht den ganzen Tag mit Landwirtschaft beschäftigt sein wollte. Sonst hätte ich was anderes gemacht. Jetzt bin ich nur noch vier Stunden mit allem befasst, was das Melken angeht, und muss im Grunde nur eingreifen, wenn es irgendwo klemmt."

Als er hörte, weshalb sie kamen, ließ er sich seine Überraschung nicht anmerken. Er führte die Kripobeamten ins geräumige Wohnzimmer. Er hatte offenbar gerade bei einem Kaffee Zeitung gelesen, als er die Ankömmlinge gesehen hatte. Eine hübsche junge Frau, schaute kurz herein, als sie die Stimmen hörte, und bot auch ihnen einen Kaffee an.

„Was macht die Marburger Kripo bei uns?", fragte sie, als ihr Mann ihr die Kommissare vorstellte.

„Bei Teichmann ist ein Mord passiert", erklärte Moor seiner Frau kurz. Dann wandte er sich wieder an seine Besucher, „aber wir haben wirklich nichts damit zu tun."

„Aber ein Motiv hätten Sie schon. Es gibt doch sicher Konkurrenz unter Ihnen beiden. Sie leben ja beide von den Kühen", machte Olli Berner geltend.

„Was soll's. Er lebt vom Mist und dem, was daraus wird, und wir von der Milch und Milchprodukten. Wir haben also ganz unterschiedliche Interessen", behauptete Moor. „Natürlich habe ich mich geärgert, weil ich die Situation falsch eingeschätzt habe. Ich hatte, ehrlich gesagt, nicht gedacht, dass sich dieses Verfahren der Biogasproduktion durchsetzen könnte, und habe mich aus allem raus gehalten. Aber ich bringe deshalb doch niemanden um. In Zukunft könnte es sogar sein, dass wir Teichmann mit Gülle beliefern und wir von ihm Energie beziehen, wenn sich das alles so gut weiterentwickelt."

Moor machte einen selbstbewussten Eindruck. Aber er war clever: Wenn er tatsächlich hinter der versuchten Brandstiftung oder dem Mord steckte, hatte er seine Leute dafür und würde sich seine Finger nicht selbst schmutzig machen.

Kapitel 11

Als der Tutor gegangen war, war Lia noch etwas durcheinander und ließ sich das gerade Erlebte noch einmal durch den Kopf gehen. Es schien ihr immer wahrscheinlicher, dass Doktor König ihr mit Absicht zu nahe gekommen war.

Später, im Gemeinschaftsraum des Stockwerks, traf sie Dagmar, eine kleine pummelige Studentin mit Vollmondgesicht und halblangen brünetten Haaren, die stark verkürzte Arme und missgebildete Hände hatte. Auf den ersten Blick sah man ihr das Alter gar nicht an. Ihre Mutter hatte während der Schwangerschaft eine Zeit lang Contergan, ein Mittel gegen Erbrechen und zur Beruhigung, eingenommen, und Dagmar war dann mit Fehlbildungen zur Welt gekommen. Sie hatte sich aber davon nicht beirren lassen und eine Ausbildung als Bürokauffrau durchlaufen. Mit fünfzig hatte sie Lust auf etwas Neues bekommen und als Spätberufene mit dem Musik-Studium begonnen. Sie hatte zwar auch selbst etwas Geld zur Seite gelegt, aber ausschlaggebend war gewesen, dass nach jahrzehntelangen Verhandlungen im Jahre 2009 endlich eine zweite Entschädigungszahlung von Grünenthal, dem Hersteller von Contergan, erfolgte. Die war zwar im Vergleich zu anderen Ländern wie England mickrig ausgefallen, aber immerhin eine ordentliche Starthilfe.

„Musik studieren, geht das denn damit?", wunderte sich Lia, indem sie mit dem Kopf auf die verkürzten Arme wies.

„Mein Hauptinstrument ist Panflöte. Die spiele ich schon seit meiner Kindheit. Demnächst gebe ich sogar ein kleines Konzert in der Kugelkirche. Mein Vorbild ist Matthias Schlubeck. Von dem hast du vielleicht schon gehört. Aber auch Pikkoloflöte und Mundharmonika gehen ganz gut.

Beim Klavier, Schlagzeug und bei Streichinstrumenten gibt es natürlich Grenzen."

„Ich habe gehört, dass sich die meisten Contergan-Geschädigten gar nicht zu den Behinderten zählen. Wie kommt es, dass du hier im Biesalski-Haus gelandet bist?"

„Im Prinzip hast du recht", gestand Dagmar. „Aber unter behinderten Studenten gibt es keine Vorurteile. Das erleichtert den Alltag sehr."

„Kommst du denn hier im Haus mit deinen kurzen Armen zurecht?"

„Am Anfang gab es ein paar Schwierigkeiten. Aber der Hausmeister, der Walter Ploch, hat einige Verbesserungen für mich ausgetüftelt. Er ist von Beruf eigentlich Schlosser, hat er mir mal gesagt. Ein super Typ. Hast du ihn schon kennengelernt?"

„Ja, er hat mich gleich sehr freundlich begrüßt und mir meine Wohnung gezeigt."

„Wenn du irgendetwas brauchst, kannst du dich an ihn wenden. Der hat auch keine Hintergedanken dabei."

„Gut zu wissen. Und was ist mit dem Tutor?"

„Ach, hast du schon seine Bekanntschaft gemacht?"

„Ja, schon gleich am Morgen. Ich war gerade unter der Dusche."

„Da hat er mal wieder genau den richtigen Augenblick erwischt. Hat er dich belästigt?"

„Ich war mir nicht so sicher, ob das vielleicht nur ein Versehen war."

Sie schilderte Dagmar die Begebenheit.

„Von wegen Versehen. Pass nur auf!"

„Hat er dich auch schon angegrabscht?"

„Nee, ich bin schon über fünfzig und nicht attraktiv genug. Da hat die Contergan-Missbildung auch etwas Gutes. Außerdem esse ich gern, wie man mir leicht ansieht", sagte Dagmar munter. „Er bevorzugt schlanke Frauen."

„So ein bisschen mollig steht dir aber gut."

„Danke. Jedenfalls passt du eher in Königs Beuteschema. Nimm dich vor ihm in Acht. Er denkt wahrscheinlich, mit behinderten Frauen kann er das machen. An gesunde traut er sich nicht ran."

„Ist Ploch deshalb nicht gut auf ihn zu sprechen?"

„Ich weiß nicht, ob er das schon mitgekriegt hat. Der hat ja erst vor knapp einem Jahr hier angefangen, kurz nachdem ich eingezogen bin."

„Und was ist mit dir?" Dagmar zeigte auf ihren Rollstuhl.

„Autounfall mit zwölf."

„Scheißspiel. Und was studierst du?"

„Psychologie."

„Hatte ich auch schon überlegt. Man denkt, man wird mit den eigenen Problemen dann besser fertig."

„Nicht unbedingt. Eigentlich komme ich jetzt gut zurecht. Mich interessiert vor allem die Sport- und Ernährungspsychologie."

„Weißt du, dass König auch Psychologe ist?"

„Ja, hat mir Ploch schon verraten, es gibt überall schwarze Schafe. Wahrscheinlich hatte er eine schwere Kindheit", lästerte Lia.

Dagmar lachte. „Ich sehe, du bist schon dabei, eine Analyse zu erstellen, um eine Strategie zu entwickeln."

„Die ist einfach. Er muss einen auf den Rüssel kriegen. Aber erst suche ich noch nach Leidensgenossinnen. Wenn ich mich hier etwas eingelebt habe, kriege ich sicher raus, wer sonst noch unter König leidet. Zusammen kann man besser gegen ihn vorgehen."

„Bis dahin hat er dich längst schon wieder betatscht. Du musst vorher etwas unternehmen. Ich habe so ein Lederfutteral mit verschiedenen Küchenmessern. Das könntest du dir an den Rollstuhl hängen, damit er gewarnt ist und die Finger von dir lässt."

„Und wenn er sich davon nicht abschrecken lässt? Ich kann doch nicht wirklich zustechen. Der würde mit Sicherheit alles abstreiten. Es gibt ja keine Zeugen. Wahrscheinlich lässt er mich dann für verrückt erklären, Verfolgungswahn oder so. Gegen einen ausgebildeten Psychologen hätte ich keine Chance."

Dagmar runzelte die Stirn: „Dann musst du dir etwas Subtileres ausdenken. Zum Beispiel eine Überwachungskamera."

„Ja, keine schlechte Idee. Aber das dauert seine Zeit, bis die installiert ist. Vielleicht fällt mir noch etwas anderes ein. Er braucht einen ordentlichen Denkzettel, den er nie wieder vergisst. Ich habe ja noch zweieinhalb Tage Zeit."

Später fuhr sie, beladen mit einem Beutel schmutziger Wäsche, in die kleine Nische neben der Gemeinschaftsküche, und versuchte vergeblich, die Waschmaschine in Gang zu bringen.

"Einen Moment, das haben wir gleich. Wahrscheinlich ist mal wieder die Sicherung rausgesprungen. Das passiert um diese Zeit öfter, wenn zu viele auf einmal ihr Essen kochen", ertönte eine tiefe raue Stimme hinter ihr. Die Sprache war etwas langsam und verwaschen, so dass Lia automatisch an einen Studenten dachte, der nach einer feucht-fröhlichen Nacht noch nicht wieder ganz auf dem Damm war, mit jeder Menge Restalkohol im Blut. Aber zumindest war seine

Aktion erfolgreich: Als sie jetzt auf den Ein-Schalter drückte, kündigte ein Aufleuchten des Lämpchens die Funktionsbereitschaft der Waschmaschine an.

Erwartungsvoll drehte sich Lia um.

Unter einem wuscheligen Blondschopf blickten sie freundliche braune Augen an, die durch die schräge Lidfalte irgendwie asiatisch wirkten, der Rest war eindeutig weiblich.

„Ich bin Nina. Warte, ich helfe dir, die Wäsche einzuräumen."

„Lia. Danke, das ist sehr lieb von dir. Ich bin ganz neu und kenne mich noch nicht so aus."

Als Nina sich herunterbeugte, erkannte Lia die charakteristische Falte an den inneren Augenwinkeln. Es machte Klick bei ihr. So weit kannte sie sich schon aus. In ihrer Nachbarschaft hatte es einen Jungen mit Downsyndrom gegeben. Von einer Studentin mit Trisomie 21 hatte sie noch nicht gehört. Es hieß, dass diese Menschen sehr freundlich, aber meist geistig behindert waren. Nina musste diesbezüglich eine Ausnahme sein.

Sie machte offenbar ein so verblüfftes Gesicht, dass Nina sich bemüßigt fühlte, eine Erklärung abzugeben. Lias Reaktion war ihr offenbar nicht neu.

„Du machst so ein erstauntes Gesicht. Du hast schon Recht, ich bin ein Mongo, wie ihr sagt. Das muss dir nicht peinlich sein. Man rechnet nicht mit einer Studentin, die eine Trisomie 21 hat. Ich habe Glück gehabt. Meine Eltern haben mich von Anfang an so akzeptiert, wie ich bin, und optimal unterstützt. Viele Mongos werden einfach vernachlässigt und verkümmern geistig, körperlich und auch seelisch. Oder sie werden vorher abgetrieben."

Lia fand ihre Sprache wieder.

„Ich habe von dem neuen Bluttest gelesen, der es ermöglicht, das Downsyndrom in den ersten Schwangerschaftswochen zu erkennen. Dann passiert das sicher noch öfter."

„Ach, viel schlimmer als jetzt wird es kaum werden. Es gibt ja schon eine Pränataldiagnostik anhand von Fruchtwasseruntersuchungen, und bei Trisomie 21 entscheiden sich neunzig Prozent der Mütter gegen ihr Kind."

„Ist ja auch keine einfache Situation für die Eltern. Wenn ich Mutter eines Kindes mit Downsyndrom wäre, würde ich mir vor allem Sorgen machen, was aus meinem Kind später wird, wenn ich mich nicht mehr darum kümmern kann, weil ich tot bin oder zu alt."

„Diese Angst müsste man den Eltern durch gute Aufklärung nehmen. Wir sind zwar langsamer als andere Menschen, aber die meisten von uns können für sich sorgen. Es gibt sogar Schauspieler mit Downsyndrom wie den Sebastian Urbanski."

"Und was studierst du?"

„Psychopädagogik. Mein Vorbild ist Pablo Pineda. Er hat erst auf Lehramt, dann Psychologie studiert, und jetzt ist er an einer Schule in Cordoba tätig. Von dem hast du vielleicht schon gehört. Und was hast du vor?"

„Na, was wohl? Psychologie studieren."

„Super, dann können wir sicher einiges zusammen machen. Wann bist du angekommen?"

„Gestern Abend."

„Ich bin schon eine Woche hier, und kenne mich inzwischen ganz gut aus. Wenn du willst, zeige ich dir alles."

„Danke für das Angebot. Im Moment bin ich noch mit Haushalt und Einkaufen beschäftigt. Später komme ich gern darauf zurück."

„Jederzeit, melde dich bei mir, wenn du so weit bist. Ich habe Zimmer 213."

„Im Ernst?"

„Klar, das ist ein klasse Zimmer, aber niemand wollte die dreizehn haben. Für mich ist es ideal und passt genau: einundzwanzig mal drei."

„Alles eine Sache der Betrachtungsweise. Aber du weißt ja, der Aberglauben ist weit verbreitet. Ich habe 201."

„Auch nicht schlecht. Da hast du einen guten Überblick über jeden, der kommt und geht."

Kapitel 12

Enttäuscht kehrten Rückert und Berner vom Besuch bei Moor zu Teichmann zurück.

Teichmann lächelte verächtlich, als er hörte, dass Moor angedeutete hatte, dass er sich in Zukunft eine Zusammenarbeit mit ihm vorstellen könne.

„Da kann er warten, bis er schwarz wird. Der hat mir das Leben ganz schön schwer gemacht, als es in der Gemeinde darum ging, die Biogasanlage zu unterstützen."

Also war doch nicht alles eitel Sonnenschein, wie Moor glauben machen wollte!

„Vielleicht sollten Sie doch erst einmal bei dem Küster nachfragen. Jobst ist hier aufgewachsen und kennt Gott und die Welt."

*

Werner Jobst sah fast aus wie eine XL-Ausgabe von Olli Berner, einen Kopf größer und noch etwas beleibter. Sein schlohweißes Haar zeigte, dass er auch einige Jahre älter war. Er wohnte schon seit über fünfzig Jahren in Wehrshausen. Als Olli Berner ihn sah, erinnerte er sich, dass ihm diese imposante Erscheinung schon bei einigen Chorwettbewerben in der Lutherischen Pfarrkirche in Marburg aufgefallen war, an denen er mit dem Polizeichor teilgenommen hatte. Er freute sich, dass auch Jobst ihn wiedererkannte. An seiner Stimme konnte das nicht liegen. Berner war kein Leistungsträger, eher ein unauffälliges Chormitglied.

Seine Stärke waren die sozialen Kontakte beim anschließenden Umtrunk, was fürs Renommee auch nicht zu verachten war. Deshalb hatte er auch gedacht, dass ihm ein

Jodeldiplom à la Loriot gut zu Gesicht stehen würde. Wenn er mit einem ‚Holleri du dödel di' den gesellschaftlichen Teil eines Chorabends einleiten würde, hätte er die Lacher sicher auf seiner Seite.

Jens Rückert hatte ihn gebeten, die Gesprächsführung zu übernehmen. Die ländliche Umgebung war schließlich sein Terrain.

„Kaffee oder Fleischbrühe?“, fragte ihr Gastgeber. Ein alkoholisches Getränk bot er gar nicht erst an.

„Fleischbrühe!“ sagte Berner ohne lang zu überlegen. Rückert schloss sich an. Sie bereuten die Entscheidung nicht: Das war keine fade Brühe aus Brühwürfel oder Suppenpulver aus der Tüte, sondern eine wohlschmeckende Rindfleischbrühe, die der Küster offenbar selbst gekocht hatte.

„Das ist die beste Brühe, die ich seit langem vorgesetzt bekommen habe“, lobte Olli überschwänglich, und Rückert nickte dazu bestätigend.

Nachdem sie eine Weile in musikalischen Erinnerungen geschwelgt hatten, räusperte sich Rückert etwas ungeduldig. Olli kam endlich auf den Grund ihres Besuchs zu sprechen.

„Wir suchen jemanden, der mit verrußten Kleidern oder Gegenständen zu tun hat. Wir dachten zuerst an den Schornsteinfeger. Aber der hat ein Alibi.“

Jobst verschaffte sich etwas Zeit zu überlegen, indem er ihnen noch einen Nachschlag von seiner Fleischbrühe anbot, den sie gern annahmen.

„Rußentwicklung gibt es natürlich an vielen Orten“, begann er dann, „beispielsweise überall, wo offene Kamine in Betrieb sind. Da hätten Sie eine Menge Haushalte in Wehrshausen zu besuchen. Aber ...“, er legte eine kurze Pause ein, um seinen Vorschlag noch einmal kurz zu überdenken.

„Vielleicht kann ich Ihnen den Aufwand ersparen. Es gibt hier einen ehemaligen Zimmermann, der inzwischen in Rente ist, den Erwin Zenker. Der gibt sich gern als Köhler von Wehrshausen aus. Bei uns heißt er nur Waldschrat, weil er in einer selbst gebauten Blockhütte im Wald wohnt. Er ist Mitglied des Waldschmiedevereins, der sich mit historischen Handwerken rund um die Eisenverhüttung in der vorindustriellen Zeit befasst und Eisenerz mit Hilfe eines sogenannten Rennofens herstellt. Die Belüftung erfolgt durch einen Kamin, der gut gewartet werden muss. Das macht der Waldschrat, der auch die Holzkohle, die sie zum Aufheizen benötigen, selbst in einem Kohlenmeiler produziert. Dem ist die ganze Entwicklung auf dem Gebiet der erneuerbaren Energie, die seiner Meinung nach nur die Gegend hier verschandelt, ein Dorn im Auge. Wenn man ihm nachweisen könnte, dass der Ruß von seiner Holzkohle in Teichmanns Scheune stammt, hätten Sie viel Zeit gewonnen."

„Trauen Sie ihm zu, dass er einen Menschen umbringt?"

„Früher galt er als ziemlicher Raufbold. Und im Suff sind die Menschen zu allem fähig. Wer ist denn umgebracht worden?"

„Der Boris Ezatow."

„Oh Gott, wie ist das denn passiert?" Der Küster war ganz erschüttert.

„Ein Stich von hinten ins Herz."

„Also hat ihn doch noch die Vergangenheit eingeholt", meinte Jobst.

„Wie kommen Sie darauf?"

„Eine Gruppe von Russlanddeutschen, die ich betreue, hatte ihn an mich verwiesen. Er konnte sogar Papiere mit Aufenthaltsgenehmigung und Arbeitserlaubnis vorweisen. Ich habe ihn bei Teichmann untergebracht. Der konnte ihn gut gebrauchen, weil er sich mit Tieren auskannte. Aber irgendetwas war mit ihm nicht in Ordnung."

„Wissen Sie, worum es dabei ging?"

„Nicht genau. Er hat mal angedeutet, dass jemand hinter ihm her sei. Aber mehr hat er nicht verraten."

„Dann können Sie uns sicher seine Adresse verraten."

„Ja, klar. Gleich neben dem Pfarrhaus wohnt der Bauer Medebach, der jetzt nur noch nebenher ein paar Schweine und Hühner für den Eigenbedarf hält und ansonsten von seinen Mietwohnungen lebt. Den Kuhstall und die Scheune hat er zu Wohnungen umbauen lassen. Bei ihm wohnen sonst fast nur Studenten, weil es so preiswert ist. Nach Marburg hinein ist es nicht weit, und die Busverbindung ist gut."

Rückert beorderte gleich Körner und seine Leute zu Ezatows Wohnung: „Seht euch doch mal um, Philipp, ob ihr etwas entdeckt, was uns weiterhilft."

Er wandte sich an den Küster: „Das ist ja eine ganz neue Spur. Und wir dachten bisher, es ginge nur um Teichmanns Biogasanlage."

„Wie kamen Sie denn darauf?"

„In einer Scheune auf Teichmanns Hof gab es einen Brandherd. Das sah danach aus, als sollte der ganze Hof abgefackelt werden."

„Das sieht schon eher nach dem Waldschrat aus. Ich habe gar nicht mitgekriegt, dass es gebrannt hat."

„Nein, ist ja auch nichts passiert – außer dem Mord, und der könnte nach allem, was Sie sagen, eine ganz andere Ursache haben. Aber den Mann müssen wir natürlich trotzdem unter die Lupe nehmen. Wie kommen wir zu seiner Hütte?"

Jobst beschrieb ihnen den Weg genau, so dass sie ihn nicht verfehlen konnten und warnte sie beim Abschied:

„Nehmen Sie ihn nicht zu hart ran. Sonst macht er den Mund zu und sagt gar nichts mehr. Der kann störrisch wie ein Esel sein.“

Kapitel 13

Eine Viertelstunde später waren sie bei Zenkers Blockhütte, die auf einer Waldlichtung errichtet war, angelangt. Sie erkannten den Mann gleich wieder. Es war der Mann, der sie auf dem Fahrrad überholt hatte, als sie auf dem Weg zu Moors Hof waren. In seiner Rechten hielt er eine Flasche Bier. Nach den zwei leeren Flaschen zu urteilen, die neben ihm am Boden lagen, war das schon die dritte.

Zenker saß auf einer primitiven Holzbank und starrte kritisch auf den palisadenartig geschichteten Holzhaufen, den er offenbar gerade errichtet und angezündet hatte. Um einen selbst gefertigten Sägebock herum war der Boden mit Sagespänen bedeckt, die einen Duft nach frischem Holz verströmten. Ein dicker Hackklotz, in dem eine Axt steckte, verriet, dass er offenbar gerade Holz für den Meiler klein gemacht hatte. Er wischte mit der linken Hand den Schweiß von der Stirn.

„Na, schon Feierabend?", grüßte Berner freundlich.

Verärgert über die Störung blickte der Mann zu den beiden hinüber. „Was dagegen?", erwiderte der Waldschrat grantig. „Was wollen Sie hier?"

„Wir haben die Blockhütte hier gesehen. Schöne solide Arbeit!", lobte Berner.

Die Bewunderung tat dem Alten gut. Er wurde etwas zugänglicher.

„Selbst gebaut."

„Donnerwetter!"

„Ich bin gelernter Zimmermann, seit fünf Jahren in Rente. Jetzt bin ich der Köhler von Wehrshausen", sagte er stolz.

„Das heißt: Sie produzieren Holzkohle. Verkaufen Sie die auch?"

„Nee, mir geht es nicht ums Geld wie den anderen", sagte er voller Verachtung. „Für die ist das eine Art Kirmes, wenn sie Holzkohle machen. Sie machen Grillfeste, laute Musik und anderen Firlefanz. Wir wollen die alten Traditionen aufrechterhalten. Für eine kleine Spende können Sie sich gern einen Sack mitnehmen. Wir verwenden das Geld für unsere Arbeit hier."

„Wer ist wir?"

„Wir sind der Waldschmiedeverein von Wehrshausen."

„Und was hat der für Ziele?", stellte Berner sich unwissend.

„Wir stellen mit dem Rennofen Eisenerz her und bearbeiten es selbst."

Er zeigte auf ein eigenartiges kaminartiges Gebilde nur wenige Meter neben dem Holzmeiler.

„So etwas habe ich ja noch nie gesehen", bestaunte Rückert den Ofen.

„Typisch Städter. Nur Ahnung von Autos und Internet!"

„Und der Holzstapel da, aus dem es raucht?" Rückert spielte weiter den Unbedarften.

„Das ist der Meiler, mit dem ich die Holzkohle mache."

Berner betrat die Hütte durch die offene Tür und schaute sich um.

„He, was machen Sie denn da? Das ist privat", rief Zenker erbost.

„Ich wollte mir nur mal ansehen, wie so ein Köhler wohnt."

„Na gut, schauen Sie sich ruhig um. Alle Möbel sind selbst gezimmert. Nur aus Holz, das hier aus der Umgebung stammt."

Berner tat so, als schaue er sich alles gründlich an. Die Möbel waren rustikal, aber sauber gearbeitet. Auch hier roch es angenehm nach frischem Holz. In der Ecke stand ein uralter Herd mit Warmwasserreservoir, der gleichzeitig als Heizung und Kochgelegenheit diente.

Solche Herde kannte Berner noch aus den alten Bauernhäusern in Marbach, wo er aufgewachsen war. Der Herd wurde von vorne durch eine Ofentür mit Holz oder Kohle gefüttert. Besonders große Brocken konnte man von oben über eine Öffnung, die durch Stahlringe verschlossen war, direkt nachlegen. Als Junge hatte ihm das immer Spaß gemacht, wenn ihm die Funken um die Ohren flogen, während seine Mutter es mit der Angst zu tun bekam.

Ein Ofenrohr mündete direkt in einen solide gemauerten Schornstein Marke Eigenbau. Das alles imponierte ihm, aber hier wohnen so wie die Altvorderen ohne Fernsehen oder zumindest Radio? Nein, danke. Ein bisschen Luxus musste sein. Daneben hielt Berner nach Gegenständen Ausschau, an denen Ruß haftete. Nichts!

Er verließ die Blockhütte wieder: „Sieht wirklich toll aus", lobte er, „und wo ist Ihre Werkstatt?"

„Alles, was ich brauche, ist im Schuppen hinter der Hütte."

„Das würde ich mir gern mal ansehen. Ich bastle nämlich selbst auch gern."

„Nichts dagegen. Ich komme mit und zeig's Ihnen. Ich brauche sowieso noch ein Bier. Wollen Sie auch eins?" Der Bann schien gebrochen.

Während die beiden unterwegs waren, steckte sich Rückert etwas Holzkohle von der letzten Produktion ein, die von einer Plane geschützt neben der Blockhütte aufgehäuft war. An einem Haken hing eine rostige Kette, neben der eine Schaufel mit verrußtem Stiel und Blatt an der Wand lehnte.

Aber das passte alles nicht so recht zu den Spuren, die sie in Teichmanns Scheune entdeckt hatten.

Als Berner mit seinem Gastgeber zurückkam, war er ganz begeistert:

„Stell dir vor Jens, Herr Zenker hat sogar einen eigenen Generator, mit dem er Strom erzeugt für Kühlschrank und Kreissäge. Und er hat eine richtige Schreinerwerkstatt mit Hobel, Akkubohrer und allem Drum und Dran."

Rückerts Begeisterung hielt sich in Grenzen. Er fand, dass sie allmählich zur Sache kommen sollten. Wenn sie so weitermachten, waren sie bald Mitglied in diesem komischen Waldschmiedeverein.

„Also, Herr Zenker. Wir müssen zur Sache kommen. Wir kommen nicht ganz zufällig hier vorbei."

„Ich dachte, ihr seid auf dem Weg zur Dammühle?"

„Nicht nur". Rückert wies sich aus: „Kriminalpolizei".

Der Waldschrat ließ sich davon nicht beeindrucken.

„Bullen", sagte er verächtlich, „Was wollt ihr denn von mir?"

Rückert redete Tacheles: „Wir suchen nach einem Mörder."

„Wen hat es denn erwischt?"

„Den Boris Ezatow, einen Mitarbeiter von Herrn Teichmann."

„Wann denn?"

„Am Freitagabend!"

Vor Schrecken wäre dem Mann fast die Bierflasche aus der Hand gerutscht. Er schaltete schneller, als man es ihm zugetraut hätte: „Das können Sie mir nicht unterjubeln."

Nachdem Rückert die Reaktion des Köhlers gesehen hatte, bluffte er: „Wir haben einen Zeugen, Sie sind in der Nähe des Tatortes gesehen worden."

„Dann muss der ja auch gesehen haben, dass der Ezatow noch gelebt hat, als ich Teichmanns Hof verlassen habe. Vielleicht war er selbst der Mörder und will nur alles auf mich schieben."

„Dann geben Sie also zu, dass Sie da waren?"

Als Zenker erkannte, dass er sich hatte überrumpeln lassen, wurde er patzig.

„Na und? Ich habe nichts gemacht."

„Aber das Feuerchen stammte doch von Ihnen."

„Na ja: schon. Aber es ist ja nichts passiert! Sie können mir gar nichts. Als ich am Freitagabend nach Wehrshausen in die Kneipe fahren wollte, um mit den anderen vom Verein noch einen Schoppen zu trinken, kam mir plötzlich die Idee, die Scheune abzufackeln. Das gebe ich zu. Ich hatte ja schon ein paar Bier intus. Da erschien mir alles so schön einfach. Das Stroh war schnell angezündet. Aber dann hat mich dieser Boris gesehen und das Feuer ausgetreten. Früher hätte ich ihn umgehauen, aber jetzt komme ich gegen so einen Burschen nicht mehr an. Der hat mir ein paar Fausthiebe versetzt und weitere Schläge angedroht, so dass ich gemacht habe, dass ich wegkam."

„Jetzt ist er tot, erstochen, und Sie sind der letzte, der ihn gesehen hat", sagte Rückert und beobachtete ihn scharf.

„Mit dem Mord habe ich nichts zu tun. Ich wollte doch nur, dass dieser neumodische Kram hier wieder verschwindet. Der lockt nur das ganze fremde Gesocks hierher. Irgendjemand muss doch etwas dagegen tun. Wir wollen einfach nur unsere Ruhe haben. Warum kann das niemand verstehen. Ihr Städter könnt ja machen, was ihr wollt. Ihr braucht vielleicht die Touristen, wir auf dem Lande nicht", knurrte er zornig.

„Und damit Sie es gleich wissen: Den Kletterwald an der Dammmühle habe ich mir auch schon vorgenommen." Er zeigte auf ein paar rindenlose Holzstangen, die – zu passender Länge gestutzt – dem Meiler Halt gaben. Offenbar hatte er ein paar Leitern aus dem Kletterwald entwendet und als Brennholz genutzt.

„Das interessiert uns nicht. Wir müssen einen Mord aufklären. Kommen Sie bitte mit."

„Und wenn ich nicht will!" Der Köhler stand langsam auf, er ging zum Holzklotz, in dem die Axt steckte.

„Das ist hier keine Spielerei", warnte Rückert. „Wir haben die Möglichkeit, Sie zu zwingen. Machen Sie keinen Quatsch." Er öffnete die Lederjacke, zog seine Waffe und entsicherte sie. Er nahm die Warnung des Küsters ernst.

„Ist ja schon gut. Ich hole nur meinen alten Schlapphut. Ohne den gehe ich keinen Schritt. Der stammt noch aus meiner Kluft, als ich auf der Walz war."

Er bückte sich und hatte einen schwarzen Hut mit Krempe in der Hand. Den hatte er hinter dem Holzklotz abgelegt, als ihm vom Holzhacken zu heiß wurde.

„Hatten Sie den auch auf, als sie Feuer gelegt haben?"

„Klar, was denken Sie denn. Den habe ich immer bei mir."

„Haben Sie ihn nie abgelegt?"

„Wenn Sie so fragen. – Ja, richtig. Vom Fahrradfahren war mir warm geworden. Da habe ich ihn kurz irgendwo an einen Haken gehängt, während ich das Stroh für das Feuerchen zusammengesucht habe. Als mich der Ezatow entdeckt und mit Schlägen traktiert hat, habe ich ihn erst vergessen. Ich bin aber später noch einmal zurückgekommen und habe ihn mir geholt."

„Und dabei haben Sie zufällig ein Messer in der Hand gehabt und Boris erstochen."

„Ich schwöre, ich war das nicht! Ich hatte ja nur mein Taschenmesser bei mir. Mit dem kann man nicht viel Unheil anrichten."

Er griff in die Hosentasche und zeigte sein Taschenmesser. Das hatte neben viel Zubehör wie Büchsenöffner, Schraubenzieher, Feile, Holzsäge und Stichel eine große und eine kleine Messerklinge, die aufgeklappt werden mussten. Das war keine Waffe, die sich für einen Mord eignete und passte auch nicht zur Rückenwunde des Ermordeten. Das sah man auf den ersten Blick.

„Und sonst haben Sie niemanden gesehen?"

„Nee, ich habe nichts gesehen und gehört. Als ich meinen Hut wieder hatte, habe ich mich so schnell wie möglich aus dem Staub gemacht. Ich wollte Ezatow nicht noch einmal in die Finger geraten."

Kapitel 14

Hier im Hause wird es mir bestimmt nie langweilig werden, dachte Lia, als sie nach der Begegnung mit Dagmar und Nina in der Gemeinschaftsküche wieder in ihr Zimmer zurückkehrte und sich wieder ans Einräumen machte. Und das war erst der Anfang, sie würde mit Sicherheit noch viele andere interessante Leute hier kennenlernen.

Lia hoffte, dass Leon bald auftauchte, und freute sich darauf, ihm von ihren neuen Bekanntschaften erzählen zu können. Eine Contergan-Geschädigte und eine Studentin mit Downsyndrom, das würde ihn als angehenden Mediziner auch interessieren.

Als Leon sich um zwölf Uhr immer noch nicht hatte sehen lassen, wurde sie allmählich unruhig. Wäre auch zu schön gewesen, wenn sich mal ein Typ, der ihr gefiel, als zuverlässig erweisen würde! Einen Vorteil hatte es, dass Leon sie versetzte: Sie hatte Zeit gehabt, Ordnung zu schaffen.

Wenn auf die anderen kein Verlass war, musste sie sich selbst darum kümmern, wo sie Fritz unterbringen konnte. Am besten inserierte sie in der Tageszeitung. Sie griff zum Handy. Vielleicht konnte sie das damit verbinden, die wichtigsten Einkäufe zu erledigen. Dann hatte sie auch Gelegenheit zu testen, wie es mit der Barrierefreiheit in der Marburger Oberstadt stand.

In diesem Moment klopfte es leise an der Tür. Wollte König sie überrumpeln und – entgegen seiner Ankündigung – schon seinen nächsten Besuch abstatten? Als sie an der Garderobe vorbeikam, nahm sie das Pfefferspray aus der Jackentasche.

Langsam öffnete sie die Tür. Sie war ganz verdutzt, als Leon vor ihr stand.

„Du? Dich hatte ich schon abgeschrieben", sagte sie und ließ das Pfefferspray schnell in der Hosentasche verschwinden.

„Na hör mal. Es ist gerade mal halb eins. Du hattest gestern einen anstrengenden Tag, und eine richtige Studentin schläft dann mindestens bis zwölf. Ich dachte schon, wir sind zu früh."

„Wir?"

„Ja, ich habe noch jemanden mitgebracht. Das ist Tom Wieland, einer aus unserer Volleyball-Mannschaft. Der wohnt schon lange hier in Marburg und kennt 'ne Menge Leute. Er hat versprochen, deinen Fritz an den Mann zu bringen."

„Oder an die Frau. Hallo Lia." Tom reichte ihr freundlich lächelnd die Hand. „Leon hat mir von deinem Problem erzählt."

Auch nicht übel, dachte sie. Schmales Gesicht, etwas größer noch als Leon, aber schlaksiger, weniger muskulös.

„Ja, es ist wirklich dringend. Heute Morgen war der Tutor da. Er hat mir drei Tage gegeben, Fritz loszuwerden."

„Wie großzügig. Du kannst von Glück reden. Der ist sonst viel rigoroser. Du scheinst ihn beeindruckt zu haben", sagte Tom

Fast wäre ihr herausgerutscht, dass sie keinen Wert darauf legte, einem Psychopathen zu imponieren. Sie konnte sich gerade noch beherrschen.

„Woher kennst du ihn?", fragte sie stattdessen vorsichtig.

„Nur indirekt. Ich kenne Johannes Kehr, den Tutor des Duisberghauses, noch von früher. Das ist das alte Studentenwohnheim hier am Schlossberg über dem Biesalski-Haus. Ich habe früher selbst mal da gewohnt. Der König ist unter seinen Kollegen nicht sonderlich beliebt, weil er den Psychoonkel zu sehr heraushängen lässt."

Diese kritische Bemerkung ermutigte sie, ihn weiter über Doktor König auszuhorchen.

„Und was weißt du sonst noch von ihm?"

„Ich selbst: nichts, aber wenn er dich interessiert, erkundige ich mich bei Johannes genauer."

„Das wäre super. Schließlich will ich ja auch Psychologie studieren. Leon hat dir sicher davon erzählt." Mit dem eigentlichen Grund für ihr Interesse wollte sie vorerst noch nicht rausrücken.

Sie tat das schnell ab, als sei das nebensächlich. Wichtiger war es jetzt, den Papagei loszuwerden. Sie bat die beiden herein und präsentierte ihnen stolz ihr neues Zuhause.

„Ganz nett", murmelten sie und stürzten sich gleich auf die Plattensammlung und den auf alt getrimmten Plattenspieler, der sich als High-Tech-Gerät entpuppte. Tom war begeistert. Am liebsten hätte er das Gerät in seine Bestanteile zerlegt.

„Und du weißt jemanden, der den Fritz übernimmt?", kam Lia auf das Wesentliche zu sprechen und bremste damit seinen Forschungsdrang.

„Zumindest kenne ich jemanden, der Interesse an ihm hat. Eine gute Freundin von mir. Sie möchte ihn sich allerdings erst ansehen."

„Das kann ich verstehen. Wann hat sie denn Zeit?"

„Wenn du möchtest: gleich. Sie ist heute den ganzen Tag zu Hause."

„Super, ich beeile mich, muss mich nur noch schnell für den Ausritt fertig machen. Macht ihr euch einen Espresso? Die Maschine steht dahinten."

Sie deutete Richtung Küchenecke. „Frisches Wasser habe ich schon eingefüllt. Und hier eine Kleinigkeit zum Naschen."

Sie öffnete eine Schublade und reichte ihnen eine Tafel Ritter Sport Schokolade Halbbitter.

„Das ist meine Lieblingssorte!"

„Sicher wegen des Firmennamens. Das gibt dem Naschen eine sportliche Note", spottete Leon.

„Nee, nee. Die harmoniert wunderbar mit dem Espresso durch den leicht herben Geschmack."

„Schmeckt jedenfalls prima", lobte Tom, nachdem er davon probiert hatte.

„Noch lieber würde ich Cappuccino trinken. Aber den kann ich mir nicht leisten. Ich sitze zu viel rum", meinte Lia bedauernd. „Dann könnte ich bald ohne Rollstuhl herumkugeln."

„Wir haben mit so etwas keine Probleme. Ich hoffe, wir futtern dir nicht die Haare vom Kopf", Tom war schon bei dem dritten Stück Schokolade.

„Kein Problem. Irgendwie muss ich mein Erbe ja unter die Leute bringen", lachte sie. „Und wenn ihr mir helft, für Fritz eine Bleibe zu finden, ist mir das die Sache wert."

„Das ist ein Wort." Wenig später war von der Tafel nichts mehr übrig.

Während Lia sich eine Fleece-Jacke mit Kapuze und darüber eine sportliche Steppweste mit vielen Taschen anzog und Fritz reisefertig machte, fragte sie:

„Wie kommt es eigentlich, dass ihr direkt bis zu meinem Zimmer gelangt seid? Der Hausmeister hat mir versichert, dass Fremde keinen Zugang zum Haus haben."

Leon beruhigte sie: „Keine Bange, war sicher nur eine Ausnahme. Er hat mich ja gestern mit dir gesehen. Als er von mir gehört hat, dass wir dir helfen wollen, deinen Vogel loszuwerden, hat er uns gleich rein gelassen."

„Das beruhigt mich." Sie wandte sich an Tom.

„Und was machst du, außer Vögel zu vermitteln? Studierst du auch Medizin wie Leon?"

„Nee, das wäre nichts für mich. Ich bin Softwarespezialist und arbeite in einem Architekturbüro. Früher habe ich Sport studiert. Aber wegen einer Verletzung habe ich dann abgebrochen." Ein bisschen Flunkern schien ihm besser als eine weitschweifige Erklärung.

„Sportstudium wäre auch mein Traum gewesen. Als Kind habe ich lieber mit Jungs zusammen auf der Straße Fußball gespielt als mich mit Puppen abgegeben. Bis mich ein Autounfall außer Gefecht gesetzt hat. Jetzt will ich Sportpsychologin werden", kam sie weiteren Fragen zuvor.

„Aber ich habe von Leon gehört, du bist trotz deiner Lähmung auch selbst sportlich aktiv", sagte Tom. Man hörte seiner Stimme die Bewunderung an.

„Na klar, man kann im Rollstuhl alles Mögliche machen: Leichtathletik bis hin zum Marathon, Tischtennis, Tennis, Tanzen, sogar Rugby. Ich habe einiges ausprobiert und bin dann bei Basketball hängengeblieben, weil mir das am besten gefiel."

„Ehrlich gesagt habe ich bisher noch nichts davon gehört."

„Ja, Marburg ist eine Welt für sich. Aber in Wetzlar ist das jedem ein Begriff. Und von wegen Rücksichtnahme auf Behinderte! Unser Trainer bringt uns ganz schön in Schwung. Ist ein harter Knochen."

Lia sprach voller Respekt über ihren Trainer, der seine Schützlinge wie normale Leistungssportler behandelte und ihnen nichts schenkte.

Beim Verlassen des Hauses begegneten sie dem Hausmeister, der ihnen freundlich zunickte.

*

Als Walter Ploch in einem der Besucher Tom Wieland so plötzlich wiedererkannte, stockte ihm der Atem. Er war heilfroh, dass er bisher der Versuchung widerstanden hatte, seinen Schnauzbart abzurasieren, obwohl er ihn oft störte. Tom Wieland hatte ihn zum Glück nicht erkannt.

Kapitel 15

Als Tom zusammen mit Lia und Leon bei Marie Döbus im Sandweg vorfuhr, begutachtete diese gerade die kleine Windenergieanlage in ihrem Vorgarten, die sie hatte installieren lassen. Mit skeptischem Blick betrachtete sie den Rotor, der sich nur langsam drehte, während ihr ein hübscher grau-weiß gescheckter Hase auf Schritt und Tritt folgte.

„Deine neuste Errungenschaft?", fragte Tom, der als erster aus dem Wagen stieg, während sich Leon um Lia kümmerte.

„Hallo Tom." Marie begrüßte Tom mit einer kurzen Umarmung. Sie deutete erst auf ihren Begleiter, dann auf das kleine Windrad.

„Meinst du den Hasen oder das Windrad?"

„Das Windrad natürlich." Tom war an allem Technischen interessiert. „Dass du alle möglichen Tiere um dich herum versammelst, ist ja nichts Besonderes. Neu ist allerdings, dass sie dich nun auch außerhalb des Geheges verfolgen."

„Das ist Hektor. Der ist wahrscheinlich irgendwo abgehauen. Vor drei Wochen habe ich ihn am Dammelsberg aus einer Drahtschlinge befreit. Der war halb verhungert und am rechten Hinterlauf ganz wundgescheuert. Inzwischen hat er sich prima erholt, und er denkt gar nicht dran, wieder zu verschwinden. Ich habe extra einen Käfig für ihn angeschafft, weil ich dachte, er sei daran gewöhnt. Aber Pustekuchen: Da drin ist es ihm viel zu langweilig. Er hat schnell gelernt, selbst die Tür zu öffnen. Jetzt lasse ich sie immer offen."

„Hinterlässt er nicht überall im Haus seine Knittel?"

„Du wirst dich wundern. Er hat sich bei Poldi abgeguckt, wohin er verschwindet, wenn ich ihn rauslasse, damit er sein Geschäft erledigen kann. Er benutzt sogar Poldis Lieblingsecke hinter dem Kirschlorbeer beim Tiergehege, obwohl ich ihn nicht darauf dressiert habe. Ich hätte gar nicht gedacht, dass so etwas bei Hasen möglich ist. Ist ein ganz schlaues Kerlchen."

„Bei Menschen gibt es ja auch riesige Unterschiede. – Und wie wird Poldi damit fertig?"

Poldi war Maries Drahthaardackel, der mit zwölf Jahren ein gesetztes Alter erreicht hatte.

„Ach, aus dem Alter, in dem er hinter jedem Hasen her ist, ist er raus. Er ist eben alt und gelassen geworden wie sein Frauchen."

„Du und Gelassenheit. Das werde ich nie erleben. Du hast immer noch mehr Temperament als die meisten jungen Mädchen von heute. Woher hast du denn diese Schnapsidee mit dem Windrad?"

„Der Wind weht immer den Gestank von verbranntem Holz meiner Nachbarn hierher. Da dachte ich, ich könnte die Windenergie auch positiv nutzen." Maria zeigte stolz auf das Windrad. „Soll bis zu zehn Kilowatt erzeugen können", sagte sie mit einer Mischung aus Stolz und Skepsis. „Aber bei dem mickrigen Wind wird das wohl nichts. Ich freue mich schon auf die Herbststürme."

„Früher habe ich mich auch immer darauf gefreut. Das war die beste Zeit zum Windsurfen. Aber seit ich beruflich voll eingespannt bin, komme ich kaum noch dazu. Wenn ich mal Zeit habe, ist Windstille. Da gehe ich lieber mal mit dem Brett auf die Lahn und paddle eine Runde. Das gibt gute Kondition und ist ganz interessant."

„Ja, das ist wirklich toll, was es heute alles gibt. Surfpaddeln wäre früher auch was für mich gewesen. Aber mit meinem Rücken geht das nicht mehr. Ich bin einfach zu früh geboren. Ein Jammer, dass heutzutage viele von den jungen Mädchen nur Musik hören oder am Handy hängen und herumfaulenzen! – Jetzt ist es mein Hauptsport, mich mit den Nachbarn herumzuärgern. Hält wahrscheinlich auch jung! Auf der einen Seite wohnt ein Stinker, der Kettenraucher ist und zusätzlich mit seinem Kachelofen die ganze Luft verpestet, weil er zu geizig ist, geeignetes Brennholz oder Pellets zu kaufen. Auf der anderen eine Krachmacherin, die mit Benzin-Rasenmäher und Holzschredder ständig Lärm macht, wenn es nicht gerade regnet."

„Was willst du machen? Verbieten kann man das ja nicht."

„Für den Gestank räche ich mich seit Neustem mit Gülle-Gestank. Die Gülle liefert mir ein Freund aus Wehrshausen."

„Wie geht das denn?"

„Ich habe mir in die Windanlage extra einen kleinen Elektromotor einbauen lassen. Bei Windstille schalte ich den an und blase den Güllegestank einfach in die Richtung der Stinker. Der Akku des Elektromotors wird bei Wind dann wieder aufgeladen", erläuterte Marie mit strahlendem Gesicht.

„Das nenne ich optimale Nutzung der grünen Energie!", sagte Tom lachend. „Wie bist du denn darauf gekommen?"

„Die Idee hatte der Hausmeister vom Konrad-Biesalski-Haus, als ich ihm mein Leid geklagt habe."

„Den kennst du auch schon?"

„Der Enkel einer Freundin, der an einer fortschreitenden Muskelerkrankung leidet, ist dort untergebracht. Die hat mir Ploch empfohlen. Er hat mir geholfen, mein Haus altersgerecht einzurichten. Irgendwann werde ich ja auf einen Rollator und ähnliches Zeug angewiesen sein."

„Ich habe ihn heute kennen gelernt, als wir Lia abgeholt haben. Ist auf jeden Fall ein sehr freundlicher Mann, der sich gern für andere einsetzt. Ich hatte das Gefühl, ich hätte ihn schon mal gesehen. Vielleicht fällt es mir noch ein, wo. – Und funktioniert das Patent?"

„Ein Probelauf vor ein paar Tagen hat prima geklappt. Meine Nachbarn haben vergeblich nach der Ursache für den Güllegestank gesucht. Das war ein Spaß! Nur für die Krachmacherin auf der anderen Seite habe ich noch kein Gegenmittel gefunden."

„Vielleicht fällt mir ja was dazu ein. Ich werde mal darüber nachdenken."

Inzwischen war Lia in ihrem Rollstuhl näher gekommen. Als Tom von einer Freundin erzählt hatte, die sich Fritz ansehen wollte, waren Lia Bedenken gekommen. Sie hatte mit einer Frau in Toms Alter gerechnet, der sie nicht die nötige Erfahrung zutraute, mit einem trauernden Papagei fertig zu werden. Die dunklen, gelockten Haare, ihre frische Stimme und der Hase, der um sie herumhoppelte, passten zu der Vorstellung, die sie sich von ihr gemacht hatte. Aber als sich Marie Döbus, die ihr den Rücken zugewandt hatte, während sie mit Tom sprach, zu ihr herumdrehte, erkannte sie, dass sie völlig daneben lag.

Frau Döbus war sicher nur wenig jünger als ihre verstorbene Großmutter, die neunundachtzig geworden war!

Und doch gab es einen gewaltigen Unterschied: Sie legte offenbar großen Wert auf ihr Äußeres, wie Figur, farbenfrohe Kleidung und ein leichtes Make-up erkennen ließen, während ihre Großmutter vom Schminken nichts hielt und ausschließlich Kleider mit gedeckten Farben getragen hatte, wie es in Ziegenhain von Frauen ihres Alters erwartet wurde. Nicht nur ihr Äußeres, auch die lebhafte Art, wie Marie Döbus sich bewegte und sprach, ließ sie viel jünger erscheinen. Lia mochte sie auf Anhieb.

Als Marie ihre Besucherin im Rollstuhl auf sich zukommen sah, registrierte sie als Sportlehrerin sofort den kraftvollen Armeinsatz und die sonstigen energischen Bewegungen. Auch das offene Lächeln ließ erkennen, dass dieses Mädchen sich nicht als Opfer fühlte. Sie hatte den fahrbaren Untersatz als zu ihrem Leben gehörig akzeptiert. – Noch mehr imponierte ihr, als Lia sich durch den Plattenweg, der für einen Rollstuhl nicht gerade geeignet war, wie bei einem Slalom hindurchschlängelte. Ihr Respekt wuchs.

„Alle Achtung! Wo haben Sie das denn gelernt?"

„Slalomdribbeln gehört beim Basketballtraining zum Standardprogramm."

„Sie spielen Rollstuhlbasketball?"

„Ja klar. Schon seit sechs Jahren."

Also eine richtige Sportlerin. Marie ging spontan zum Du über: „Da musst du ja inzwischen schon ein richtiges Ass sein. Muss ich mir unbedingt mal ansehen. Ist dir doch recht, wenn wir du sagen. Ich bin Marie. Die meisten meiner sportlichen Aktivitäten sind leider im Laufe der Jahre auf der Strecke geblieben."

Lia freute sich, so herzlich empfangen zu werden.

„Julia, am liebsten kurz Lia! Wenn dir der Weg nach Wetzlar nicht zu weit ist, kannst du ja mal mit zum Training kommen."

„Gern. Dein Rollstuhl müsste gut auf die Rückbank meines Splash passen. Oder hast schon einen eigenen Wagen?"

„Noch nicht. Aber das ist mein nächstes Ziel, weil man dann unabhängig von anderen ist. Normalerweise werde ich zum Training abgeholt."

„Das ist ja eine Promi-Behandlung wie für einen Filmstar."

„Ich würde gern darauf verzichten, aber im Moment geht es noch nicht anders. Irgendeinen Sinn muss es ja haben, dass man behindert ist.“

Marie Döbus lachte. Die Kleine war genauso direkt wie sie selbst. Sie gefiel ihr.

„Das ist Leon, spielt seit Kurzem in unserer Volleyball-Mannschaft mit“, stellte Tom nun seinen Kumpel vor, der den Käfig mit dem Papagei trug. „Momentan ist er vor allem Chauffeur von Lia.“

„Hallo Leon“, Marie reichte ihm die Hand und sah ihn forschend an „Hast du auch Mukoviszidose wie Tom? Du siehst so kräftig aus?“

„Nein, nein, ich bin gesund, soweit man das von sich überhaupt sagen kann, angehender Medizinstudent. Meine künftigen Kollegen behaupten ja: ‚Gesund‘ bedeutet nur ‚schlecht untersucht‘ “, grinste er.

„Trotzdem: In meinem Alter kann man nie genug Mediziner um sich scharen, obwohl: Bei meiner Arthrose kann mir sowieso keiner mehr richtig helfen.“

„Ich werde künftig in der Orthopädie besonders gut aufpassen, ob es was Neues gibt. Versprochen!“

Die Eingangstür zu Maries Häuschen erwies sich als zu eng für Lias Rollstuhl.

„Der Hintereingang müsste breit genug sein. Den hat mir Herr Ploch extra erweitert für alle Fälle, falls ich auch mal im Rollstuhl lande. Nur eine Rampe gibt es noch nicht. Die ist aber im Bedarfsfall schnell installiert, hat er gemeint.“

Um das Haus führte ein Kiesweg, der auch mit Rollstuhl gut zu befahren war.

Staunend schaute Lia sich das kleine Tiergehege hinter dem Haus an, an dem sie auf dem Weg zur Terrasse vorbeikamen.

Eine kleine Ziegenherde drängte sich neugierig an den Zaun. Ansonsten tummelten sich Hühner und Enten in dem mit Maschendraht abgegrenzten Gehege. Ein Esel, der sich in seiner Ruhe gestört fühlte, drehte den Kopf nur leicht zur Seite und schielte die Besucher misstrauisch an.

„Das ist Emil. Der wird in letzter Zeit immer eigensinniger. Ist wohl das Alter. Ich habe ihm damit gedroht, dass er demnächst Touristen aufs Schloss schleppen muss, wenn er nicht wieder freundlicher wird. Aber das hat ihn nicht sonderlich beeindruckt."

Die Attraktion war ein possierlicher Waschbär.

„Der ist ja drollig", rief Lia begeistert. „Wie bist du denn an den geraten?"

„Der gehört gar nicht dazu. Er leistet den Tieren im Gehege freiwillig Gesellschaft, weil er auf ihr Futter scharf ist", erklärte Marie Döbus. Sie schien gar nicht davon erbaut.

„Ich dachte, Waschbären sind sehr scheu", wunderte sich Lia.

„Der nicht, er kommt und geht er, wie er Lust hat. Das stört mich im Grunde nicht. Ich fürchte nur, dass er demnächst noch Artgenossen anschleppt. Leider ist es mir nicht gelungen, ihn zu verscheuchen."

„Katzen hast du nicht? Davor hat mein Papagei nämlich Angst."

„Nein, keine Bange. Poldi und ich mögen keine Katzen."

Kurz bevor sie die Terrasse erreichten, verfing sich Lia mit dem rechten Rad des Rollstuhls in einer Efeuranke und kippte um. Die anderen bekamen einen Riesenschrecken, aber Lia lachte nur.

„Kein Grund zur Beunruhigung, passiert beim Basketballspiel oft."

Sie drückte sich kräftig mit den Armen ab, machte eine schwungvolle Bewegung und stand schon wieder auf den Rädern.

„Donnerwetter, das war ja geradezu eine artistische Einlage. Tut mir leid", entschuldigte sich Marie. „Ich hätte den Efeu längst schon stutzen müssen". Sie holte ein kleines kompaktes Schweizer Messer aus der Hosentasche und zerschnitt mit der scharfen Klinge das hartnäckige Pflanzenknäuel. Leon schaute fasziniert auf das Messer.

„Darf ich mal?"

Er betrachtete sich das kleine Messer genauer. Da war neben einer LED-Leuchte sogar ein USB-Stick vorhanden.

„Donnerwetter. Das ist das modernste Taschenmesser, das ich bisher gesehen habe. Muss ich mir auch unbedingt anschaffen. Wo kriegt man denn das her?"

„Übers Internet", antwortete Marie, als sei das selbstverständlich.

Leon war sich nicht ganz sicher. War das ernst gemeint, oder wollte ihm die alte Dame einen Bären aufbinden?

Leon und Tom trugen Lia samt Rollstuhl die Treppe zur Terrasse hinauf, die zur Küche führte. Der hintere Eingang erwies sich tatsächlich als breit genug.

Die Wohnküche schien der Hauptaufenthaltsraum der alten Dame zu sein. Neben der großzügig angelegten Kochzeile gab es eine gemütliche Sitzecke mit einer Bank und einem Regal, in dem nicht nur mehrere Kochbücher standen, sondern auch Bücher über Tiere und Sport.

Auch Poldi hatte hier sein Domizil. Zur Begrüßung war er nur kurz auf die Beine gekommen, hatte eine kurze Schnüffelrunde absolviert und pflichtschuldigst kurz mit dem Schwanz gewedelt. Dann war er wieder zu seinem Stammplatz zurück getrottet.

„Der Wetterwechsel macht ihm zu schaffen, sonst zeigt er mehr Interesse für meine Gäste", entschuldigte ihn Marie.

„Aber kommen wir zum eigentlichen Zweck eures Besuchs."

Ganz gegen ihre sonstige forsche Art näherte sie sich behutsam dem Käfig, den Leon jetzt Lia wieder auf den Schoß gesetzt hatte.

„Das ist mein Sorgenkind, Fritz, 85 Jahre", stellte Lia vor. „Er vermisst meine Großmutter sehr und frisst kaum noch."

„Ein hellroter Ara, schöner Vogel! Die Aras sollen ja genau so intelligent sein wie die Affen."

„Im Biesalski-Haus kann er aber nicht bleiben, und ich habe auch gar keine Zeit für ihn, wenn ich erst mal mit dem Studium begonnen habe."

„Ja, Tom hat schon so etwas angedeutet. Ich versuche gleich mal mein Glück bei ihm."

Marie wandte sich direkt an den Vogel: „Hallo Fritz! Woll'n mal sehen, was wir für dich tun können. Ich bin Marie, ich bin fast so bunt angezogen wie du. Wir würden auch vom Alter her gut zusammen passen. Mein Poldi hier und draußen der Emil sind auch fast so alt wie wir", plauderte sie mit dem Papagei, als würde er jedes Wort verstehen. „Wir würden eine prima Senioren-WG abgeben. Du wirst merken, bei uns geht es ganz lustig zu. – Ich glaube, du kannst etwas frisches Wasser gebrauchen." Fürsorglich füllte sie Wasser in den kleinen Behälter, der durch den Transport leer geworden war.

Fritz, der anfangs etwas von ihr weggerückt war, legte den Kopf schief. Es hatte den Anschein, als verstünde er jedes Wort. Er schien die Stimme zu mögen. Und gab es da nicht eine gewisse Ähnlichkeit mit seinem verstorbenen Frauchen? Auf jeden Fall merkte er, dass da jemand war, der es gut mit ihm meinte. Als Zeichen der Sympathie rückte er wieder näher. Er nippte von dem Wasser, das ihm zu behagen schien und sagte ganz unvermittelt: „Guten Tag."

„Du bist ja eine richtige Vogelflüsterin!", jubelte Lia. „Das sind die ersten Worte seit Großmutters Tod."

„Ist schon mal ein gutes Zeichen, aber wir wollen uns nicht zu früh freuen." Marie Döbus war zurückhaltend. „In ein paar Tagen wird man sehen, ob wir uns zusammenraufen."

Aber zweifellos war ein Anfang gemacht.

Marie stellte Fritz ein Schälchen Sonnenblumenkerne in den Käfig und trug ihn ins angrenzende Wohnzimmer. Sie ließ die Tür offen, damit Fritz sich nicht abgeschoben fühlte.

„Jetzt lassen wir ihn einfach mal in Ruhe, damit er sich nicht ständig beobachtet fühlt. Tom, sei so lieb und hilf mir mit dem Espresso. Ihr trinkt doch einen mit?"

Zum Espresso gab es Mandeln in einer zartbitteren Schokohülle, die geschmacklich wunderbar zum Getränk passte.

Marie Döbus zeigte ihren Gästen, wie sie damit umgehen mussten, um den optimalen Genuss herauszuholen, wenn man die Schokolade im Teelöffel zergehen ließ.

„Wir sind ja unter uns", ermutigte sie Leon und Lia zu diesen ungewöhnlichen Tischmanieren.

„Wirklich lecker", meinte Lia. „Ich mache das so ähnlich mit Halbbitterschokolade, wenn ich allein bin. Aber die Mandeln haben sicher noch weniger Kalorien als ein Stück Schokolade. Die muss ich mir unbedingt anschaffen."

„Ja, ich muss auch auf mein Gewicht achten. Bei meiner Arthrose wiegt jedes Pfund doppelt."

„Und wo kann man die Mandeln kaufen? Ich habe sie noch nie gesehen", fragte Lia.

„Die bestelle ich auch im Internet."

Lia staunte sie an. Der USB-Stick am Taschenmesser war also nicht nur Attrappe.

„Du starrst mich ja an wie das achte Weltwunder."

„Ich dachte vorhin, du machst Witze. Meine Oma hatte damit nichts am Hut. Sie hat zwar auf mein Bitten hin einen Laptop angeschafft. Aber benutzt hat sie den nie. Sie hatte Angst, ausspioniert zu werden."

„Kann einem tatsächlich passieren, wie man in letzter Zeit immer öfter liest. Aber wem liegt schon an den Daten einer alten Frau. Das juckt mich nicht. Dafür hat man tausend Möglichkeiten, seinen Horizont zu erweitern. Im Moment lade ich mir alte Spiele herunter. Ich muss mich darauf einstellen, dass mein Commodore 64 bald seinen Geist aufgibt. Einige Spiele funktionieren nicht mehr. Die Lebenszeit dieser alten labbrigen Disketten hat Grenzen."

„Vom C64 habe ich nur gerüchteweise gehört. Ich dachte, den gibt es höchstens noch im Museum. Dass den noch jemand benutzt, Wahnsinn!", staunte Lia schon wieder. Diese Frau war wirklich für jede Überraschung gut.

„Den verdanke ich Tom. Als ich mich über die modernen Spiele beschwert habe, die oft sehr unübersichtlich sind, meinte er, diese Art Spiele seien genau das Richtige für mich. Und er hatte Recht. Am liebsten spiele ich ‚David's Midnight Magic', das ist ein tolles Flipperspiel, das ein gutes Reaktionsvermögen verlangt. Man kann auf die Kugeln viel besser Einfluss nehmen als bei den modernen Flipperspielen, die zwar optisch aufgemotzt, aber sonst ziemlich primitiv sind. Wenn es dich interessiert, führe ich dir das gleich mal vor. Ich muss die Männer nur kurz einweisen. Sie müssen was für mich erledigen. Ich habe eine zerlegbare Kartoffelkiste draußen im Auto. Die sollen sie mir zusammensetzen, damit ich frische Kartoffeln einlagern kann.

Die alte Kiste zerfällt allmählich. Die stammt noch aus der Nachkriegszeit."

Sie zeigte Tom und Leon, wo sie die Kiste im Keller aufstellen sollten. Dann nahm sie Lia mit ins Wohnzimmer, in dem der C64 stand, schaltete den Monitor, das Floppy-Laufwerk und die alte Tastatur ein. Alle Signallämpchen leuchteten.

Dann dauerte es ein Weilchen, bevor das Flipperspiel angekündigt wurde.

„Es ist immer wieder spannend, ob alles klappt. Das dauert etwas länger als bei einem modernen PC, weil der C64 noch keine Festplatte hat. Deshalb muss man jedes Spiel über dieses Laufwerk laden", erläuterte sie. „Aber dafür stürzt er auch nicht plötzlich ab, wenn es am spannendsten ist, wie das mit den modernen PCs immer wieder vorkommt. Und so was wie Viren gibt es dabei auch nicht. Eine direkte Verbindung zum Internet existiert ja nicht."

Als die alte Dame ihr das Spiel vorführte, war Lia begeistert, wie geschickt sie die virtuellen Kugeln herumsausen ließ, um möglichst viele direkte Punkte zu ergattern.

Als Lia dann selbst an der Reihe war, scheiterte sie kläglich. Im Nu waren alle Kugeln verlorengegangen.

„Kein Grund zum Ärgern. Ein bisschen Übung braucht es schon. Aber es gibt auch einfachere Spiele. Ich lege mal die Diskette mit ‚Beach Head' ein."

Das Design war zwar einfach, aber um ein Schiff durch die unaufhörlich abgefeuerten Torpedos hindurch zu lenken, brauchte man höchste Konzentration. Als Lia nach fünf vergeblichen Anläufen einen erfolgreich beendet hatte, sank sie in Schweiß gebadet gegen die Rücklehne.

„Da muss man ja aufpassen, wie ein Schießhund. Aber es macht echt Spaß", gestand sie.

Als Tom und Leon etwas mitgenommen aus dem Keller kamen und Vollzug meldeten, gab es als Belohnung ein Stück frisch gebackenen Heidelbeerkuchen für jeden. Danach verabschiedete sich Tom:

"Macht's gut. Ich muss für ein paar Tage in die HNO-Klinik."

„Was Schlimmes?", erkundigte sich Marie.

„Nee, ich muss nur wieder meine Nase durchgängig machen lassen. Meine Nasenpolypen haben sich wieder breit gemacht. Von deinem leckeren Heidelbeerkuchen schmecke ich nur wenig, und nachts muss ich immer durch den Mund atmen. Das ist sehr lästig, manchmal wache ich sogar vom eigenen Schnarchen auf."

„Ich dachte, Polypen, das ist eine Kinderkrankheit", wunderte sich Lia.

„Mein Arzt hat mir das mal erklärt: Bei den kleinen Kindern ist das die Rachenmandel, die zu groß ist", sagte Tom. „Wenn man die rechtzeitig herausnimmt, gibt es meist keine Probleme mehr. Bei mir sind das richtige Schleimhautwucherungen in der Nasennebenhöhle und der Nase, die immer wiederkommen können. Ist aber keine große Sache. Ich melde mich dann wieder, wenn ich alles hinter mir habe. Vielleicht fällt mir in der Zwischenzeit etwas ein, womit wir die Krachmacher in deiner Nachbarschaft unter Druck setzen können, Marie."

Als Tom gegangen war, erkundigte sich Lia neugierig.

„Was hat er denn für eine Krankheit? Vorhin hast du so einen komischen Namen genannt, den ich noch nie gehört habe."

„Mukoviszidose. Ist eine seltene Erbkrankheit, die noch nicht heilbar ist."

„Aber Tom macht doch einen ganz gesunden Eindruck."

„Ist er ja eigentlich auch. Nur die Nase macht ihm offenbar Kummer. Seine Leidensgenossen nennen ihn ‚Simulant', weil es ihm so gut geht. Früher hat er sogar Sport studiert."

„Ja, hat er mir vorhin erzählt."

Leon war mit Tom hinausgegangen, um ihm seinen Rucksack zu geben, den er im Wagen gelassen hatte. Lia nutzte die Gelegenheit, mit Marie über die heikle Angelegenheit mit dem mutmaßlichen Übergriff von König zu sprechen.

„Kaum zu glauben. Aber wenn das wirklich so ist, gibt es nur eins: zur Polizei gehen."

„Eigentlich wollte ich erst einmal abwarten. Vielleicht tue ich dem Tutor ja Unrecht. Bis jetzt ist es erst ein Verdacht."

„Ich verstehe. Aber du musst dich auf alles gefasst machen. Hast du denn eine Waffe?"

„Ja, hier: ein Pfefferspray."

„Besser als gar nichts. Aber wenn er von hinten kommt, was machst du dann? Ich hätte da so einen Elektroschocker, mit dem du dich notfalls wehren kannst. Hast du mit so etwas Erfahrung?"

„Nee, habe nur schon davon gehört. Wäre vielleicht gar nicht schlecht."

Marie holte das Gerät aus der obersten Schublade des Schuhschränkchens auf dem Flur und zeigte ihr, wie man damit umging.

„Kannst du vorläufig behalten."

„Und wie kommst du an so etwas?"

„Den hat mir jemand von der Kripo geschenkt, mit dem ich befreundet bin. Bestimmt lernst du ihn mal kennen, wenn du öfter nach Fritz schaust. Ein sehr interessanter Mann, der über den Tellerrand seines Berufs schaut. Er spielt Jazz und beschäftigt sich sogar mit Philosophie. Der würde dir sicher auch ein paar Tipps geben, wie du mit dem Grabscher in eurem Wohnheim umspringen musst."

„Auf das Angebot komme ich vielleicht noch zurück. Es ist immer gut, wenn man noch einen Joker hat."

„Das ist wirklich eine imponierende Frau", sagte Leon, als er Lia in der Sybelstraße wieder absetzte.

„Ja, mich hat sie auch beeindruckt, so unkompliziert und voller Ideen. Hoffentlich hält Fritz es bei ihr aus."

Kapitel 16

Philipp Körner und seine Leute erlebten in Boris Ezatows Zimmer eine unangenehme Überraschung. Irgendjemand war ihnen zuvorgekommen und hatte ein heilloses Durcheinander hinterlassen.

Auf den ersten Blick hätte man fast meinen können, dass ein Hagelschauer niedergegangen war: Überall im Raum waren weiße Kügelchen verteilt.

Die Ursache klärte sich schnell auf: Eine rote Hülle aus Polyester, die fast wie eine Blutlache aussah, lag in der Mitte des Raumes. Sie war an der Seite aufgeschlitzt, so dass die Polystyrolkügelchen, die dem Sitzsack seine ursprüngliche Form gegeben hatten, herausgequollen waren.

Ein kleiner Küchenwagen auf Rollen, der – wie die Staubränder an der Wand verrieten, sonst platzsparend in der Ecke stand, war quer in Raum gerückt. Die zugehörigen Hocker waren umgekippt. Der Inhalt der beiden Schubladen war über den Boden verstreut. Neben dem Besteck und den notwendigsten Kleingeräten wie Schere, Korkenzieher und Nussknacker, lagen eine Schreibtischunterlage in Form einer Weltkarte, leere Papierumschläge, ein Schreibblock, mehrere Kulis mit Firmenaufdrucken, ein Bleistift und ein Radiergummi herum.

Einen Briefumschlag mit Inhalt hatte der ungebetene Besucher in tausend kleine Fetzen zerrissen und achtlos auf den Boden fallen gelassen. Philipp Körner ließ die Papierfetzen in einer Plastiktüte sammeln und steckte sie ein.

Überall flogen die losen Blätter von russischen Zeitungen herum.

Nur das Foto einer achtköpfigen Familie, das mit Reißzwecken an der Wand über der Küchenecke befestigt war, war heil geblieben.

Auf einem Eckregal mit vier Ebenen standen noch Essig, Öl, verschiedene Gewürze und eine halbvolle Wodka-Flasche im obersten schmalen Fach. Die unteren breiteren Fächer waren wie leergefegt. Das Geschirr war einfach heruntergerissen worden und größtenteils in Scherben zerbrochen. Auch ein moderner Samowar mit Analog-Thermometer, der einzige Luxusgegenstand des Raumes, war – in seine Bestandteile zerlegt – auf dem Boden gelandet. Von der zugehörigen schwarzen Teekanne aus Keramik war nur noch ein Scherbenhaufen übrig. Fingerabdrücke fanden sich im ganzen Raum nur von einer Person. Die Wodka-Flasche steckte Körner ein. Wenn sich jemand daraus einen Schluck genehmigt hatte, konnten am Flaschenhals Spuren zu finden sein.

Eine dicke Schaumgummimatratze, die als Schlafstätte diente, war an der Wand hochgestellt. Die dünnere Unterseite der Matratze war durch zahlreiche Schnitte, die wahrscheinlich von einem Messer stammten, zerstört. Die Schaumgummifüllung war größtenteils herausgerissen. Ein rotes Spannbetttuch lag ebenso wie ein rotweiß karierter Bettbezug und eine Wolldecke auf einem Haufen in der Ecke. Ein Kopfkissen war nirgends zu sehen.

Der alte Fernseher gegenüber, der auf einem alten Teakholzregal stand, war von der Wand abgerückt. Die Rückwand war an drei Ecken abgeschraubt und hing schräg nach unten. Jedes mögliche Versteck war durchforstet worden. Hier war ganze Arbeit geleistet worden.

Dusche und Toilette waren auf dem Flur. Die wenigen Versteckmöglichkeiten dort waren schnell durchsucht.

Von Medebach, dem Vermieter, ließ sich Körner noch die Mülleimer zeigen. Aber auch da fand sich nichts von Bedeutung.

Das war eine magere Ausbeute: Eine halbvolle Flasche Wodka und ein zerfetzter Brief. Der oder die Täter hatten schnelle und gründliche Arbeit geleistet.

Philipp Körner erstattete Jens Rückert abends Bericht.

„Fingerabdrücke gab es leider nur von Boris Ezatow, wie wir durch den Abgleich mit der Rechtsmedizin festgestellt haben. Immerhin wissen wir, dass uns jemand zuvorgekommen ist. Was auch immer der oder die gesucht haben: Das ist futsch."

„Da bin ich nicht sicher", meinte Rückert. „Kann gut sein, dass Ezatow das, was man gesucht hat, gar nicht in seinem Zimmer, sondern irgendwo auf dem Hof versteckt hat. Ihr müsst Teichmann unbedingt warnen. Kann sein, dass er auch noch Besuch erhält. Und morgen müsst ihr seinen Hof noch einmal gründlich durchforsten, für den Fall, dass Ezatow da ein Versteck hat."

„Erbarmen!", stöhnte Körner. „Da müssen wir ja auch die Tierställe umkrempeln. Der Kuhstall geht ja noch, aber der Gestank im Schweinestall ist bestialisch."

„Dann lasst euch was Besseres einfallen! Notfalls setzt ihr euch Nasenklammern auf. Auf jeden Fall müssen wir vorankommen."

Kapitel 17

Lia fühlte sich wie befreit, als sie nach dem Besuch bei Marie Döbus ins Biesalski-Haus zurückkehrte. Sie hatten sich zwar geeinigt, dass sie am nächsten Tag noch einmal vorbeikommen sollte, um nach dem Papagei zu schauen. Aber Lia hatte ein gutes Gefühl.

Mehr Gedanken machte sie sich darüber, dass Leon sie zum Abschied geküsst hatte. Er sah gut aus und sie mochte ihn, aber so richtig verliebt war sie nicht. Vielleicht kam das ja noch. Aber hatten sie überhaupt eine Zukunft? Sie brauchte Zeit. Es kam jetzt so viel auf sie zu.

An diesem Abend wollte sie allein sein, um in Ruhe nachdenken zu können. Sie legte eine Scheibe Brot heraus, belegte es mit magerem Schinken und schlug zwei Eier in die heiße Pfanne.

Als es klingelte, rollte sie zur Tür. Vielleicht wollte Dagmar oder Nina sie zum Abendessen in die Gemeinschaftsküche abholen.

Aber sie hatte sich getäuscht: Doktor König, der Tutor, stand vor der Tür, ein joviales Grinsen auf dem Gesicht.

Mit dem hatte sie jetzt gar nicht gerechnet. Zum Glück hatte sie ja Fritz schon bei Marie Döbus untergebracht.

„Der Papagei ist nicht mehr da", versuchte sie ihn gleich an der Tür abzuwimmeln.

„Gut gemacht. Das habe ich von Ihnen auch nicht anders erwartet", lobte er sie und war schon an ihr vorbei ins Zimmer gegangen. „Heute sieht es bei Ihnen schon ganz anders aus. Er blieb vor einem Monatskalender von Claude Monet stehen, den sie zum Aufhängen bereit gelegt hatte.

„Ah, eine Kunstliebhaberin", versuchte er, einen Small-Talk einzuleiten. Aber sie hatte es eilig und ging nicht darauf ein. Die Eier warteten.

„Entschuldigung, ich muss mich um meine Spiegeleier kümmern."

Er folgte ihr in die Küchenecke, wo er das Frühstücksbrett von Loriot mit dem harten Fünf-Minuten-Ei entdeckte.

„Auch ein Loriot-Fan? Wirklich schade, dass er schon gestorben ist. Er hatte immer so gute Ideen, obwohl er sich zuletzt aus der Öffentlichkeit zurückgezogen hat. Ich habe zu Hause einen Abreißkalender von ihm, an dem ich jeden Tag meinen Spaß habe. Da nimmt er in seinen typischen Karikaturen die menschlichen Schwächen wunderbar aufs Korn. Der hätte auch einen guten Psychologen abgegeben", plauderte er, während Lia ganz auf die Spiegeleier konzentriert war. Sie liebte es, wenn sie auf einer Seite und am Rand braun und knusprig waren, das Eigelb aber noch flüssig und nur von einem dünnen Eiweißfilm bedeckt war.

Sie hatte gerade im richtigen Moment die Pfanne von der Herdplatte gezogen, als sie seine Hände an ihren Brüsten spürte.

„Fühlt sich gut an. Ist das alles echt?"

Sie reagierte ganz spontan ließ den Pfannengriff los, ergriff seine Handgelenke und drückte seine Hände energisch auf die noch glühende Herdplatte.

König schrie gellend auf, riss sich los und taumelte aus dem Zimmer.

Erst jetzt traf Lia der Schock. Sie brach in Tränen aus. Was hatte sie getan? Aber es ging alles so schnell. Sie hatte gar nicht lange überlegt.

Sie brauchte dringend jemanden zum Reden. Aufgelöst fuhr sie, so schnell sie konnte, den Flur hinunter und klopfte an Ninas Tür.

Zum Glück war diese zu Hause. Sie hörte geduldig zu, als Lia heraussprudelte, was ihr passiert war und wie sie sich gewehrt hatte.

„Hast du genau richtig gemacht. Ich hätte gar nicht so schnell reagiert."

„Und hat er dich auch schon mal angefasst?"

„Ja jetzt, wo du das erzählst, passt alles zusammen: Als er seinen Antrittsbesuch gemacht hat, habe ich gerade Bücher ins Regal gestellt. Er hat mir dann dabei geholfen, indem er sie angereicht hat. Dabei habe ich seine Hände mal flüchtig an meinem Hintern gespürt. Aber ich dachte, das sei ein Versehen."

„So ähnlich ging mir das auch bei seinem ersten Besuch, da war ich mir auch nicht ganz sicher."

„Und was machen wir nun?"

„Wir klappern alle Zimmer ab und erzählen, was passiert ist. Vielleicht gibt es einige, die jetzt die Angst überwinden können, nachdem du dich zur Wehr gesetzt hast."

Sie hatten Pech. Die Zimmer waren wie leergefegt. Das war ungewöhnlich und kam eigentlich nur vor, wenn eine Veranstaltung im Gemeinschaftsraum im Parterre stattfand. Sie schauten dort nach. Nichts. Nina schlug sich vor den Kopf:

„Natürlich, dass mir das erst jetzt einfällt. Die Mädels haben mir ja von einem Training im Hobbyraum erzählt, in dem die Geräte aufgestellt sind. Habe ich ganz vergessen. Na ja, ich bin ja auch erst kurze Zeit hier."

Im Geräteraum trafen sie auf den Hausmeister, der bei der Einstellung der Geräte behilflich war. Nina meinte, es könne nichts schaden, wenn er eingeweiht würde. Er war, wie auch Lia schon mitbekommen hatte, nicht gerade ein Freund des Tutors.

„Deshalb hat er sich vorhin mit dem Taxi abholen lassen. Ist er endlich an die Falsche geraten. Das haben Sie wirklich gut gemacht, Lia", lobte Ploch. „Ich darf doch Lia zu Ihnen sagen?"

Lia nickte, froh, noch einen Verbündeten zu haben.

„Ich bin sehr gespannt, was jetzt passiert. Ich hatte schon so etwas mitbekommen, aber die meisten Studentinnen, die sich mir anvertraut haben, haben das unter dem Siegel der Verschwiegenheit getan, weil sie Nachteile befürchteten. Da waren mir die Hände gebunden. Sie haben die Übergriffe als harmloses pubertäres Verhalten abgetan und meinten, sie kämen gegen ihn sowieso nicht an. Wenn Sie jetzt alle zusammenhalten, müssten Sie ihm für immer das Handwerk legen können."

Er zog Lia mit sich.

„Lassen Sie mal die Nina mit den anderen reden. Die kennen die meisten schon. Zu der haben sie Vertrauen, weil sie zu allen freundlich ist. Und für Sie habe ich eine kleine Ablenkung, damit sie auf andere Gedanken kommen. Haben Sie schon unseren Schießstand gesehen?"

Auf diese Weise erhielt Lia eine private Einweisung in die kleine Schießanlage, die der Hausmeister extra für interessierte Heimbewohner hinter dem Haus eingerichtet hatte. Einige geschickt angebrachte Scheinwerfer sorgten auch am Abend für gutes Licht.

Lia war Feuer und Flamme, als Ploch ihr zeigte, wie sie mit Pfeil und Bogen umgehen musste. Es sah wie selbstverständlich aus, als er die nur zehn Meter entfernte Zielscheibe anvisierte und mit jedem Schuss traf.

Zu ihrer Enttäuschung war sie nicht in der Lage, die Sehne des Bogens bis zum Kinn zu ziehen. Der Pfeil flog nicht einmal fünf Meter weit. Die Kraft des Armes und der linken Hand reichten bei ihr nicht aus. Außerdem war die Rückenmuskulatur zu schwach gegenzuhalten.

„Kein Grund, Trübsal zu blasen! Ich habe hier einen guten Ersatz für Sie. Macht auch Spaß."

Er zeigte ihr stolz einige Sport-Zwillen.

„Habe ich alle selbst gebastelt. Ich zeig's Ihnen mal, wie man damit schießt". Er nahm aus einem Stoffsäckchen einige weiße Kieselsteine und zielte auf kleine Figuren in einer Box, die umkippten, wenn man sie traf. Die Munition konnte man hinten aus einem Reservoir der Box holen und wieder benutzen. So sparte man sich später das Aufsammeln der Munition vom Boden, das den meisten Behinderten Mühe machte.

„Ist eigentlich ein Auffangbehälter für Bleikugeln von Luftpistolen", erklärte er, während er ein paar Schüsse abgab und fast jedes Mal einen Treffer erzielte.

Dann reichte er Lia eine Zwille, die einen weicheren Gummizug hatte, so dass sie keine Mühe hatte, die Zwille zu spannen.

„Die können Sie als Trainingsgerät behalten." Er reichte ihr einen Plastikbeutel mit Kirschkernen. „und das ist unsere Übungsmunition. Probieren Sie mal."

Als er sah, wie sie die Kirschkerne geschickt in die Lasche einlegte und nach einigen Probeschüssen den ersten Treffer erzielte, überließ er sie sich selbst. Sie war mit großem Eifer bei der Sache.

„Trainieren Sie noch ein bisschen, und versuchen Sie auch mal, die Zwille mit der anderen Hand zu halten, damit die Muskulatur auf beiden Seiten gleichmäßig belastet wird. Ich sehe mal kurz nach, was Nina erreicht hat. Bin gleich wieder da."

Wenige Minuten später kam er zurück mit der wenig erfreulichen Zwischenbilanz, dass Nina bisher erst eine einzige Studentin gefunden hatte, die bereit war auszusagen. Alle anderen wollten die Angelegenheit noch überschlafen.

„Das habe ich befürchtet. Die haben Angst und warten erst einmal ab. Aber das wird schon", tröstete er Lia, als er ihre bedrückte Miene sah. „Ich werde morgen einen Rundgang bei den Unentschlossenen machen und ihnen meine Unterstützung anbieten, damit sie ihre Furcht vor König ablegen", sprach er Lia Mut zu, während er einige Kirschkerne auflas, die die Box verfehlt hatten.

„Wenn ein paar davon verloren gehen, macht das nichts. Wir haben Nachschub."

„Wo bekommen Sie die denn her?"

„Ich bestelle einfach Rheumasäckchen im Internet. Kostet keine fünf Euro. Als Munition geht auch alles andere, was einigermaßen rundlich und nicht zu leicht ist, sogar kleine Kugeln aus Ton, die man in jedem Kinderspielwarengeschäft bekommt. Die zerplatzen aber leicht und machen hier im Hof zu viel Dreck. Ich selbst nehme am liebsten solche Kieselsteine."

Er überreichte ihr eine Handvoll Munition, überwiegend Kirschkerne: „Hier, zum heimlichen Training! Aber nicht auf Kommilitonen aus dem Haus schießen. Die wissen dann gleich, wer dahinter steckt."

Später erstattete Nina Lia Bericht, nachdem sie ihren Rundgang beendet hatte.

„Viele freuen sich zwar, dass der König einen Denkzettel gekriegt hat, aber sie zögern noch, selbst aktiv zu werden. Es fehlt ihnen einfach an Zivilcourage. Ich habe versucht, Ihnen klar zu machen, dass der König keine Chance hat, wenn wir alle zusammenhalten. Die eine oder andere scheint aber auch ein schlechtes Gewissen zu haben, weil sie sich durch Stillhalten Vorteile ergattert hat."

Vor dem Schlafengehen versuchte Lia noch, Marie Döbus zu erreichen. Aber entweder war sie schon zu Bett gegangen, oder sie war noch unterwegs und ging einer ihrer zahlreichen Aktivitäten nach. Ihr Handy war ausgeschaltet.

An Schlafen war zuerst nicht zu denken. Lia wälzte sich von der einen auf die andere Seite. Was so schön in Marburg begonnen hatte, optimale Unterkunft, faszinierende Bekanntschaften, ein interessantes Studium in Aussicht, alles war ihr plötzlich durch diesen Psychopathen vergällt. Die Dunkelheit tat ihr übriges, dass Lia sich ihre Zukunft in düsteren Farben ausmalte.

Es dauerte eine Weile, bis sie sich endlich aufraffte, eine Runde Autogenes Training zu absolvieren, das sie in der Zeit nach dem Unfall gelernt hatte. Das half, den Stress abzubauen und den Schlafmangel zu kompensieren, wie dies in dem Standardwerk von Hannes Lindemann eindrucksvoll dargelegt war. Der hatte es mit Hilfe des Autogenen Trainings einst sogar geschafft, ganz auf sich allein gestellt, den Atlantik in einem Faltboot zu überqueren.

Es gelang ihr allmählich, sich zu beruhigen und den Teufelskreis zwischen sorgenvollen Gedanken und Schlaflosigkeit zu durchbrechen.

*

Um halb sechs wurde Lia von lautem Gurren der Tauben geweckt, die sich auf dem Dachfirst des Hauses gegenüber ein Stelldichein gegeben hatten.

Sie drehte sich auf die andere Seite und hoffte, dass die Tauben bald verschwinden würden. Aber nichts da. Das Gurren ging weiter. Im Gegenteil, es schienen immer mehr Tauben zu werden. Die Ohrstöpsel, die sie für den Notfall bereit liegen hatte, da man in Studentenwohnheimen immer mit Remmidemmi rechnen musste, kamen nicht dagegen an.

Sie erinnerte sich an die Zwille, die ihr Ploch mitgegeben hatte. Aber ihre Hoffnung, damit die Tauben vertreiben zu können, trogen. Die Kirschkerne erwiesen sich als zu harmlos. Ein paar der Vögel flatterten zwar kurz auf, als etwas unter ihnen auf dem Dach schepperte. Aber die meisten ließen sich nicht stören. Im Gegenteil: die harmlosen Geschosse waren schnell als harmlos erkannt und wurden sogar zum Zankapfel. Dann ging das Gurren wieder los.

Lia nahm das Ganze nun von der sportlichen Seite und verschoss Kirschkerne, indem sie die Lasche abwechseln links und rechts hielt, bis die Muskeln rebellierten.

Davon wurde sie so wach, dass sie beschloss, endgültig aufzustehen.

Sie absolvierte ihre morgendliche Gymnastik und nahm eine Dusche. Danach fühlte sie sich erfrischt und voller Zuversicht.

Vor dem Frühstück versuchte sie noch einmal, Marie Döbus zu erreichen. Diesmal hatte sie mehr Glück als am Abend zuvor.

„Du bist aber früh dran", wunderte sich Marie. „Bist du so um den Papagei besorgt? Dem geht's prima. Frisst und trinkt und quasselt schon den ganzen Morgen. Komm doch vorbei und schau ihn dir an."

„Super, heute Morgen habe ich noch etwas zu erledigen. Eigentlich rufe ich wegen etwas anderem an. Unser Tutor, der König, ist gestern Abend tatsächlich zudringlich geworden."

„Also doch. Und wie hast du dich gewehrt? Hat der Elektroschocker funktioniert?"

„In dem Moment habe ich gar nicht daran gedacht. Ich war gerade dabei, mir was zu brutzeln. Da habe ich König an den Handgelenken gepackt und seine Hände auf die heiße Herdplatte gedrückt. Er hat vor Schmerzen geschrien und ist abgehauen."

„Großartig, das wird sich hoffentlich in sein Gedächtnis einbrennen!" Lia hörte Maries Lachen.

„Ja, schon, aber jetzt weiß ich nicht, was ich machen soll. Die meisten Studentinnen hier wagen es noch nicht, offen gegen ihn vorzugehen und für mich Partei zu ergreifen. Kannst du mir einen Rat geben?"

„Wo ist er denn jetzt, und wie stark ist er verletzt?"

„Keine Ahnung. Jedenfalls ist er mit dem Taxi abgehauen, wie unser Hausmeister mitbekommen hat. Und bisher ist er noch nicht zurückgekehrt."

„Es wäre nicht schlecht, wenn man Einzelheiten in Erfahrung bringen könnte. Vielleicht kann dir Leon dabei helfen."

Lia druckste etwas herum: „Den Leon möchte ich eigentlich da raushalten."

„Verstehe, das ist dir peinlich. Dann informiere ich Tom, wenn es dir recht ist. Dem ist durch seine Arbeit in der Patientengruppe nichts fremd. Er wird sich schon was einfallen lassen. Und ich alarmiere meinen Freund bei der Kripo. Der ist zwar für Sittlichkeitsdelikte nicht zuständig, weiß aber bestimmt, wie man damit umgeht. Am besten treffen wir uns bei mir zum Mittagessen. Sagen wir: ein Uhr?"

*

Tom war gerade beim Packen für den bevorstehenden Eingriff in der HNO-Klinik, als Lia sich bei ihm meldete.

„Marie hat mich schon instruiert. Das ist ja allerhand, dieses widerliche Schwein", schimpfte er. „Toll, dass du ihm erst einmal das Handwerk gelegt hast."

Lia freute sich über seine Reaktion. Sie empfand es als überaus wohltuend, dass sie selbst gar nichts zu erklären brauchte.

„Aber für wie lange? Marie meint, wir müssten unbedingt herausbekommen, wie stark er verletzt ist und wo er steckt."

„Da hat sie allerdings Recht. Scheiße, dass ich gerade jetzt in die HNO muss."

Er dachte kurz nach. „Ich habe eine Idee. Ich wollte auf dem Weg ins Uniklinikum sowieso bei Professor Haller vorbeifahren. Der kennt sich gut im Klinikum aus und kriegt garantiert raus, was mit König los ist. Ich hol' dich gleich ab. Einverstanden?"

„Ja, natürlich. Toll, dass du dir dafür noch die Zeit nimmst. Woher kennst du so berühmte Leute wie Professor Haller? Von dem habe ich öfter in der Zeitung gelesen, wenn es um die Entlarvung von Doping-Sündern ging", wunderte sie sich.

„Ich konnte ihm einmal aus der Patsche helfen, als ihm jemand ans Leder wollte. Er hat übrigens früher auch mal im Duisberghaus gewohnt wie ich. Das verbindet natürlich zusätzlich."

Kapitel 18

„Du Arme“, begrüßte Tom Lia, die ihn schon vor dem Biesalski-Haus erwartete, und umarmte sie tröstend. „Das muss dir ja wie ein Albtraum vorgekommen sein. Und so etwas nennt sich ‚Tutor‘. Der sollte euch schützen, nicht belästigen.“

„Für ihn war ich eben eine leichte Beute. Er hat sich vorher auch schon an andere Studentinnen herangemacht. Die haben sich bisher nur nicht gewehrt.“

„Ja, damit, dass jemand im Rollstuhl so auf seine Attacke reagiert, hat er sicher nicht gerechnet.“

„Und was willst du bei dem Drogenspezialisten? Deinen Kokain-Spiegel testen lassen?“, fragte Lia, um das Thema zu wechseln.

„Du wirst schon wieder frech. Ein gutes Zeichen! Nein, meine beste Zeit als Sportler ist vorbei. Da hilft auch kein Doping mehr“, grinste er. „Ich will Jochen Haller meinen Roboter-Hund zum Test vorbeibringen. Mal sehen, ob er durch die letzten Änderungen, die ich vorgenommen habe, schneller geworden ist. Beim letzten Mal haben wir zwanzig Kilometer pro Stunde gemessen.“

„Leon hat mir nur etwas davon erzählt, dass du dich mit Fußballrobotern beschäftigst.“

Tom Wieland befasste sich schon seit Jahren mit der Verbesserung von Fußballrobotern. Er träumte davon, seine kleine Mannschaft eines Tages erfolgreich gegen Fußballer aus Fleisch und Blut antreten lassen zu können. Aber davon war er noch ein gutes Stück entfernt.

„Ab und zu brauche ich eine neue Herausforderung. Zur Zeit laboriere ich mit einem Roboter-Hund herum. In den letzten Wochen habe ich ganz gute Fortschritte erzielt. Vielleicht kommt er langsam an den Roboter-Geparden des US-Militärs heran, der eine Geschwindigkeit von knapp dreißig Stundenkilometer erreicht. Dann fordere ich die Amis heraus. Das ist natürlich auch noch nicht viel. Die lebenden Geparden schaffen bis zu hundertzehn Stundenkilometer."

„Und an Basketball-Robotern hast du dich noch nicht versucht?", erkundigte sich Lia neugierig.

„Nein, das ist nichts für mich. Ich befürchte, der Bewegungsablauf ist zu komplex. Darauf lassen sich bisher nur ein paar Spezialisten aus den USA ein. Wie ich auf unserem letzten Jahrestreffen gehört habe, sind die Fortschritte auf diesem Gebiet sehr mühsam."

Tom hatte ein Taxi genommen, denn Parkplätze waren im Uniklinikum Mangelware. Lia war ganz erstaunt, dass sie nur wenige Meter unterhalb der Kugelkirche, die sie schon kannte, hielten.

„Da hat sich das Fahren mit dem Taxi ja kaum gelohnt", meinte sie, als sie am Kugelhaus hielten.

„Aber das Gefälle ist enorm", warnte Tom, „und den Berg wieder hoch wollte ich dir nicht zumuten, auch wenn ich weiß, dass du ganz schön fit bist."

Den Roboter-Hund hatte er in einer großen Sporttasche verstaut, die er sich über die Schulter hängte.

„Wer mich so sieht, denkt, ich gehe zum Sport. Braucht niemand zu wissen, was hier drin ist. Der Roboter ist einiges wert", erklärte er kurz, als er Lias fragenden Blick sah.

Hallers Begrüßung war formlos wie unter alten Freunden üblich.

„Hallo Tom. Hast du dir moralische Unterstützung mitgebracht, falls du enttäuscht wirst?"

„Nee, das ist Lia Ferner. Sie ist Rollstuhlbasketballerin, sie würde gern einmal ihre Ausdauer-Fitness überprüfen. Geht das in deinem Labor?" Tom wollte Lia erst Gelegenheit geben, etwas mit Haller warm zu werden, und nicht gleich mit der Tür ins Haus fallen.

„Wenn der Rollstuhl auf das Laufband passt, sehe ich keine Schwierigkeiten. Wir führen ja auch Tests bei Senioren aus unserer Sportgruppe mit Rollator durch. Können wir nachher gleich ausmessen. Jetzt bin ich erst einmal auf deine Erfindung gespannt wie ein Flitzebogen. Hat dein Hund schon einen Namen?"

„Noch keinen offiziellen. Ich nenne ihn Karl May zu Ehren ‚Iltschi', Wind, nach Winnetous Lieblingspferd."

„Super Idee. Das hätte Karl May sicher begeistert. Er hat es ja nicht leicht gehabt in seinem Leben. Als Junge habe ich seine Bücher gern gelesen, und neulich, als ein großer Artikel in der Zeitung zu seinem hundertsten Todestag erschien, habe ich mal wieder in ein paar Bänden geblättert. So ein Einfallsreichtum und eine Fantasie, Wahnsinn! Ich schreibe nur Sachbücher und kann mir gar nicht vorstellen, wie man auf solche Ideen kommen kann, ohne die Länder selbst gesehen zu haben. Aber als May im Gefängnis saß, konnte er wenigstens seine Gedanken auf die Reise schicken."

Lia hatte in ihrer Kindheit auch ein paar Bände von Karl May gelesen, die ihrem schon lange verstorbenen Großvater gehört hatten. Sie fand sie nicht so prickelnd, aber das war Geschmackssache. Ihr gefiel es, wie anerkennend Haller von einem Schriftsteller sprach, der von seinen Zeitgenossen mehrheitlich als Lügner und Betrüger eingeschätzt worden war, obwohl er nur seiner Fantasie freien Lauf gelassen und – aus heutiger Sicht – geschickte Öffentlichkeitsarbeit betrieben hatte.

Professor Haller war etwa von gleicher Größe wie Tom, aber ein gutes Stück älter. Er hatte braune Haare und blaue, auffällig weit auseinander stehende Augen in einem breitflächigen Gesicht, das Vertrauen einflößte. Sie nickte Tom zu, und dieser verstand das als Aufforderung.

„Mit Iltschi das hat keine Eile. Ich muss jetzt für ein paar Tage in die HNO zur Polypenentfernung. Darf ich dir kurz zeigen, wie du ihn in Gang bringen kannst? Wir haben da noch ein dringenderes Anliegen. Muss natürlich unter uns bleiben."

„Verstehe: geheime Kommandosache! Nichts, was ihr mir anvertraut, verlässt diesen Raum", sicherte Haller ihm zu.

Lia überließ es Tom, die Situation kurz zu schildern, und beobachtete dabei Haller sorgfältig. Würde er ihr Glauben schenken?

Er hörte Tom aufmerksam zu, als er berichtete, was passiert war und wie Lia sich gegen Königs Attacke zur Wehr gesetzt hatte.

„Donnerwetter, mutig, Frau Ferner!", sagte er mit ehrlicher Bewunderung und zerstreute damit ihre Bedenken. „Dein Freund Johannes im Duisberghaus wird sich wundern, was für ein Saubermann sein Kollege ist, Tom. Wie kann ich helfen?"

Diese schlichte Frage, mit der er sich gleich auf ihre Seite stellte, war für Lia wie Balsam auf ihre Wunden.

„Lia befürchtet, dass er etwas gegen sie unternimmt, weil sie ja keine Zeugen hat. Wenn ich so etwas vorher geahnt hätte, hätte ich ihr eine Videokamera installiert", sagte er.

War da so etwas wie ein Vorwurf herauszuhören?

„Wir hatten uns ja gerade erst kennen gelernt. Du hättest dich ganz schön gewundert, wenn ich dir gestern nach der Begrüßung gleich auf die Nase gebunden hätte, dass ich sexuell belästigt werde. Außerdem war ich mir bis gestern Abend noch nicht sicher, ob mein Verdacht berechtigt war", verteidigte sich Lia.

„Schon gut, schon gut. Du hast ja Recht!“, gab Tom zu. „Ich meine ja nur, dass wir den Burschen dann gleich auf frischer Tat ertappt hätten.“

„Nur die Ruhe!“, beschwichtigte Haller seine Besucher. „Ich könnte mir vorstellen, dass der König auch so seine Lektion gelernt hat. Wenn er nur leicht verletzt ist, wird er im schlimmsten Fall versuchen, Sie aus dem Haus zu ekeln, Frau Ferner. Da wäre es am besten, Sie fänden im Haus noch einige Leidensgenossinnen, die ebenfalls einschlägige Erfahrungen mit König gemacht haben. Je mehr, desto besser. Damit könnte man ihn so unter Druck setzen, dass er seinen Job aufgibt.“

„Ist schon in Arbeit. Können Sie denn herausfinden, was mit König passiert ist?“, fragte Lia. „Wir wollen ihn, so gut es geht, im Auge behalten.“

„Ich denke schon. Wenn die Verletzung, wovon ich ausgehe, ernsthafter Natur ist, ist er wahrscheinlich in der Unfallchirurgie versorgt worden. Meine Lebensgefährtin hat früher in der Chirurgie gearbeitet, die setze ich darauf an. Sie hat noch gute Kontakte, es dürfte ihr keine Schwierigkeiten machen, an die nötigen Informationen heranzukommen. Wie kann ich Sie erreichen?“

Lia gab ihm ihre Handy-Nummer. Auf dem Weg zum Biesalski-Haus fragte sie Tom neugierig.

„Würde mich interessieren, was Professor Haller für eine Freundin hat.“

„Die ist fast so attraktiv wie du. Natürlich ein gutes Stück älter. Sie war auf der Intensivstation der Chirurgie Stationsschwester. Da haben sie und Haller sich kennengelernt. Beim Badminton-Spiel sind sie sich dann näher gekommen, da ist sie ein Ass. Du lernst sie bestimmt bald kennen. Eine Zeit lang war sie Organisatorin in Hallers Antidoping-Team. Inzwischen ist sie für die verschiedenen Sportgruppen im

Sportwissenschaftlichen Institut verantwortlich: Herzkranke, Lungenkranke, Senioren. Ihr werdet euch sicher gut verstehen. Vielleicht kannst du zusammen mit ihr eine Sportgruppe für Rollis gründen."

Lia hörte kaum noch hin. Was für sie am meisten zählte, war das Kompliment, das ihr Tom so nebenbei gemacht hatte. Und das war nicht nur so daher gesagt. Das meinte er ehrlich. So gut glaubte sie ihn schon zu kennen. Und vorhin die Umarmung bei der Begrüßung, die ihr so gut getan hatte! Alle guten Vorsätze waren dahin. Von wegen Warten: Wenn es funkte, konnte man sich nicht dagegen wehren. Sie sah Tom plötzlich mit anderen Augen.

Kapitel 19

Lia war gerade unterwegs zu Marie, als sich Haller bei ihr meldete. Sie hatte sich entschlossen, die Strecke zum Sandweg im Rollstuhl in Angriff zu nehmen. Sie war froh über eine kleine Unterbrechung, weil die Lutherstraße allmählich steiler wurde.

„Ich habe gute Nachrichten für Sie, Frau Ferner. Der König hat eine Verbrennung dritten Grades. Er musste zur Versorgung nach Hannover gebracht werden. Da ist dann später eine Hauttransplantation geplant. Der ist bis auf weiteres außer Gefecht."

„Da fällt mir ein Stein vom Herzen. Dann wird es den anderen Mädchen leichter fallen, mich offen zu unterstützen. Und ich habe genug Zeit, etwas gegen ihn zu unternehmen."

Sie informierte Nina, die versprach, gleich wieder einen Rundgang durchs Biesalski-Haus zu machen, um die gute Nachricht unter die Leute zu bringen.

„Warte noch damit, bis ich wiederkomme. Dann machen wir das gemeinsam. Ich treffe gleich jemanden von der Kripo. Vielleicht hat der noch einen guten Rat für mich."

„Kaum zu glauben! Du bist erst so kurz hier, und lernst gleich die wichtigsten Leute in Marburg kennen: einen Professor, einen Kommissar, fehlt nur noch der Oberbürgermeister", staunte Nina, etwas neidisch.

„Was nicht ist, kann ja noch werden." Lia war wieder obenauf.

Der letzte Anstieg der Lutherstraße verlangte ihr noch einmal alles ab, aber sie genoss es, sich mal wieder richtig körperlich zu verausgaben. Zwischendurch legte sie noch einige Pausen ein, wenn die Armmuskeln zu schmerzen begannen, und bewunderte die malerischen Verbindungshäuser. Sie benötigte für die paar hundert Meter fast eine halbe Stunde, aber sie war stolz, ohne fremde Hilfe den steilen Anstieg bewältigt zu haben.

Marie war ganz von den Socken, als Lia mutterseelenallein bei ihr eintraf und sich mit der Hupe ankündigte, die sie sich an den Rollstuhl hatte montieren lassen.

„Und wie willst du jetzt die Terrasse hinaufkommen", fragte sie bestürzt. „Ich kann dir leider nicht hochhelfen. Ich habe Probleme mit dem Rücken."

„Keine Bange! Reicht schon, wenn du mir den Rollstuhl nachreichst. Wenn kein starker Mann in der Nähe ist, mache ich das ganz einfach im Kriechverfahren. Da kenne ich nichts. Ist mir egal, was deine Nachbarn denken."

„Bravo. Was zählt, ist der Erfolg. Schade, dass Jens Rückert noch nicht da ist. Der hätte sicher auch gern mal wieder ein junges Mädchen auf Händen getragen", meinte Marie scherzend.

„Hast du ihm schon gesagt, dass sich bei mir die Männer leicht die Finger verbrennen?"

Marie lachte: „Ja, ja. Er weiß Bescheid."

Lia konnte sich davon überzeugen, dass sich Fritz bestens eingelebt und prächtig erholt hatte. Er präsentierte sein ganzes Vokabulars, das Lia zu Lebzeiten ihrer Großmutter zur Genüge gehört hatte, und hatte es sogar erweitert. Er hatte schon ein paar Mal Poldi hinters Licht geführt, indem er Maries Stimme imitiert und seinen Namen gerufen hatte.

Da Rückert sich etwas verspätete, hatten die beiden Frauen Gelegenheit, Neuigkeiten auszutauschen. Lia erzählte Marie von der Schießanlage hinter dem Biesalski-Haus. Diese war restlos begeistert davon und versprach, demnächst mal vorbeizuschauen. Marie erzählte ihrerseits, wie sie Rückert kennen gelernt hatte. Ein Einbrecher hatte Marie bedroht. Glücklicherweise war in dem Moment Rückert eingetroffen und hatte den Kerl verjagt. Das war der Anfang einer – wie sie betonte – platonischen – Freundschaft gewesen, die bis jetzt angedauert hatte.

Das merkte man beiden an, als Rückert eintraf. Sie begrüßten sich mit einer herzlichen Umarmung.

Rückert sah so aus, wie Lia sich einen erfahrenen Kripo-Beamten vorstellte. Nicht mehr ganz jung, etwas schütteres Haar, hager, markante Gesichtszüge mit einer ausgeprägten Nase. Er machte nicht viel Aufhebens von Lias Behinderung, als er ihr vorgestellt wurde, und kam gleich auf das Kernproblem aller Rollstuhlfahrer in Marburg zu sprechen.

„Ist denn hier in Marburg Ihre Mobilität nicht sehr eingeschränkt?"

„Wird sich noch herausstellen. Ich stecke ja noch ganz am Anfang der Kennenlernphase. Die Lutherstraße hier hoch ging das ganz gut trotz des Kopfsteinpflasters. Ich musste immer mal eine Pause einlegen. Wenn ich das öfter mache, kriege ich eine Bombenkondition."

„Stell dir vor, sie spielt sogar Rollstuhlbasketball in der Bundesliga", sagte Marie zu Rückert.

„Kein Wunder, dass Sie so viel Kraft in den Armen haben. Bei dem Sport ist das sicher das A und O."

„Na ja, schon, aber gestern Abend habe ich meine Grenzen kennengelernt, als ich mit dem Bogen schießen wollte. Ich konnte nicht einmal die Sehne ans Kinn bringen."

„Das ist bestimmt keine Schande für jemanden, der nicht darin geübt ist. Ich hatte auch meine Mühe, als ich mal Bogenschießen versucht habe."

„Kommissar Rückert ist selbst ein guter Sportler. Er treibt immer noch regelmäßig Karate", erklärte Marie.

„Das würde mich auch interessieren. Leider wurde das in Bad Wildungen, als ich auf der Reha war, nicht angeboten", sagte Lia.

„Das wundert mich eigentlich: Durch die Selbstverteidigung bekommt man doch auch eine gehörige Portion Selbstvertrauen. Wenn Sie wollen, erkundige ich mich mal bei unseren Ausbildern", bot Rückert ihr an. „Man muss sicher die Besonderheiten der jeweiligen Behinderung beachten. Da kenne ich mich nicht so aus."

„Das würde mir echt Spaß machen."

„Notfalls könnten Sie sich mit Karate auch mal zur Wehr setzen. Oder werden Sie von allen Mitmenschen rücksichtsvoll behandelt?"

„Von wegen. Wir werden nicht selten beschimpft, zu Seite gedrängt oder sogar angegriffen. Von Leidensgenossen habe ich schon gehört, dass sie einfach umgerissen wurden und ihnen Taschen mit ihren Wertsachen gestohlen wurden. Und mit Übergriffen wie gestern Abend muss man auch immer rechnen."

„Aber Sie haben sich gestern auch ohne Karate erfolgreich zur Wehr gesetzt, wie ich von Marie gehört habe", sagte Rückert.

„Ja, das ging ganz automatisch. Ich habe gar nicht lange überlegt."

„Sie haben genau richtig reagiert. Es wird nur nicht einfach sein zu beweisen, dass das Notwehr war, falls es zur Gerichtsverhandlung kommt."

„Ich hoffe, ich komme darum herum."

Zum Mittagessen gab es Gemüsesuppe, die ausgezeichnet schmeckte. Das lag nicht nur am frischen Gemüse, sondern auch an der sehr großzügig bemessenen Einlage aus magerem Rindfleisch. Als Nachtisch gab es süßen Sahnequark mit Sauerkirschen, die Marie im Jahr zuvor eingekocht hatte.

Beim abschließenden Espresso äußerte Rückert sich noch einmal zu Königs Übergriffen an anderen Heimbewohnerinnen.

„Sie haben Marie davon erzählt, dass sich einige ihrer Leidensgenossinnen bisher nicht entschließen konnten, gegen König vorzugehen."

„Ja, richtig. Sie haben immer noch Angst vor ihm."

„Dann nützt es Ihnen vielleicht, wenn Sie ihnen klar machen können, dass es unwichtig ist, ob sich der oder die Belästigte wehrt oder nicht. Das heißt, dass auch die Studentinnen, die alles wehrlos über sich haben ergehen lassen, König anklagen können."

„Gilt das auch, wenn sie Vorteile aus ihrem Verhalten gezogen haben?"

„Ich denke schon. Sie befanden sich ja in einer Notlage. Das Schlimmste aus meiner Sicht ist: Selbst wenn König überführt wird, droht ihm nur eine geringe Strafe. Wenn ich das richtig verstanden habe, was ich gelesen habe, zählt diese Art sexueller Belästigung normalerweise nicht einmal als richtige Straftat. Auch was für arbeitsrechtliche Folgen ein solches Fehlverhalten hat, ist unsicher: Nur wenn Beamte Schutzbefohlene betatschen, gibt es ein Disziplinarverfahren. Das ist alles sehr unbefriedigend. Gut, dass ich bei der Mordkommission bin. Da kommt keiner so einfach davon – vorausgesetzt wir schnappen ihn", fügte er selbstkritisch hinzu.

„Und was rätst du Lia nun?", fragte Marie.

„Eigentlich ist schon alles in die richtigen Wege geleitet. Wenn der König schlau ist, lässt er sich nicht wieder im Biesalski-Haus blicken."

„Aber dann kann er ja anderswo sein Unwesen treiben", empörte sich Marie.

„Ich befürchte, dagegen kann man wenig unternehmen, vor allem, wenn er sich mit geschönten Unterlagen in einem anderen Bundesland bewirbt. Vielleicht lässt er ja jetzt die Finger vom Grabschen, nachdem er einmal reingefallen ist. Mit einem guten Anwalt kann man aber vielleicht erreichen, dass er nicht mehr als Psychologe tätig sein darf. Auf jeden Fall haltet mich auf dem Laufenden. Notfalls kann man ihm indirekt das Leben schwer machen. Ich unterhalte mich mal mit dem Kollegen von der ‚Sitte' darüber."

„Das wäre wirklich eine Ungerechtigkeit, wenn er ohne nachhaltige Strafe davon kommt. Man fühlt sich als Frau gar nicht richtig ernst genommen."

Rückert wandte sich an Marie.

„Ich bin aber nicht ganz uneigennützig deiner Einladung gefolgt."

„Ich habe mich schon gewundert, dass du nach meinem Anruf so schnell hier aufgetaucht bist."

„Dein Misstrauen ehrt mich", grinste Rückert. „Aber mein Beruf bringt das leider so mit sich. Ich habe gehört, Teichmann und du, ihr kennt euch ganz gut. Hat er dir schon erzählt, dass auf seinem Hof ein Mord geschehen ist?"

„Ja, der Boris Ezatow. – Ich habe ein Alibi, wenn du das wissen willst", kam Marie gleich auf den Punkt. „Ich habe zur Tatzeit vor dem Zirkus Jebus in den Afföller Wiesen gegen die Dressur von Raubtieren und ihre nicht artgerechte Haltung protestiert. Mindestens zwanzig Leute können das bezeugen", beteuerte Marie.

„Je mehr Zeugen, desto verdächtiger. Wir werden das natürlich sorgfältig überprüfen“, ging er auf den Scherz ein. „Jedenfalls haben wir bisher keine Ahnung, wer Ezatow umgebracht hat und warum. Aber mit Sicherheit war die Tat geplant. – Du hast ja Augen wie ein Luchs, Marie. Ist dir irgendetwas aufgefallen?“

„Nein, tut mir leid, ich kann euch da beim besten Willen nicht weiterhelfen. Wenn ich auf dem Hof bin, habe ich ja immer die Kinder am Hals oder helfe im Hofladen. Da habe ich alle Hände voll zu tun.“

„Schade, war auch nur eine vage Hoffnung. Dann muss Olli Berner noch ein bisschen bei Teichmann bleiben und die Augen offen halten. Er macht da sozusagen Urlaub auf dem Bauernhof. Das wird ihn für den Jodelkurs entschädigen, den ich ihm vermasselt habe. Er ist gar nicht böse darüber, weil er die gute Küche von Frau Teichmann genießt und Ruhe vor seiner Familie hat.“

Während sie sich angeregt unterhielten, schweifte Lias Blick über das Tiergehege. Sie entdeckte wieder den Waschbären, der die anderen Tiere frech vom Futter verdrängte und sich selbst darüber hermachte.

„Das ist ja wirklich ein Frechdachs. Na warte.“ Sie zog die Zwille aus der Seitentasche ihres Rucksacks, legte einen Kieselstein in die Lasche, zielte ruhig und traf den Waschbären. Der quietschte laut auf und verschwand wie der Blitz.

„Donnerwetter“, zollte Marie ihr Beifall. „Hoffentlich kommt er nie wieder.“

Auch Rückert war sehr beeindruckt. „Wo haben Sie denn das gelernt?“

„Ich bin selbst überrascht, dass das so gut geklappt hat. Erst gestern Abend hat mir unser Hausmeister den Umgang mit so einer Zwille gezeigt, und heute Morgen hatte ich einen kurzen Crashkurs, als ich versucht habe, damit Tauben zu vertreiben."

„Die sind natürlich auch viel schwerer zu treffen. Was für eine Munition benutzen Sie denn?"

„Die Tauben habe ich nur mit Kirschkernen beschossen. Das ist die Munition für Anfänger. Aber eben habe ich so einen Kieselstein genommen." Lia zeigte Rückert den Plastikbeutel mit der Munition. Neben trockenen Kirschkernen, waren ein paar weiße Kieselsteine zu sehen.

„Und das bringt euch alles der Hausmeister bei? Der Mann scheint ja voller Ideen zu stecken."

„Ja, und er ist fast wie ein Vater zu uns. Mit dem haben wir wirklich Glück gehabt. Die meisten Hausmeister kümmern sich nur um ihren eigenen Kram."

Rückert verabschiedete sich. „Ich muss dann mal wieder. Wir sehen uns nächste Woche beim Doppelkopfabend, Marie!"

„An uns soll's nicht liegen. Du versetzt uns meistens."

„Mea culpa. Ich weiß. Im Moment ist so viel los. Ich hoffe, die Verbrecher legen bald eine Sommerpause ein."

*

Als Rückert gegangen war, bot sich Lia für die Doppelkopfrunde an: „Ich kann zwar nur Skat, aber vielleicht kann ich es ja lernen."

„Gute Idee! Wenn du Skat beherrschst, kennst du ja die Karten. Du hast dich bestimmt schnell eingespielt."

„Ich freue mich immer darauf, neue Spiele kennen zu lernen."

„Und wir sind froh, wenn wir jemanden in Reserve haben. Und was ist mit deinem Freund?"

„Wenn du Leon meinst: der hat mich nur am Bahnhof abgeholt und ein paar Mal herumgefahren. Ich weiß nicht, ob er so ein Spielertyp ist. Er hat auch nur sehr wenig Zeit."

Zum Glück ersparte Lia ein Klingeln an der Tür weitere Erklärungen.

„Das geht ja bei dir zu wie im Taubenschlag!"

„Ja, Langeweile kenne ich nicht."

Der neue Besucher war zu Lias Überraschung Professor Haller.

„Jens hast du gerade verpasst", sagte Marie bedauernd. „Dafür darf ich dich mit Lia Ferner bekannt machen. Sie hat ihren Papagei bei mir in Pension gegeben."

„Wir kennen uns schon", sagte er und lächelte Lia freundlich zu. „Tom hat sie mir ans Herz gelegt, bevor er in die HNO-Klinik gefahren ist." Und zu Lia gewandt. „Sie hätten mir doch sagen können, dass Sie Marie besuchen wollen, Frau Ferner. Dann hätte ich Sie mitgenommen."

„Ich wusste ja nicht, dass Sie sich kennen."

„Marie kennt in Marburg jeder, nicht wahr Marie?"

„Vor allem diejenigen, die mich interessieren und mit Sport zu tun haben. Und? Was verschafft mir die Ehre? Ich bin ganz platt, dich heute hier zu sehen. Doppelkopfabend ist doch erst in einer Woche."

„Es gibt gute Nachrichten! Die wollte ich dir gleich persönlich überbringen. Ist ja nicht weit. – Ich habe gerade eine Mail von meinem Kollegen in Hongkong bekommen. Er hat mir eine Sportstudentin im Rahmen eines Austauschprogramms angekündigt. Scheint eine gute Fußballerin zu sein. Hast du Interesse? Sie kennt hier niemanden und würde sich freuen, wenn sie bei dir unterkommen könnte. Wäre für ein Jahr."

„Ja, prima. Besser als nichts. Das wird ja richtig spannend. Da kann ich mir die chinesische Küche abgucken, zum Beispiel selbstgemachte ‚Flühlingslolle'. Die ist sicher zehn Mal besser als die eingefrorene, die ich mir sonst gelegentlich zu Gemüte führe. Morgen gehe ich gleich zur Volkshochschule und belege einen Sprachkurs Chinesisch."

„Das wird nicht nötig sein. Ye Wang ist auf eine internationale Schule gegangen. Die spricht gut Deutsch, wenn das stimmt, was der Kollege geschrieben hat."

Zu Lia gewandt sagte er erklärend: „Wissen Sie schon, dass Marie eine der besten Fußballerinnen des ersten FC Köln war?"

„Nein, wirklich? Ach, deshalb hast du deinen Dackel Poldi genannt, Marie. Musst du ihn jetzt nicht umbenennen? Podolski hat seinem Heimatverein doch den Rücken gekehrt."

„Ja, eine Schande ist das! Er wird noch sehen, was er davon hat. Was will er in England? Der gehört nach Köln. In München ist er auch nicht richtig warm geworden. Und Geld hat er doch genug."

„Aber ist doch toll, dass er noch Ehrgeiz entwickelt und sich nicht auf die faule Haut legt", wandte Lia ein.

Jochen Haller hielt sich aus der Diskussion raus: „Ich sehe schon: Fußballexpertinnen unter sich! Für mich ist die Frage wichtiger, ob man in Hongkong auch Doppelkopf spielt."

„Um den Doppelkopfnachwuchs habe ich mich schon gekümmert. Lia scheint nicht abgeneigt zu sein."

„Das wäre ja fantastisch. Sie ist sicher nicht so oft weg wie ich."

„Da bin ich gar nicht so sicher. Hast du schon gehört? Sie spielt richtig in einer Bundesligamannschaft Rollstuhlbasketball."

„Ja bewundernswert! Demnächst werde ich ihre Ausdauer mal testen. Wir haben vorhin das Laufband ausgemessen. Es ist zum Glück breit genug. Vorher müssen wir allerdings noch ein anderes Problem lösen."

„Du hast von dem Übergriff des Tutors gehört? Scheint ja kein Einzelfall zu sein. Was sagst du denn dazu?"

„Einfach ungeheuerlich. Für mich ist das besonders schlimm, weil er sich an Schutzbefohlenen vergreift. Da gibt's nur eins: kastrieren."

„Das sagst du als Mann?"

„Wer sich wie ein Tier benimmt, sollte auch so behandelt werden."

Kapitel 20

Rückert hatte sich wieder auf den Weg zu Teichmanns Hof aufgemacht. Seine Hoffnungen, von Olli Berner etwas Neues zu erfahren, wurden allerdings enttäuscht.

„Hier hat sich in der Zwischenzeit niemand sehen lassen, der mir verdächtig vorgekommen ist. – Aber der Körner hat mir noch etwas für dich übergeben, was die Spusi in Ezatows Zimmer aufgesammelt hat. Hatte er ganz vergessen."

Er hielt Rückert einen Plastikbeutel voller Papierschnipsel hin. „Philipp meinte, vielleicht könnte man da noch ein paar Informationen herausholen. Wahrscheinlich, weil er sonst nichts vorzuweisen hatte. Sieht nicht gerade vielversprechend aus. Scheint kyrillische Schrift zu sein."

„Was soll ich damit anfangen? Das dauert ja eine Ewigkeit, bis wir das zusammengesetzt haben. Für so was haben wir keine Zeit."

„Philipp dachte an den Freund von Professor Haller, den Softwareexperten. Da gab es doch vor ein paar Jahren so eine geschreddert Liste der Marburger Dopingszene über gedopte Sportler, die Hallers Freund, – wie hieß er noch gleich? – damals mit einem Softwareprogramm in kurzer Zeit wieder zusammengesetzt hat."

„Du meinst Tom Wieland. Keine schlechte Idee. Ich kümmere mich drum."

Rückert versuchte, Tom zu erreichen, aber der meldete sich nicht.

„Eigenartig. Das habe ich noch nie erlebt. Ich fahre gleich mal bei Jochen Haller vorbei. Der wird wissen, wie man Tom erreicht." Er wandte sich an Olli Berner: „Und du machst dich, bitte, zusammen mit unserem Praktikanten noch einmal auf den Weg zu Ezatows Wohnung. Nichts gegen Philipp und seine Leute, aber auf dem Lande scheinen sie mir etwas überfordert, wie wir gesehen haben. Da hast du die größere Erfahrung. Übrigens: Was ist eigentlich aus dem Pferdehaar geworden, das du der Spusi gegeben hast?"

„Muss ich noch mal nachhaken. Bisher habe ich noch nichts Näheres erfahren. Aber von einem Pferd scheint es nicht zu sein."

Rückert selbst fuhr zum Institut für Leibesübungen in die Barfüßerstraße und ging die paar Schritte zum Kugelhaus hinauf.

Jochen Haller freute sich, als Jens Rückert überraschend auftauchte. Er hatte wieder mehr zeitlichen Spielraum, seit er sich aus der Antidoping-Szene weitgehend zurückgezogen hatte. Für seinen Geschmack arbeiteten viele der Gremien aneinander vorbei, und den gedopten Sportlern wurden zu viele Zugeständnisse gemacht. So konnte man niemanden vom Doping abschrecken.

„Was führt dich zu mir?", fragte er Rückert neugierig.

„Hier, schau dir das an." Rückert hielt ihm einen Plastikbeutel mit Papierschnipseln hin.

Jochen Haller starrte verständnislos auf den eigenartigen Beutelinhalt.

„Was ist das?"

„Ich vermute, ein Schriftstück, das uns auf die Spur eines Mörders bringt, den wir suchen."

„Und was soll ich damit anfangen?"

„Ich dachte, du könntest dich darum kümmern. Die Schnipsel sind voll von kyrillischen Buchstaben. Damit kennst du dich doch aus. Du hast doch mal ein paar Semester Russisch studiert."

Haller machte nicht gerade einen begeisterten Eindruck. „Aber die Zeiten, in denen ich Puzzles zusammengesetzt habe, sind lange vorbei."

„Deshalb wollte ich dich fragen, ob du weißt, wo Tom Wieland steckt. Der hat dir doch damals die Namensliste, die dein Mitarbeiter geschreddert hatte, wieder zusammengebastelt."

„Ja, richtig. Mit der kyrillischen Schrift wird er aber ganz schön Schwierigkeiten haben."

„Zusammen werdet ihr es schon schaffen."

„Also gut, ich schau mal, was ich machen kann. Momentan ist Tom allerdings in der HNO-Klinik. Ich melde mich, wenn ich etwas für euch habe."

*

Nachdem Rückert gegangen war, versuchte Haller Tom telefonisch zu erreichen.

Beim ersten Versuch hatte er Pech. Tom schien sein Handy abgestellt zu haben.

Eine Stunde später machte er noch einen Versuch. Und diesmal hatte er Glück.

„Jochen Haller hier. Wie läuft's bei dir, Tom?"

„Die Vorbereitungen sind abgeschlossen. Morgen früh werde ich operiert."

„Hört sich gut an. Meinst du, ich könnte dich morgen Abend schon besuchen?"

„Wenn nichts schief geht, müsste ich dann schon wieder ganz okay sein. Gibt es was Wichtiges?"

Es war ungewöhnlich, dass Jochen Haller sich meldete. Es war kaum anzunehmen, dass er sich wegen so eines kleinen Eingriffs Sorgen um ihn machte.

„Nichts, was wichtiger als deine Gesundheit ist. Ich erzähl dir morgen alles. Für die OP drücke ich dir fest die Daumen."

Als Jochen Haller am nächsten Tag in der Mittagspause anrief, meldete sich Tom gleich nach dem ersten Läuten.

„Hallo!", ertönte eine muntere Stimme, die er wegen des leicht näselnden Beiklangs nicht gleich erkannte.

„Bist du es Tom?", fragte Haller sicherheitshalber nach.

„Natürlich, wer sonst? – Ach so: die Tamponaden!"

„Deshalb ist deine Sprache so verändert. Und du bist schon wieder auf dem Damm?"

„Ja, zum Glück war die Narkose optimal auf den Eingriff abgestimmt. Und das moderne Vorgehen bei dem Eingriff ist so schonend, dass man schnell wieder auf den Beinen ist. Kein Vergleich zum letzten Mal vor knapp zehn Jahren. Da war ich eine Woche lang kaputt."

„Und fühlst du dich wirklich schon fit genug für einen Besuch?", vergewisserte sich Haller noch einmal.

„Klar! Die Tamponaden in der Nase stören mich nicht weiter."

„Dann komme ich nach Dienstschluss bei dir vorbei. Ist ja nicht weit."

„Von wegen! Denk' dran: Die HNO ist nicht mehr in der Deutschhausstraße, sondern hier oben auf den Lahnbergen. Die Klinik ist vor kurzem umgezogen."

„Ach was! Habe ich noch gar nicht mitgekriegt."

„Ja, ihr Wissenschaftler lebt auf einem anderen Stern. Aber ich gebe zu, ich war auch überrascht. Meine erste Polypenoperation war noch im alten Gebäude gegenüber der ehemaligen Kinderklinik an der Elisabethkirche. – Hier oben ist natürlich alles viel heller und moderner, technisch auf dem neusten Stand. Nur nach Pflegepersonal kannst du mit der Lupe suchen. Zum Glück kann ich für mich selbst sorgen. Aber die armen Teufel, die auf die Schwestern und Pfleger angewiesen sind, können einem leidtun."

„Bis nachher."

Haller setzte sich am Abend in seinen alten Citroën, der auf dem Parkplatz unterhalb des Kugelhauses stand, eines der Privilegien, die er als Institutschef genoss. Er bedauerte zwar, dass aus dem geplanten Spaziergang nichts wurde. Aber die Entfernung bis zu den Lahnbergen war zu groß. Während der Fahrt erinnerte er sich daran, dass er in der alten HNO in den Semesterferien ein Pflegepraktikum gemacht hatte.

Damals musste er bei den Operationen aushelfen, weil ein Pfleger ausgefallen war. Die Entfernung der Gaumenmandeln, die damals noch sehr großzügig gehandhabt wurde, wurde in der Regel in Lokalanästhesie gemacht. Er hatte die undankbare Aufgabe, den Kopf der Patienten, die mit ihrem Brechreiz und dem Blut kämpften, so zu fixieren, dass sie dem Operateur nicht ausweichen konnten. Das war gar nicht einfach gewesen, weil die Patienten in ihrer Not Bärenkräfte entwickelten. Aber er war sportlich gut trainiert und der einzige, der damals dieser verantwortungsvollen Aufgabe gewachsen war.

Nur Kinder erhielten eine Vollnarkose. Haller hatte sich vorgenommen, falls ihn jemals dieses Schicksal treffen würde, würde er auf einer Vollnarkose bestehen. Zum Glück hatte ihn das Schicksal bisher verschont.

Tom empfing Jochen Haller auf dem Flur, damit sein Zimmernachbarn, der noch bettlägerig war, nicht gestört wurde, und führte ihn in einen sterilen, von Neonlicht erhellten Aufenthaltsraum.

„Ich bin schon gespannt wie ein Flitzebogen, was dich hierher führt."

„Erst einmal die psychosoziale Komponente: Hast du Lust auf Eis?"

Etwas Besseres war ihm für Tom auf die Schnelle nicht eingefallen, obwohl diesem nicht die Gaumenmandeln, sondern nur Schleimhautwucherungen in der Nase und Kieferhöhle entfernt worden waren. Speiseeis in jeder Variation war die einzige positive Erinnerung an sein HNO-Praktikum. Damit durfte er die Patienten nach dem Eingriff verwöhnen und versöhnen, und natürlich hatte er damals selbst die eine oder andere Kugel Eis genossen.

„Super. Das Abendessen ist schon drei Stunden her und war nicht so berauschend. Was hast du denn für Sorten dabei?"

„Schoko, Marzipan, Vanille, Mango, Haselnuss, Erdbeere und Banane."

„Hast du einen Eiswagen überfallen?", fragte Tom lächelnd. „Ich nehme Schoko, Haselnuss und Marzipan. Den Rest überlasse ich dir."

Während sie das Eis genussvoll in sich hineinlöffelten, erkundigte sich Tom:

„Jetzt spann mich aber nicht länger auf die Folter."

„Zuerst wollte ich dir berichten, dass es den König, der Frau Ferner betatscht hat, ganz schön erwischt hat. Den haben sie mit Schmerzmitteln vollgepumpt und zur Spezialtherapie nach Hannover gebracht. Lia weiß schon Bescheid."

„Geschieht ihm recht."

„Ich habe in der Zwischenzeit übrigens deinen ‚Iltschi' getestet."

„Und? Wie sieht's aus?"

„Bei drei Versuchen hat er zweimal 26 und einmal 28 Stundenkilometer geschafft."

„Mist! Das ist zu wenig. Dann muss ich mir noch etwas einfallen lassen, bevor ich damit gegen den Roboter-Geparden der Amis antrete."

„Und dann habe ich dir noch ein bisschen Zeitvertreib mitgebracht."

„Jetzt kommst du endlich zur Sache!"

Haller holte den Plastikbeutel mit den Papierfetzen, die die Spusi in Ezatows Wohnung sichergestellt hatte, aus seinem Rucksack hervor, den er noch aus seiner Studentenzeit hatte. Zwar sah dieser schon etwas abgenutzt aus. Aber Haller hatte sich bisher noch nicht von ihm trennen können.

„Traust du dir zu, daraus wieder ein leserliches Papier zu machen? Vor Jahren hast du mir eine geschredderte Namensliste wieder zusammengesetzt. Erinnerst du dich?"

„Na klar, war ja eine spannende Zeit."

Tom nahm ein paar der zusammengeknüllten Schnipsel aus dem Beutel und wurstelte sie auseinander.

„Oh je, ganz schön ramponiert und so eine komische Schrift. Wofür brauchst du denn das?"

„Eigentlich ist es eine Bitte von Jens Rückert. Er hofft, in dem Schreiben Hinweise auf einen Verbrecher zu bekommen, und ich soll ihm das entziffern, weil es kyrillische Buchstaben sind."

„Toll, das vertreibt die Langeweile. Ich würde mich gleich an die Arbeit machen, aber bevor man diese Schnipsel scannen und bearbeiten kann, muss man sie glätten. Ich frag mal im Stationszimmer nach, ob sie ein Bügeleisen haben."

Es stellte sich heraus, dass zwar ein Scanner vorhanden war, aber ein Bügeleisen war nicht aufzutreiben. Als Ersatz hatte Tom die ‚Rote Liste' des Stationsarztes mitgebracht, einen Wälzer von über zweitausend Seiten, in dem alle verschreibungspflichtigen Medikamente, ihre Nebenwirkungen und ihre Hersteller notiert waren.

„Schade, ein Bügeleisen wäre besser gewesen. So dauert es natürlich lange, bis die Papierfalten beseitigt sind. Vor morgen früh ist da wahrscheinlich nichts mit dem Scannen.

„Kein Problem. Ich fahr schnell nach Hause und hol mein Reisebügeleisen. Brauchst du sonst noch etwas?"

„Meinen Laptop habe ich hier, aber etwas Herzhaftes, ein Stück Käse oder Wurst und ein vernünftiges Stück Brot, wäre nicht schlecht. Mit Alkohol muss ich leider zurückhaltend sein."

Als Haller nach einer Stunde zurückkam, fand er Tom in eigenartig hockender Stellung auf seinem Bett sitzend vor.

„Endlich! Wo bleibst du denn? Ich kriege schon Schwielen am Hintern."

„Was ist denn mit dir los? Sitzt du auf der Bettpfanne?"

„Nee, auf der ‚Roten Liste'. Damit leiste ich wichtige Vorarbeit."

„Ich verstehe nicht?"

„Ich habe schon mal alle Schnipsel zwischen die Seiten gelegt und mich draufgesetzt. Vielleicht braucht man sie dann gar nicht mehr zu bügeln."

„Das nenne ich Einsatz mit Leib und Leben. Zur Belohnung habe ich dir etwas mitgebracht."

Haller zeigte ihm eine Flasche Rotwein.

„Darf ich doch noch nicht."

„Schau mal genauer hin." Es war ein alkoholfreier Rotwein ‚Weinkönigs Merlot feinherb'.

„Ein Doktorand hat mir mal drei Flaschen zum Abschied geschenkt, als er promoviert war. Zu dem Bergkäse, den ich dir mitgebracht habe, schmeckt er gar nicht übel."

Tom griff zu. Er biss hungrig ein Stück vom Käse und vom Vollkornbrot ab. Dann probierte er einen kleinen Schluck vom Rotwein, den er sich ins Wasserglas gegossen hatte, und nahm gleich danach noch einen großen. „Das ist der beste Rotwein, den ich je getrunken habe", behauptete er.

„Wahrscheinlich hast du in letzter Zeit überhaupt nichts mehr richtig geschmeckt."

„Kann schon sein."

Es stellte sich heraus, dass Toms Vorarbeit tatsächlich etwas gebracht hatte. Über die Hälfte der kleinen Zettel konnte er ohne weitere Glättung scannen, während Haller den Rest auf dem mit einem Kopfkissenüberzug abgedeckten Tischchen des Aufenthaltsraums vorsichtig mit dem Bügeleisen bearbeitete.

Als Tom mit dem Scannen der bereits geglätteten Schnipsel fertig war, löste er Jochen Haller ab und schickte ihn nach Hause.

„Den Rest mache ich allein. Du musst morgen früh ja wieder an die Arbeit, während ich hier nur herumfaulenze. Für morgen Vormittag habe ich mich zur Jahreskontrolle in der Inneren angemeldet, damit ich das mal wieder hinter mir habe. Danach mache ich mich an die Bearbeitung der gescannten Papierschnipsel. Kann eine Weile dauern, bis ich mit allem fertig bin."

*

Schon am nächsten Nachmittag meldete sich Tom bei Jochen Haller.

„Sag nur, du hast es schon geschafft?", wunderte sich Haller.

„Es ging schneller, als ich dachte. Ich hatte dir doch gesagt, ich wollte zum Jahrescheck. Die Untersuchungen und Blutentnahme haben maximal eine Stunde gedauert. Aber diese Wartezeiten! Geschlagene fünf Stunden habe ich gewartet auf Röntgen, Sonographie des Bauchs, Lungenfunktionsuntersuchung und Abschlussbesprechung mit dem Arzt. Den Arzt hatte ich noch nie gesehen. Der hatte ja weniger Ahnung als ich. Das hat es früher nicht gegeben. Da war alles gut organisiert, und die Ärzte waren erfahren und uns vertraut. Seitdem Professor Knippich nicht mehr hier ist, kümmert sich niemand mehr richtig um die Mukoviszidose-Patienten. Die haben inzwischen gemeutert, wie ich gehört habe. Bin mal gespannt, was dabei rauskommt."

„Meist gibt es ein paar besänftigende Worte, und damit hat sich's." Haller machte ihm wenig Hoffnung.

„Jedenfalls wollten sie mich am Schluss noch aufs Fahrradergometer setzen, um meine Sauerstoffversorgung unter Belastung zu überprüfen. Da hätte ich aber noch einmal eine Stunde warten müssen. Deswegen habe ich gestreikt und gesagt, dass ich das bei dir im Labor mache."

„Klar, kein Problem."

„Und weißt du, was mir dieser junge Schnösel von Assistenzarzt gesagt hat, als ich mich wegen der langen Wartezeiten beschwert habe? ‚Geht doch woanders hin' ".

„Das ist ja wirklich eine Unverschämtheit. Solchen Leuten würde man am liebsten selbst eine schwere Krankheit an den Hals wünschen."

„Aber einen Vorteil hatte die Warterei. Ich hatte zwischendurch Zeit, meinen Laptop zu holen und das Schriftstück zusammensetzen. Scheint ein Brief zu sein. Ich bin gespannt, was bei der Übersetzung rauskommt. Ich hoffe, der ganze Aufwand hat sich gelohnt."

„Ich auch. Ich habe hier noch eine Kleinigkeit zu erledigen. Dann komme ich hoch zu dir. Wir könnten zusammen zu Abend essen. Ich bringe wieder was mit."

„Klasse! Die werden sich wundern, wenn ich hier das Abendessen zurückgehen lasse. Schmierkäse, Leberwurst und dieses fade Graubrot hängen mir schon zum Hals heraus."

Zwei Stunden später schwitzte Jochen Haller über dem zusammengesetzten Papier. Es handelte sich um einen Brief, den die Großmutter an Boris Ezatow handschriftlich verfasst hatte. Sie hatte eine schöne gleichmäßige Schrift, aber einige der Buchstaben waren reichlich mit Verzierungen versehen, die eine künstlerische Veranlagung verrieten und große Schwierigkeiten bereiteten, die Wörter zu entziffern.

Einige Schnipsel waren verlorengegangen, so dass es mehrere Lücken im Text gab, aber die wichtigsten Partien hatte Tom rekonstruieren können. Aus dem Brief ging hervor, dass die Großmutter es beklagte, dass Boris sich so lange nicht mehr bei seiner Familie hatte sehen lassen, weil er sich einem Zirkus angeschlossen hatte, mit dem er in ganz Europa unterwegs war. Das Geld, das er ihnen regelmäßig habe zukommen lassen, sei zwar eine große Hilfe. Aber jetzt sei es an der Zeit, wieder zurückzukehren. Damit er sie nicht ganz vergesse, habe sie ihm ein Familienfoto beigelegt. Sie schloss mit dem Satz:

„Willst du wirklich deine Gesundheit aufs Spiel setzen?"

Diese Formulierung verleitete sie zu wilden Spekulationen.

„Vielleicht macht er bei den Trapezartisten mit. Da gibt es ja immer wieder Unfälle", meinte Tom.

„Oder er hilft bei der Betreuung der Raubtiere“, sagte Haller. „Das ist auch nicht ganz ungefährlich. Aber sonst ist der Brief sehr allgemein gehalten.“

Einen Hinweis auf den Mörder gab es nicht. Der Umschlag war wie der Brief mit Tinte beschrieben. Er hatte offenbar in einer bräunlichen Flüssigkeit gelegen, wahrscheinlich Tee oder Kaffee. Absender und Anschrift waren ganz zerlaufen. Tom war enttäuscht. Seiner Meinung nach hatte sich die Mühe nicht gelohnt.

„Vielleicht kann Jens Rückert sich einen Reim darauf machen“, tröstete ihn Jochen Haller.

Kapitel 21

Professor Winzinger hatte an der Küchentheke seines neuen Hauses am Richtsberg ein karges Abendessen, bestehend aus einem Mehrkornbrot, Käse und einigen Kirschtomaten, zu sich genommen. Wenn er allein war, hielt er den Aufwand für die Mahlzeiten klein. Nur wenn seine Frau zu Besuch kam, gingen sie im Restaurant Rosenkavalier nobel essen und übernachteten im Hotel. Mit seiner kleinen Mietwohnung, die er für die Übergangszeit genommen hatte, hatte sie sich nicht anfreunden können. Zur Zeit trafen sie sich nur einmal im Monat, da seine Frau, die eine Professur für Sozialpädagogik in Heidelberg hatte, in Marburg noch keine angemessene Stelle gefunden hatte.

Jetzt hatte das Provisorium bald ein Ende, so dass sie wenigstens wieder eine Wochenendbeziehung aufbauen konnten.

Den Bau des Hauses hatte seine Frau ganz ihm überlassen. Sie hatte nur zwei Bedingungen gehabt:

Er sollte sich einen Architekten aus Heidelberg nehmen, den sie gut kannte. Der war auf Passivbauweise spezialisiert, so dass sie mit einem minimalen Bedarf an Heizenergie auskommen würden. Das Haus war dementsprechend nach allen Erkenntnissen des Dämmschutzes und der Energieversorgung eingerichtet. Bei der Installation der Solaranlage hatten sie noch ordentlich von staatlichen Subventionen profitiert, bevor diese drastisch reduziert wurden.

Die zweite Bedingung war, dass das Gebäude im Notfall in zwei Einheiten zu teilen sein sollte. Wahrscheinlich kalkulierte sie eine Zukunft ein, in der sie getrennte Wege gehen würden. Dann konnte jede Partei ihre Hälfte vermieten oder verkaufen.

Er hatte nicht den Eindruck, dass es dafür einen konkreten Anlass gab. Sie war ein sehr rationaler Typ, das hatte ihn neben ihrem attraktiven Äußeren – sie war eine schlanke, kühle Schönheit aus Hannover – von Anfang an fasziniert. Sie würde nie etwas dem Zufall überlassen.

Winzinger begab sich auf die mit Gartenparkett belegte Terrasse, die mit einem modernen Lamellendach vor Wind und Wetter geschützt war und goss sich aus einer Karaffe ein Glas Rotwein ein, einen großartigen Rioja „Lars de Sotomayor" 2005, den er einem spanischen Kollegen verdankte. Er hatte bei Winzinger wegen der modernen Kapselendoskopie hospitiert, mit der man den Magen und Dünndarm beurteilen konnte, ohne dass man auf eine Magensonde angewiesen war. Diese Technik hatte Winzinger in Marburg eingeführt. Damit hatte er sich eine glänzende Position im Klinikum verschafft.

Aus der Reber-Originalverpackung nahm er sich eine Mozartkugel, die er von seiner letzten Tagung in Bad Reichenhall mitgebracht hatte. Er liebte diese kleinen Genüsse am Ende eines langen Arbeitstages!

Dann überlegte er, wie er die zum Teil noch etwas kahlen Räume wohnlicher gestalten könnte. Eine zündende Idee hatte er im Moment nicht. Seine Frau konnte schließlich auch etwas zur Gestaltung beitragen.

Aber vielleicht gab es in der Frankfurter Allgemeinen ein paar Anregungen. Die ausgiebige Lektüre der FAZ war eines der Vergnügen, die er sich nicht nehmen ließ.

Anschließend blätterte er die Marburger Tageszeitung durch, um sich über die neusten Umtriebe der Marburger Medizinstudenten auf dem Laufenden zu halten, die in letzter Zeit wieder verstärkt Protestaktionen gegen die Vernachlässigung der Lehre durchführten. Besonders ärgerlich war, dass sie herausgefunden hatten, dass ein Teil der Landesmittel, die für die Lehre zur Verfügung gestellt worden waren, mit Hilfe einer Professorengruppe um den Dekan für die Forschung abgezweigt worden waren. Er hatte kein Geheimnis daraus gemacht, dass er mit dieser Gruppe sympathisierte. Die Lehre hatte ihm nie viel bedeutet.

Höchst unerfreulich war, dass die Studenten Unterstützung von einigen Professoren erhielten, die sich mehr der Lehrtätigkeit als der Forschung verpflichtet fühlten. Darunter war auch – trotz seiner Emeritierung – Professor Knippich, der Mukoviszidose-Spezialist, den er mit Hilfe des Präsidenten, einem alten Bekannten aus Heidelberger Zeiten, in den Ruhestand gedrängt hatte.

Knippichs Stelle war nach über einem Jahr immer noch nicht wieder besetzt. Die Patienten trauerten ihm zwar nach, aber das störte Winzinger nicht. Sie waren ihm ohnehin ein Dorn im Auge, weil die Pauschale der Kostenträger für ihre ambulante Versorgung nicht kostendeckend war.

Winzinger wurde allmählich schläfrig, aber er blieb noch sitzen. Die Infrarotlampe, die er auf der Terrasse hatte installieren lassen, verbreitete eine wohlige Wärme. Zufrieden betrachtete er noch einmal sein neues Zuhause. Das war sehr viel aufwändiger geworden als ursprünglich geplant. Sein Chefarztgehalt hätte dafür nicht ausgereicht.

Aber der Zufall war ihm zu Hilfe gekommen: Ein Bauunternehmer war nach einer Odyssee durch viele Kliniken als Privatpatient bei ihm gelandet. Er hatte unter unerklärlichen Brust- und Bauchschmerzen gelitten und eine vergebliche Operation an der linken Lunge, die Entfernung der Gallenblase und einer Teilresektion des Darms hinter sich. Sein Oberarzt, der bei Professor Knippich eine ausgezeichnete klinische Ausbildung erhalten hatte, hatte bei der Krankengeschichte gleich an eine Ösophagusachalasie, eine Muskelerschlaffung der Speiseröhre, gedacht und damit Recht behalten. Winzinger war sich nicht zu schade, die Diagnosestellung dem Patienten gegenüber als sein eigenes Verdienst darzustellen. Für diesen war es eine Erlösung, dass ihm weitere unnötige operative Eingriffe erspart wurden. Als er hörte, dass Winzinger dabei war, ein Haus zu bauen, sagte er ihm jede mögliche Unterstützung zu, natürlich kostenneutral. Seine Leistungen waren als Aufträge an verschiedene am Bau beteiligte Subunternehmen gut getarnt.

Demnächst würde Winzinger die Einweihung des Neubaus in einem angemessenen festlichen Rahmen begehen, zu der natürlich der Dekan der Medizinischen Fakultät und andere Prominente eingeladen würden. Jetzt konnte er durchstarten und in der Hochschulpolitik aktiv werden. Sein Traum war es, eines Tages Präsident der Universität zu sein. Ein repräsentatives Haus war seiner Ansicht nach eine wichtige Voraussetzung dafür.

Winzinger musste über seinen Träumereien eingeschlafen sein. Er erwachte von einem Knall, gefolgt von einem lauten Klirren, das aus dem ersten Stock zu kommen schien. Über die frei schwebende Treppe aus Edelstahl, die mit einem Edelholzfurnier verkleidet war, eilte er nach oben, wo ihm Rauchschwaden entgegen kamen. Der Brandherd schien im Gästezimmer am Ende des Flurs zu sein. Als er die Tür öffnete, sah er, dass das Bett und der Vorleger schon in Flammen standen.

Das Handy lag unten auf der Terrasse, ein Feuerlöscher war in seinem Wagen. Bevor er sich umdrehen und nach unten eilen konnte, traf ihn ein Schlag auf den Hinterkopf. Er verlor das Bewusstsein.

*

Ein Spaziergänger, der abends seinen Hund Gassi führte, entdeckte den Brand und alarmierte die Feuerwehr. Als sie eintraf, war das Haus allerdings schon weitgehend niedergebrannt. Die vielen Holzelemente hatten die Ausbreitung des Brandes begünstigt. Immerhin konnte man Winzinger noch lebend bergen. Die Edelstahltreppe, zu der er sich auf Anraten des Bauunternehmens durchgerungen hatte, das einzige größere Bauelement aus Metall im Haus, hatte sich schützend über ihn gelegt und den Flammen standgehalten, bis die Feuerwehr eintraf. Wie durch ein Wunder kam er mit einer leichten Rauchgasvergiftung, einer Gehirnerschütterung und ein paar Knochenbrüchen davon.

Die Feuerwehr fand Reste eines Kanisters aus Kunststoff, wie er in jedem Baumarkt zu erhalten war, in dem offenbar ein Brandbeschleuniger enthalten gewesen war.

Konkrete Hinweise auf den oder die Täter suchte die Polizei vergeblich. Am Türschloss der Eingangstür waren nach Entfernung der Rußspuren nur ein paar Kratzer zu finden. Ansonsten war das Schloss unversehrt.

„Da war ein Experte am Werk", konstatierte Philipp Körner, der mit seiner Truppe eingeschaltet worden war.

Die Fälle von Vandalismus häuften sich in letzter Zeit: Abgefackelte Autos und Feuer in Hausfluren waren keine Seltenheit. Es konnte auch das Werk von Dieben sein, die aus Enttäuschung, dass sie in diesem vielversprechenden Haus keine Wertsachen gefunden hatten, mutwillig Schaden angerichtet hatten.

*

Winzinger selbst hatte andere Vermutungen zu dem oder den Tätern, für die ihm allerdings die Beweise fehlten.

Er dachte an das Laborteam der Gastroenterologie, das er auseinandergerissen hatte, weil er die alte Seilschaft des Kollegen Knippich zerstören wollte. Die ehemalige Leiterin des Labors hatte ihm kürzlich schon einen Streich gespielt, indem sie ihm zum Geburtstag seinen Lieblingskuchen, ‚Kalten Hund', gebacken hatte, dem sie eine satte Dosis eines Abführmittels hinzugefügt hatte. Er war einen Tag lang kaum aus der Toilette rausgekommen und hatte die Reise zu einer Tagung verschieben müssen. Aber war Brandstiftung nicht eine Nummer zu groß für sie?

Eher traute er das seinem Oberarzt zu, dem er letztlich sein Haus verdankte. Er hatte dafür gesorgt, dass er vor kurzem an eine Reha-Klinik in Bad Orb weggelobt worden war. Dieser hatte hartnäckig darauf bestanden, dass er stärker als bisher an den Privatliquidationseinnahmen seines Chefs beteiligt würde. Daraufhin hatte ihn Winzinger so unter Druck gesetzt, dass er sich nach einer neuen Stelle umgesehen hatte.

Auch die Studentengruppe, die dem Dekan und ihm den Missbrauch von Geldern vorwarf, die eigentlich für die Lehre vorgesehen waren, gehörte seiner Meinung nach zu den Verdächtigen.

Winzinger gab seine Tipps auch an die Brandversicherung und die Polizei weiter. Aber alle Recherchen verliefen im Sande.

*

Professor Knippich, Winzingers Vorgänger in der Gastroenterologie, der jetzt im Ruhestand war, war ebenfalls im Visier der Polizei gewesen, da er sich von Winzinger abserviert fühlen musste.

Aber er konnte ein handfestes Alibi vorweisen. Knippich war zum Zeitpunkt der Brandstiftung wegen eines neuen Projekts zur Früherkennung von Darmkrebs auf einer zweitägigen Veranstaltung in München gewesen und hatte, da er abends mit Kollegen noch lange zusammen gesessen hatte, jede Menge Zeugen. Die Zeit für die Hin- und Rückreise – mit welchem Verkehrsmittel auch immer – hätte keinesfalls ausgereicht.

Nachdem der Verdacht gegen ihn ausgeräumt war, meldete sich die Geschäftsführung des Uniklinikums bei ihm und bot ihm einen lukrativen Beratervertrag für ein halbes Jahr an, um Winzingers Ausfall zu überbrücken.

Die Versuchung, das Angebot anzunehmen, war groß. Nicht, dass ihn das Geld sonderlich gereizt hätte, aber er dachte daran, dass er sich für seine früheren Patienten einsetzen könnte, deren prekäre Lage ihm nicht entgangen war.

Andererseits fühlte er sich durch sein neues Engagement für die Lehre und durch die Mitarbeit in der Ethikkommission, die ihm Jochen Haller zugeschanzt hatte, als er nach seiner Emeritierung nach einer sinnvollen Tätigkeit gesucht hatte, ausgefüllt.

Knippich entschloss sich, seinen ehemaligen Doktoranden und jetzigen Freund zu Rate zu ziehen. Der warnte ihn eindringlich.

„Du glaubst doch nicht ernstlich, dass du für eine bessere Betreuung der Mukoviszidose-Patienten sorgen kannst. Solange die Krankenkassen nicht für die entstehenden Kosten aufkommen, wird niemand am Klinikum ernsthaftes Interesse haben, solche Patienten langfristig an sich zu binden."

Damit waren die Würfel gefallen: Er sagte ab. Als Galionsfigur für den privaten Betreiber des Klinikums war er sich zu schade.

Kapitel 22

Lia hatte inzwischen ihren üblichen Tagesrhythmus aufgenommen. Sie war Frühaufsteherin, während die meisten Hausbewohner morgens etwas später aufstanden. So hatte sie Zeit für ihre Morgengymnastik, die sie auf Maries Empfehlung durch ein neues Muskeltraining mit Thera-Bändern erweitert hatte.

Sie hatten verabredet, dass sie bei Gelegenheit auch mal zum Kieser Training mitkommen würde, das Marie regelmäßig machte. Der Trainer, mit dem Marie gesprochen hatte, war ganz zuversichtlich, die Muskulatur, die für Rotationsbewegungen des Rumpfes wichtig war, mit einem seiner Geräte verbessern zu können. Er schien ganz erpicht darauf, auszuprobieren, ob er die Geräte in eine für eine Rollstuhlfahrerin geeignete Version umrüsten konnte. Das würde ihm Zugang zu einer ganz neuen Klientel verschaffen. Momentan war er nicht weit von den roten Zahlen entfernt, weil die Marburger Studenten Fitnessstudios mit viel Action bevorzugten, die bei Kieser verpönt war.

Lia warf vor Beginn des Trainings noch einen Blick nach draußen und sah, dass Ploch mit seinem Pickup vorfuhr. Er holte noch eine große Tasche aus seiner Wohnung, wahrscheinlich um ein paar Besorgungen zu machen, bevor der eigentliche Arbeitstag begann.

Sie wollte noch das Fenster öffnen, um ihn zu fragen, ob er eine bessere Munition für sie habe als die Kirschkerne, an denen sich die Tauben nicht gestört hatten. Aber da saß er schon hinter dem Steuer und startete. Offenbar hatte er es sehr eilig.

Sie absolvierte ihr Training und beendete es mit einigen Dehnübungen. Danach duschte sie und traf die Vorbereitungen zum Frühstück.

Sie stellte die Utensilien für ihr Frühstück aus frischem Obst, Orangensaft, Nüssen und einer Müsli-Mischung zusammen, ergänzte sie durch eine Packung Leinsamen zur Unterstützung ihrer Verdauung und verstaute sie im Einkaufskorb. Am Anfang hatte sie ihre Sachen in einem Fach der Gemeinschaftsküche untergebracht, bis sie gemerkt hatte, dass sich Unbefugte großzügig bedienten. Das ging auf die Dauer ins Geld.

Voll beladen fuhr sie rasch in die Küche, weil sie gern die erste war. Das war ihr am liebsten, weil sie dann ungehindert ihre Vorbereitungen treffen konnte.

Als sie schon fast fertig war, tauchte auch Dagmar auf. Lia beobachtete fasziniert, wie sie trotz ihrer extrem verkürzten Arme und missgebildeten Hände blitzschnell mit ihren Frühstücksvorbereitungen fertig war. Nachdem sie die Kaffeemaschine in Gang gebracht hatte, füllte sie Wasser und zwei Eier in den Eierkocher, die vor sich hin köchelten, während sie aus einer Orange einen frischen Orangensaft presste und ein Vollkornbrötchen mit Käse und gekochtem Schinken belegte. Da saß jeder Handgriff.

„Ich habe neulich Abend die Schießanlage hinter dem Haus kennengelernt und war davon ganz begeistert. Ploch hat mir das Schießen mit der Zwille beigebracht, weil ich noch nicht in der Lage bin, die Sehne zum Bogenschießen zu spannen. Es hat total Spaß gemacht, wenn die Figuren vor dem Kugelfang umkippten."

„Ja, kaum zu glauben, wie sehr er sich um jeden von uns kümmert. Ich durfte wegen meiner kurzen Arme erst mit einem Gummiband Papierschnipsel auf die Blechfiguren schießen. Das kennst du sicher auch aus der Schulzeit.

Aber die kippten gar nicht um, wenn ich sie traf. Als ich ihn dann selbst aufs Korn genommen habe, weil das mehr Spaß machte, hat er mich lieber mit Wurfpfeilen auf aufgeblasene Luftballons werfen lassen. Später, als wir uns dann etwas besser kennen gelernt haben, durfte ich sogar seine eigene Luftpistole benutzen, die er extra für mich umgebaut hat."

„Und woher hat er so viel Ahnung vom Schießen? War er bei der Bundeswehr oder Förster?"

„So richtig rückt er nicht mit der Sprache raus. Aber auf meiner letzten Geburtstagsfeier, als er ein paar Gläser Wein intus hatte, hat er sich mal verplappert. Er scheint in einem Schützenverein gewesen zu sein. Und irgendwann hat er mal fallenlassen, dass er eigentlich gelernter Schlosser ist. Aber sonst redet er nie über seine Vergangenheit."

„Wenn das so ist, werde ich ihn nachher mal fragen, ob er mit ins Kieser Studio kommt. Der kann denen dort helfen, ihre Geräte für Behinderte umzubauen."

„Sag mir Bescheid, wenn es so weit ist. Da komme ich gern mit. Vielleicht kann ich auch davon profitieren. Ich suche immer nach neuen Möglichkeiten, das Angebot für körperliche Aktivitäten ist für mich noch nicht so toll."

*

Es war jetzt ein knappes Jahr her, dass Walter Ploch sich entschlossen hatte, nach Marburg zu ziehen, und er hatte es zu keinem Zeitpunkt bereut.

Mit der nicht ganz uneigennützigen Unterstützung des Wirts vom ‚Hesse-Stübche' hatte er beim Studentenwerk Marburg wegen der Stelle im Biesalski-Haus nachgefragt. Dort war man über seine Anfrage hoch erfreut gewesen, da an der befristeten Vertretungsstelle, die inzwischen ausgeschrieben worden war, bisher niemand Interesse gezeigt hatte. Fürs erste genügte ein formloser Antrag, ein fingierter kurzer Lebenslauf, den niemand überprüfen würde, sein neuer Personalausweis, und ein polizeiliches Führungszeugnis, das er sich sicherheitshalber noch in Kassel ausgestellt hatte, weil das fast überall gefordert wurde. Einen Tätigkeitsnachweis sollte er später nachreichen.

Walter Ploch hatte zwar nie eine Hausmeisterstelle bekleidet. Aber er traute sich so etwas durchaus zu.

Schon sein Großvater war Schlosser gewesen, und sein Vater hatte neben der Schlosserwerkstatt ein gut gehendes Geschäft in Kassel aufgebaut. Für ihn war es selbstverständlich, dass sein Sohn den Betrieb einmal übernehmen würde. Der junge Armin hatte schon oft im Betrieb mithelfen müssen und nach dem Realschulabschluss sogar die Gesellenprüfung hinter sich gebracht. Aber als es ernst wurde und er in das Geschäft des Vaters einsteigen sollte, das sich inzwischen ganz auf den Verkauf von Haushaltsgeräten spezialisiert hatte, weil Handwerkszeug, Schlösser, Schrauben und Nägel in jedem Baumarkt billiger zu bekommen waren, streikte er. Er hatte keine Lust, sein Leben lang Verkäufer von immer luxuriöseren Kaffeemaschinen, Kühlschränken und Waschmaschinen zu sein.

So nahm er die erste Gelegenheit wahr, die sich bot, aus den vorgezeichneten geordneten Bahnen eines gut gehenden mittelständigen Unternehmens auszubrechen. Auf Betreiben seines Großvaters, der selbst ein guter Sportschütze gewesen war, war er schon mit zwölf Jahren im Schützenverein Waldau Mitglied geworden. Das sah sein Vater zwar nicht gern, in seinen Augen waren das unnötige Flausen, aber er wagte es auch nicht, den Großvater zu verärgern, den er schließlich beerben wollte. Armin wurde ein guter Schütze mit Pfeil und Bogen, Luftpistole und Luftgewehr, so dass er früh zu Schießwettbewerben mitgenommen wurde.

Der Trainer, der einen Narren an ihm gefressen hatte, weil er nicht nur das Talent seines Großvaters geerbt hatte, sondern auch sehr trainingsfleißig war, wollte ihn langfristig an den Verein binden. Er war bei der Stadt Kassel als Pressesprecher tätig und schwärmte ihm von der Vielfalt der Ausbildung bei der Stadtverwaltung und der geregelten Freizeit vor, die mehr Zeit fürs Training bieten würde. Mit seiner Unterstützung gelang es Armin tatsächlich, als Azubi bei der Stadtverwaltung Kassel unterzukommen. Er durchlief bei seiner Ausbildung mehrere Stationen vom Sportamt über die Stadtbibliothek, das Rechnungsprüfungsamt, das Sozialamt und das Referat für Altenhilfe, bis er schließlich beim Standesamt landete. Ehrenamtlich war er außerdem bei der Bürgerhilfe aktiv, wo er eine Menge zwischenmenschlicher Erfahrungen sammeln konnte.

*

Gespannt trat Walter Ploch die Vertretungsstelle als Hausmeister im Biesalski-Haus an. Es stellte sich schnell heraus, dass weniger sein handwerkliches Können als seine Hilfsbereitschaft und seine Fähigkeit, sich auf die individuelle Situation der behinderten Studenten einzustellen, gefordert waren. Sie hatten ganz unterschiedliche Handicaps und Bedürfnisse. Viele Bewohner des Heims waren Rollstuhlfahrer, die ihm besonders am Herzen lagen, weil seine Tochter Nicole vor ihrem Tode auch oft einen Rollstuhl benutzt hatte, als die Kräfte nachließen. Nicht selten hatten die behinderten Studenten einen schweren Schicksalsschlag wie Ploch hinnehmen müssen, aber sie machten das Beste daraus. Es war für ihn selbstverständlich, dass er ihnen half, wo er konnte. Ausgeschlossen, dass er sich nach acht Stunden Dienst ausklinkte und vor den Fernseher setzte! Das war ein Fulltime-Job, der ihn voll und ganz in Anspruch nahm. Am

Anfang kam er jedem Wunsch so schnell wie möglich nach. Er merkte bald, dass das über seine Kräfte ging. Erst langsam bekam er einen Blick dafür, wo wirklich Not am Mann war. Auch Behinderte kannten Tricks und waren auf ihren Vorteil bedacht. Die Behinderung machte aus ihnen nicht automatisch bessere Menschen.

Nach einigen Wochen hatte er die wichtigsten Lektionen gelernt. Er hatte das Gefühl, er habe sein Leben lang nichts anderes gemacht, und er erlebte etwas, was ihm im letzten Jahr völlig abhandengekommen war: Er hatte Spaß an der Arbeit und freute sich auf den nächsten Tag.

Aber die Erinnerung an die Vergangenheit blieb lebendig. Einer der Heimbewohner erinnerte ihn jedes Mal, wenn er ihn sah, an Nicole. Marco Burg hatte eine ‚Lungenfibrose', eine fortschreitende Lungenverhärtung, meisterte aber alle Anforderungen seines Mathestudiums mit Bravour, obwohl er sich nur noch im Rollstuhl bewegen konnte, der ihm gleichzeitig als Transportmittel für einen kleinen Sauerstoffbehälter diente. Wie Ploch erfuhr, stand er schon seit einiger Zeit auf der Transplantationsliste mit höchster Dringlichkeit und wartete voller Zuversicht auf eine neue Lunge. Er durchlebte mit ihm noch einmal alle Hoffnungen und Sorgen, wenn auch aus etwas größerer Distanz.

Um ihm eine Freude zu machen, aber auch – wie er sich eingestand – weil es ihm selbst Spaß machte, richtete er hinter dem Haus eine provisorische kleine Schießanlage zum Schießen mit der Luftpistole ein, für die man nicht viel Kraft benötigte, wenn man die Hand aufstützte. Zu seiner Überraschung wurde das der große Renner, auch für die anderen Hausbewohner.

Als Marco nach einigen Monaten tatsächlich seine neue Lunge erhalten hatte und das Biesalski-Haus verlassen konnte, war aus dem Provisorium eine ordentliche Schießanlage geworden, auf der man auch mit Pfeil und Bogen und – Plochs eigene Idee – mit Sportzwillen schießen konnte, so, dass er den individuellen körperlichen Handicaps besser gerecht werden konnte.

Nebenher hatte er seine Fühler zur mittel- und südhessischen Mukoviszidose-Szene ausgestreckt und mehrere Familien ermittelt, deren Kinder wie damals Nicole plötzlich in der Dringlichkeit der Lungentransplantation heruntergestuft worden waren. Die meisten davon akzeptierten das als Schicksalsschlag. Den Vater eines Marburger Patienten, dem es immer schlechter ging, konnte er zumindest dazu bewegen, ihn bei seinen Recherchen zu unterstützen. Aber als er andeutete, dass man unter Umständen auch daran denken müsste, die Schuldigen zur Rechenschaft zu ziehen, merkte er schnell, dass dieser davor zurückschreckte. Er war mit den Problemen zu Hause voll ausgelastet.

Obwohl die erhoffte Unterstützung ausblieb und Ploch auf sich allein gestellt war, verfolgte er seine Vergeltungspläne konsequent weiter.

Kapitel 23

Alles, was Professor Leinweg in Angriff nahm, musste schnell gehen. Geduld war für ihn ein Fremdwort. Das bekamen auch seine Mitarbeiter zu spüren. Alles musste sofort erledigt werden. Wer mit ihm nicht Schritt halten konnte, wurde abgeschoben. Über längere Zeit hielten sich nur solche bei ihm, die ähnlich veranlagt waren oder solche, die mit stoischer Gelassenheit die umtriebige Art ihres Chefs über sich ergehen ließen.

Seine Aktivitäten waren breit gefächert. Er war ein hochtalentierter Klavierspieler, der bei besonderen Anlässen der Universität sein Können gern unter Beweis stellte. Sein Vorteil war, dass er mit vier bis fünf Stunden Schlaf auskam, so dass er trotz seiner Chefarzttätigkeit in der Gießener Urologie und intensiver Forschungstätigkeit Zeit genug für alle möglichen Eskapaden hatte, einschließlich zahlreicher Affären mit Frauen. Das hatte nach acht Jahren Ehe schließlich auch seine Frau aus dem Haus getrieben. Sie hatte vergebens gehofft, dass er nach der Habilitation zur Ruhe kommen würde.

Einmal in der Woche traf er sich zum Fußball mit anderen Medizinern in der Halle. Er wollte körperlich fit bleiben. Tennis und Golf waren ihm zu langweilig. Er brauchte den Kampf Mann gegen Mann. Während seine Mitspieler vorsichtig waren, um sich nicht zu verletzen, spielte er immer, als ging es um Meisterschaftspunkte. Er kannte kein Pardon und nahm weder auf sich selbst noch auf den Gegner Rücksicht. Erstaunlicherweise verletzte er sich trotz seiner rabiaten Spielweise nie, wahrscheinlich weil seine Gegenspieler im letzten Moment den Fuß zurückzogen, wenn es hart auf hart kam. Das machte ihn zwar nicht gerade beliebt, aber erfolgreich. Seine Mitspieler waren nicht nur wegen seines Durchsetzungsvermögens froh, ihn auf ihrer Seite zu haben. Wichtiger war ihnen, dass sie dann seinen Attacken nicht ausgesetzt waren.

Heute stand eine richtungsweisende Sitzung der Hessischen Transplantationskommission in Marburg an, auf der sie, im Auftrag des Wissenschaftsministeriums, eine Stellungnahme zur neuen Regelung der Organspende verabschieden sollten. Eigentlich hielt Leinweg gar nichts davon, dem Einzelnen die Entscheidung zu überlassen, ob er nach dem Tod seine Organe spenden wolle oder nicht. Seiner Meinung nach sollte jeder, der sich nicht ausdrücklich dagegen entschied, als Spender in Frage kommen, wenn seine Organe dafür taugten. Dann wären die meisten Probleme vom Tisch.

Er war heute gar nicht erst ins Klinikum nach Gießen gefahren, sondern nach einem schnellen Kaffee, den ihm seine Haushälterin serviert hatte, direkt von seinem Haus in Launsbach gestartet. Er hätte auch Benzin und Kilometer sparend die gemütliche Nebenstraße nach Marburg nehmen können, aber die Bundesstraße 3 war inzwischen von Gießen bis Marburg wie eine Autobahn ausgebaut, und er genoss es, seinem Porsche die Sporen zu geben und den anderen Autofahrern zu demonstrieren, dass sie im Vergleich zu ihm lahme Enten waren. Als Junge hatte er davon geträumt, Rennfahrer zu werden.

Gewohnt rasant nahm er die lang gezogene Linkskurve des Zubringers, der den Gießener Ring mit der B 3 nach Marburg verband. Dass der Radius der Kurve immer enger wurde und normale Limousinen gezwungen waren, das Tempo zu drosseln, erhöhte den Reiz. Sein Sportwagen hielt die Spur problemlos.

Professor Leinweg war mit seinen Gedanken schon bei der Kommissionssitzung in Marburg. Er überlegte gerade, welche Taktik er anwenden könnte, um die Diskussion abzukürzen. Bei dem ganzen Gerede würde nicht viel herauskommen. Die meisten würden wie immer dem Minister nach dem Mund reden. Er selbst hatte sich weitgehend unabhängig von diesen unberechenbaren Organspenden gemacht. Durch einen befreundeten Kollegen in Kassel war er auf eine nie versiegende Quelle gestoßen, die auf Bestellung passende Nieren lieferte. Einzelheiten interessierten ihn nicht. Für eine ordentliche Prämie hatte er innerhalb von drei Monaten, was er brauchte. Bei Privatpatienten konnte er den besonderen Aufwand geltend machen, um die ‚Vorleistung' in einer entsprechenden Rechnung auszugleichen. Kassenpatienten mussten eine gesonderte Finanzierung zusichern, bevor er aktiv wurde.

Der Schlag auf seine Windschutzscheibe traf Leinweg völlig unvorbereitet. Das Glas zerbrach nicht völlig, sondern war von vielen kleinen Rissen durchzogen. Ihm war plötzlich jede Sicht genommen. Verzweifelt versuchte er zu bremsen und aus der Erinnerung heraus die Kurve so weiter zu fahren, wie er sie angepeilt hatte, aber bei Tempo hundertvierzig war alles viel zu spät: Der Porsche krachte rechts gegen die Leitplanke, wurde dann nach links geschleudert, wo ihm ein Betonpfeiler zum Verhängnis wurde.

*

Walter Ploch hatte lange recherchiert, aber nun hatte sich die gründliche Vorbereitung gelohnt.

Er hatte einen Tausender investieren müssen, um sich mit Hilfe einer professionellen Hackergruppe Zugang zu Leinwegs Handy zu verschaffen, und einige Wochen damit verbracht, seine Aktivitäten zu verfolgen. Er kannte inzwischen seine privaten Neigungen vom Fußball bis zur Fahrleidenschaft und die wichtigsten beruflichen Verpflichtungen. Über seinen Organizer war er bestens informiert, wann und wo Fortbildungsveranstaltungen, wissenschaftliche Tagungen und wichtige Treffen stattfanden. Besonders hatte er sich für die Sitzungen der hessischen Transplantationskommission interessiert, deren Vorsitzender Professor Leinweg war. Es passte ihm gut in den Kram, dass Leinweg in einem kleinen Kaff in der Nähe von Gießen zu Hause war. Das war eine andere Welt. Informationslücken zwischen den Polizeibehörden waren da keine Seltenheit.

Zwei frühere Versuche, Leinweg auszuschalten, waren gescheitert, ohne dass Leinweg davon etwas mitbekommen hatte. Beim ersten Mal hatte Ploch die Geschwindigkeit des Sportwagens nicht richtig einkalkuliert. Das letzte Mal hatte er immerhin schon die Kühlerhaube erwischt, aber sonst keinen Schaden angerichtet. Leinweg hatte wohl an einen Steinschlag geglaubt und sich nicht weiter beeindrucken lassen.

Das weckte Plochs Ehrgeiz als Schütze. Er musste doch in der Lage sein, dieses verhältnismäßig große Ziel zu treffen! Vielleicht lag es an der Munition. Ploch war Perfektionist. Bisher hatte er für den Anschlag Kieselsteine benutzt, die keinem auffallen würden. Allerdings variierte deren Form und Flugkurve immer ein bisschen, so dass dieser Umstand dazu beigetragen haben mochte, dass er die Windschutzscheibe verfehlt hatte.

Deshalb hatte er sich diesmal für eine Glaskugel entschieden, die auch den Vorteil hatte, dass man sie wahrscheinlich kaum vom zerbrochenen Glas der Windschutzscheibe unterscheiden konnte, wenn sie zerplatzt war. Einige Übungsschüsse waren sehr zufriedenstellend verlaufen, so dass er sich seines Erfolgs ziemlich sicher war.

Er brauchte nicht lange zu warten. Leinweg kam wie immer mit der maximalen Geschwindigkeit herangebraust, die die Kurve zuließ. Ein Verfolger war nicht in Sicht. Ploch vergewisserte sich, dass er von der Überwachungskamera, die auf der Brücke installiert war, nicht erfasst wurde. Dann nahm er die Zwille in die Hand, legte eine Glaskugel in die Lasche und zielte sorgfältig durch die Gitterstäbe des Brückengeländers.

Er war überzeugt, dass er richtig getroffen hatte. Aber einen Moment, der ihm wie eine Ewigkeit vorkam, schien es, als würde sich Leinweg gar nicht daran stören, dass seine Windschutzscheibe geplatzt war und er praktisch ohne Sicht weiter fahren musste. Der Wagen nahm die Kurve, ohne von dem ursprünglich eingeschlagenen Bogen abzuweichen. Als die Krümmung der Kurve stärker wurde, war endlich zu erkennen, dass die Attacke erfolgreich gewesen war. Der Porsche scherte aus, knallte gegen die Leitplanke, wurde von ihr auf die Gegenseite geschleudert und prallte gegen einen Betonpfeiler, der eine Schallschutzwand abstützte. Der Sportwagen war nur noch ein Haufen Schrott.

Walter Ploch machte, dass er mit seinem Pickup fortkam.

Kapitel 24

Jens Rückert wartete ungeduldig in Hallers Dienstzimmer. Sein Freund hatte ihn noch vom Lahnklinikum aus telefonisch von dem Inhalt des russischen Briefes informiert. Aber er wollte das Schriftstück auch persönlich in Augenschein nehmen.

„Zeig her!", forderte er Haller auf, kaum dass er eingetroffen war.

Er nahm sich von Hallers Schreibtisch eine Lupe und betrachtete die feinen Linien zwischen den zusammengeklebten Papierfetzen.

„Großartige Arbeit. Das hat Tom wirklich klasse gemacht. Dafür sollte man ihm das Bundesverdienstkreuz überreichen."

„Ob er darauf so viel Wert legt?", äußerte sich Haller skeptisch. „Das verteilen doch die Politiker überwiegend unter sich selbst und befreundeten Promis, mal abgesehen von ein paar Leuten zum Vorzeigen, die es wirklich verdient haben."

„Übrigens ist der Inhalt gar nicht so mager, wie ihr meint. Wir haben nämlich auch nicht auf der faulen Haut gelegen. Und schau hier: Das ist doch auch schon etwas wert." Rückert zeigte ihm, dass mit Hilfe der Lupe die feinen Linien einiger kyrillischer Buchstaben auf der Briefmarke zu erkennen waren, die anscheinend vom Poststempel herrührten.

„Meine Leute werden schon herausbekommen, welcher Ort das ist. Wenn der Name Ezatow stimmt, können wir damit die Adresse seiner Familie schnell ermitteln. Ein Amtskollege aus Moskau, den ich vom Karate her kenne, wird uns dabei helfen. Dann können wir wenigstens die Angehörigen informieren."

„Wir waren vor allem enttäuscht, dass im Brief nicht mehr stand."

„Ihr seid ja auch noch nicht auf dem neusten Stand der Dinge. Es hat sich inzwischen etwas getan. Olli Berner hat in einem Versteck in Ezatows Zimmer, das die Spusi übersehen hatte, fast neuntausend Euro gefunden."

„Wie konnte es denn passieren, dass das der Spusi entgangen ist?", wunderte sich Haller.

„Man muss sich eben auskennen. Olli hat gleich gesehen, dass das Haus umgebaut worden ist, nachdem es an das Nahwärmenetz von Teichmanns Bioanlage angeschlossen wurde. Der Abzug zum Schornstein war damit überflüssig geworden. In Ezatows Zimmer war auf diese Weise eine Nische entstanden, die nur mit Sperrholz abgedeckt war. Die Abdeckung war allerdings so geschickt übertapeziert, dass man das kaum erkennen konnte. Olli hat mir erzählt, dass Körner und seine Leute ganz schön belämmert dreingeschaut haben, als er mit seinem Taschenmesser nur ein paar Nägel lockern musste, damit er an den kleinen Verschlag gelangte, in dem sich die Tüte mit dem Geld fand."

„Dann macht der Brief schon mehr Sinn", meinte Jochen Haller. „Der Ezatow könnte dem Zirkus, dem er sich angeschlossen hat, das Geld gestohlen haben und damit abgehauen sein."

„Ja, und wahrscheinlich hat er bisher nicht gewagt, das Geld seinen Leuten in Russland zu schicken, aus Furcht, dass ihm jemand auf die Spur kommt", ergänzte Rückert. „Das ist übrigens noch nicht alles. Olli hatte bei Teichmanns Gärbecken ein eigenartiges Haar gefunden, das mir gar nicht aufgefallen wäre. Er dachte eigentlich an ein Pferdehaar, aber die Biologin, die Philipp Körner eingeschaltet hat, hat herausbekommen, dass es sich um das Tasthaar eines Tigers handelt. Teichmann hat sich sofort an die Leute vom

Zirkus erinnert, die das Kamel abgeliefert haben, für das sich Marie eingesetzt hat."

„Stimmt, der Zirkus Jebus, der jedes Jahr nach Marburg kommt, ist ja gerade wieder hier, und der hat – wenn ich mich recht entsinne – auch Tiger in seiner Raubtiergruppe. Frag doch mal bei Marie an", regte Haller an. „Die müsste das ja wissen, weil die mit den Tierschützern den Zirkus ständig belagert. Allerdings ist mir schleierhaft, wie ein Zirkus an so viel Geld kommt. Ich dachte, die nagen alle am Hungertuch."

Entschlossen erhob sich Rückert von seinem Stuhl: „Das muss uns der Zirkusdirektor erklären."

Kapitel 25

Um kein Aufsehen zu erregen, fuhren Rückert und Berner im Zivilwagen zum Zirkus in den Afföller Wiesen, um den Zirkusdirektors zu vernehmen. Die Informationen aus dem Brief von Ezatows Großmutter nutzend wagte Rückert einen Bluff.

„Wir haben fast neuntausend Euro bei Boris Ezatow gefunden, einem ehemaligen Mitarbeiter von Ihnen, so viel wir wissen. Haben Sie eine Vorstellung, wie er an so eine Menge Geld gelangt ist?"

Herr Jebus, der so unerwartet die Aussicht sah, sein Geld wieder zubekommen, war außer sich vor Freude: „Sie haben Boris gefunden? Und ohne, dass ich ihn angezeigt habe! Das hat es ja noch nie gegeben."

Nachdem er sich beruhigt hatte, fragte er: „Woher kennen Sie überhaupt Boris Ezatow? Und wie ist das Geld in Ihre Hände geraten?"

„Vorerst stellen wir die Fragen. Uns interessiert erst einmal, woher Sie so viel Bargeld haben. Und erzählen Sie uns nicht, dass Ihre Vorführungen das eingebracht haben. Wir haben das recherchiert."

Der Zirkusdirektor versuchte erst gar keine Ausflüchte: „Sie haben vollkommen recht. Der Zirkus ist zwar mein Leben, aber man kann nicht davon existieren. Der Kostenaufwand für die Artisten und die Tiere ist enorm. So viel wirft der Zirkus nicht ab. Das, was ich einnehme, geht sofort für die laufenden Kosten drauf."

„Und wie sind Sie dann an so viel Geld gekommen?"

„Ist eine etwas längere Geschichte."

Rückert nickte ihm aufmunternd zu. „Wir haben Zeit."

„Also", Herr Jebus räusperte sich und überlegte, wie er anfangen sollte: „Vor ein paar Jahren hatte ich in Kassel den Besuch eines Gerichtsvollziehers, weil ich mit dem Zirkus am Ende war und meine Rechnungen fürs Futter nicht bezahlen konnte. Allein für die Raubtiere gehen enorme Summen drauf. Wertsachen gab es bei mir natürlich nicht zu holen. Er hatte viel Verständnis für meine Situation, weil er als Kind immer gern in den Zirkus gegangen war, und schlug mir vor, meine Raubtiernummer mit den Tigern aufzugeben. Aber dann hätte ich lieber ganz aufgehört. Er meinte, dass ich dann um eine Zwangsversteigerung einiger Wohn- oder Zirkuswagen nicht herumkäme. Ich sollte mir schon einmal Gedanken machen, auf welche ich notfalls verzichten könne. Beim nächsten Besuch rückte er plötzlich mit einem Vorschlag heraus, der mir aus der Notlage geholfen hat."

Rückert sah ihn erwartungsvoll an. „Und?"

„Die Idee kam eigentlich von seinem Urologen, bei dem er wegen einer Prostatavergrößerung in Behandlung war. Der suchte gerade für einen jungen Patienten, bei dem die Nieren versagt hatten, dringend einen Spender. Auf normalen Wegen war das wohl aussichtslos. In seiner Verzweiflung fragte er den Gerichtsvollzieher, ob er nicht jemanden wüsste, der in finanzielle Schwierigkeiten geraten sei, so dass er bereit sei, eine Niere zu spenden. Geld spiele keine Rolle. Und tatsächlich hat dieser erstaunlich schnell jemanden gefunden. Es war ein armer Teufel, dessen Haus zwangsversteigert werden sollte und der sich auf diese Weise aus einer Notlage befreien konnte. War natürlich viel Glück im Spiel."

„Was hat das jetzt mit Ihrem Zirkus zu tun?"

„Wir kommen ja viel rum und fahren gerade in Osteuropa durch zahlreiche Dörfer mit notleidenden Menschen, die am Rande des Existenzminimums leben. Da rekrutiere ich oft billige Arbeitskräfte. Manchmal sind auch junge Talente dabei, die sich als Nachwuchs für unsere artistischen Nummern eignen. – Der Gerichtsvollzieher hatte nun die Idee, dass wir in seinem Auftrag nach Organspendern Ausschau halten sollten. – Am Anfang war ich skeptisch. Aber wir stießen wider Erwarten auf lebhaftes Interesse. Eine ärztliche Untersuchung war für eine Anstellung sowieso erforderlich. Damit ließ sich für eine kleine Entschädigung ohne Schwierigkeiten eine gezielte Blutuntersuchung verbinden, die die benötigten Informationen enthielt. Zuerst ging es nur um Nieren, später auch um Lungenlappen oder Leberteile. Das war unsere Rettung."

„Ist das denn legal?"

„Jedem Menschen steht doch frei, mit seinen Organen zu machen, was er will."

„Was kostet denn eine Niere?"

„Der Urologe zahlt zehntausend, in Ausnahmefällen auch mehr. Und – bevor Sie die nächste Frage stellen – der Gerichtsvollzieher bekommt zehn Prozent Vermittlungsgebühr. Ich kriege achtzig Prozent. Ich muss mich ja um alles kümmern."

Das war für den Gerichtsvollzieher kein schlechtes Zubrot. Er spielte als Vermittler offensichtlich eine zentrale Rolle. Rückert ließ sich seine Adresse geben und ermahnte Jebus, ihn nicht vorzuwarnen. „Das würde ich als feindlichen Akt betrachten. Sie können sicher sein, dass ich Ihnen dann das Leben schwer machen würde. Sie wollen doch auch künftig hier in Marburg gastieren!"

„Sie können sich auf mich verlassen", versicherte der Zirkusdirektor. „Ich will keinen Ärger mit der Polizei, mir reichen schon die Tierschützer."

Olli Berner interessierte sich mehr für einen anderen Aspekt: „Was bekommen eigentlich die Organspender, die das Hauptrisiko tragen?"

„Für eine Niere einen Tausender, für einen Lungenlappen sogar fünftausend Euro. Außerdem kümmere ich mich darum, dass die Spender unfallversichert sind. Wenn etwas bei der Organentnahme schief geht, erhalten sie eine zusätzliche Entschädigung. Sie werden wie bei einem Arbeitsunfall behandelt. Mit so etwas kenne ich mich aus. Dazu bekommen sie freie Kost und Logis. Wenn sie sich an Hilfsarbeiten beteiligen, bezahle ich sie dafür extra. Die meisten sind froh, wenn sie etwas tun dürfen, sonst langweilen sie sich zu Tode. Mit dem Geld unterstützen sie ihre Familien zu Hause."

„Und wer kommt für den Transport der Spender auf?"

„Normalerweise ich. Aber wenn die Zeit drängt, sorgt die Klinik dafür, dass die Organspender mit dem Hubschrauber abgeholt werden. Das bezahlt dann sicher die Krankenkasse oder der Patient selbst, wenn er gut betucht ist. Das weiß ich nicht so genau."

„Die Operateure kriegen nichts?"

„Die haben den Vorteil, dass sie ihre Statistik aufbessern und bekommen Prämien für jede Operation."

„Sieht so aus, als wären unter diesen Bedingungen neuntausend Euro für Sie kein großer Verlust."

„Ich freue mich natürlich nicht gerade darüber, aber was soll ich machen? Der Boris hat offenbar eine gute Gelegenheit genutzt und sich mit dem Inhalt meines Tresors aus dem Staub gemacht. Eigentlich sollte er ja eine Niere spenden, aber er hat es wahrscheinlich mit der Angst zu tun bekommen."

„Kann ich verstehen", meinte Rückert. Jetzt war auch klar, was Boris' Großmutter in ihrem Brief damit gemeint hatte, dass ihr Enkel seine Gesundheit nicht aufs Spiel setzen solle.

„Ich würde es mir auch zehn Mal überlegen, bevor ich ein Organ verkaufe, aber wir hatten schließlich eine Abmachung. Mich hat er jedenfalls ganz schön in Schwierigkeiten gebracht, weil ich auf die Schnelle für Ersatz sorgen musste. Das hat mich zusätzlich eine ordentliche Stange Geld gekostet."

„Haben Sie die Polizei eingeschaltet?"

„Wegen ein paar tausend Euro hole ich doch nicht die Polizei. Die bringen mir das Geld doch sowieso nicht zurück. Deswegen war ich auch so überrascht, als Sie zu mir kamen."

„Aber sie schreiben das Geld doch nicht einfach in den Wind! Haben Sie niemanden auf Ezatow angesetzt?", meinte Olli Berner.

„Sie meinen: einen Detektiv oder so? Ach wo. Das kostet doch mehr, als die ganze Sache wert ist."

„Wie kommt es dann, dass Herr Ezatow tot ist?"

„Wie, tot?" Jebus fiel aus allen Wolken.

„Erstochen. Ich hatte gehofft, Sie könnten uns weiterhelfen."

„Ich habe nicht die leiseste Ahnung. Damit habe ich nichts zu tun."

„Aber die Spur führt hierher zu Ihrem Zirkus."

„Wieso, was für eine Spur?"

„Wir haben das Tasthaar eines Tigers auf dem Hof gefunden, auf dem das Kamel, das Sie – sagen wir mal freundlich – aussortieren wollten, sein Gnadenbrot erhält."

„Wie soll denn ein Tigerhaar dahin geraten sein?"

„Sie haben doch vorhin selbst davon gesprochen, dass Sie Tiger hier im Zirkus haben."

„Ja klar, mit denen arbeite ich ja selbst. Das ist unsere Hauptattraktion."

„Dann muss das Haar an Ihrer Kleidung gehaftet haben."

„An meiner bestimmt nicht. Ich war nie auf diesem Hof."

„Aber irgendjemand muss es gewesen sein. Wir gehen davon aus, dass derjenige Herrn Ezatow zufällig gesehen und erkannt hat, als er das Kamel bei Teichmann abgeliefert hat."

„Dann kommt eigentlich nur einer der Tierpfleger in Frage. Das kriege ich schnell raus. Ich hatte angeordnet, dass das Kamel schleunigst abtransportiert werden sollte, nachdem mir diese Frau Döbus die Hölle heiß gemacht hat."

„Wussten denn ihre Mitarbeiter von dem Diebstahl?"

„Na klar. Ich habe ja kein Geheimnis daraus gemacht, dass Boris mich bestohlen hat und ich wütend auf ihn war, weil er mich im Stich gelassen hat."

Der Tierpfleger, der das Kamel zu Teichmann transportiert hatte, war schnell ermittelt. Er leugnete hartnäckig, etwas mit Ezatows Tod zu tun zu haben, und konnte ein Alibi für den Freitagabend vorweisen. Eine Stute hatte in der Nacht zum Samstag gefohlt, und der Tierpfleger hatte dem Tierarzt geholfen.

Die Suche nach dem Täter ging weiter:

Rückert sah nun den Zeitpunkt gekommen, den Zirkusdirektor mit weiteren Einzelheiten vertraut zu machen: „Herr Ezatow ist mit einem einzigen Messerstich getötet worden. Der Täter muss also jemand sein, der gut mit einem Messer umgehen kann. Sie haben doch sicher einen Messerwerfer unter den Artisten?"

„Ja, schon, das ist Nikolai Architenkow. Aber dem traue ich so eine Tat nicht zu. Der sieht zwar in seinem Kostüm sehr martialisch aus, aber da steckt nichts dahinter. Der steht total unter dem Pantoffel seiner Frau, die auch seine Partnerin ist."

„Dann hilft alles nichts: Wir müssen uns in ihrem Zirkus gründlich umsehen", sagte Rückert entschieden.

„Aber bitte, Herr Kommissar, wenn's irgendwie geht: ohne viel Aufsehen. Wenn hier ein großes Polizeiaufgebot auftaucht, werden die paar Besucher, die uns die Tierschützer noch nicht vertrieben haben, auch noch vergrault."

„Und können Sie mir verraten, wie das gehen soll?"

„Wir haben in eineinhalb Stunden unsere Nachmittagsvorstellung. Es wäre großartig, wenn sie sich während der Vorstellung umsehen könnten. Da sind alle meine Leute beschäftigt, und es laufen hier sowieso viele fremde Personen herum. Wenn ihre Leute so wie Sie in Zivil kommen, fallen sie gar nicht auf. Ich bin Ihnen gern behilflich, ich bin mit meinen Tigern erst kurz vor Schluss dran. Sobald Sie fertig sind, können Sie sich zur Belohnung auch gern kostenlos die Vorstellung ansehen."

„Wie lange dauert die Vorstellung?"

„Normalerweise etwa zwei Stunden. Aber wenn die Clowns noch ein paar Zugaben geben, können leicht zweieinhalb draus werden.

Rückert wollte den Zirkusdirektor, der sich sehr kooperativ gezeigt hatte, nicht enttäuschen und willigte ein.

„Das müsste reichen."

Insgeheim freute er sich schon auf die Vorstellung. Das letzte Mal war er als Kind im Zirkus gewesen. Die ganze Atmosphäre hatte ihn schon immer fasziniert.

Kapitel 26

Der Zirkusdirektor hielt zu Beginn der Nachmittagsvorstellung eine kurze Begrüßungsansprache, in der er seiner Freude Ausdruck gab, dass die Besucher trotz der Proteste der Tierschützer dem Zirkus die Treue hielten, und versicherte, dass sein Zirkus alles Erdenkliche tue, damit die Tiere sich wohl fühlten. Das hätten ihm auch Tierärzte aus dem ganzen Bundesgebiet bescheinigt. Im Übrigen machten die Kunststückchen den Tieren, die sie vorführen durften, mindestens genauso viel Spaß wie den Zuschauern.

Dann trat seine Frau in einem mit silbernen Pailletten verzierten fantasievollen Kostüm auf und zog die Zuschauer mit einer eleganten Pferdedressur in ihren Bann, so dass sich Jebus davonstehlen konnte.

Er führte die Kripobeamten, die Berner zusammengetrommelt hatte, überall herum, ließ die Zirkuswagen und Stallungen durchsuchen und verschaffte ihnen Zugang zu den meisten Wohnwagen. Sie fanden nichts Verdächtiges, vor allem nicht die Tatwaffe, nach der sie gesucht hatten. Zwei der Wohnwagen waren abgeschlossen. Für sie beantragte Rückert sicherheitshalber einen Durchsuchungsbeschluss.

Bevor Jebus in die Manege zurück musste, ließ Rückert sich den Tresor im Bürowagen zeigen, der hinter einem Sessel mit dem Boden fest verschraubt, aber sonst nicht weiter versteckt war. „Das kann man hier sowieso nicht geheim halten, weil ich da oft ran muss, um Geld oder wichtige Unterlagen zu hinterlegen oder herauszunehmen“, erklärte Jebus, als ihn Rückert danach fragte.

„Aber verschlossen ist er immer?“, vergewisserte sich Berner.

Jebus zögerte einen Moment mit der Antwort und gab dann zu: „Normalerweise ja. Es kann natürlich schon einmal passieren, dass der Tresor mal kurzfristig unbeaufsichtigt ist, beispielsweise, wenn ich plötzlich zu einem Unfall gerufen werde. Und neulich hatte ich mal Durchfall. Da hatte ich gar keine Zeit mehr, rechtzeitig abzuschließen, so eilig musste ich aufs Klo. Kann schon sein, dass der Boris so einen Moment genutzt hat. Aufgebrochen war jedenfalls nichts."

Während der Direktor noch einige Vorbereitungen für die Präsentation seiner Tiger traf, nutzten Rückert und seine Kollegen die Chance, etwas Zirkusluft zu schnuppern.

Sie kamen gerade noch rechtzeitig, um den Jongleur zu bewundern, der mit atemberaubender Geschwindigkeit Bälle, Keulen und Reifen durch die Luft wirbelte. Dann wurde die Stimmung durch zwei Clowns aufgelockert, die ebenfalls ein paar Tricks versuchten, die aber sämtlich misslangen, weil sie sich gegenseitig sabotierten.

Die Spannung stieg wieder, als der Messerwerfer und seine Frau auftraten, die nur mit einem dünnen weißen Fähnchen bekleidet war, was ihre Verletzlichkeit unterstrich. Die Messer kamen der jungen schlanken Frau bedrohlich nahe. Der Messerwerfer umsäumte zunächst Arme und Beine seiner Partnerin von außen, dann von innen mit seinen Wurfmessern. Das sah zumindest nicht lebensgefährlich aus. Aber als sich dann die Messer links und rechts von Hals und Kopf in das Holz bohrten, stockte den Zuschauern doch der Atem. Erleichtert applaudierten sie, als die Nummer ohne Zwischenfall beendet war.

Während der Käfig zum Schutz des Publikums für die Tigernummer aufgebaut wurde, machten wieder ein paar

Clowns Mätzchen, bei denen sie diesmal die Zuschauer in harmlose Gags einbezogen.

Und dann war es soweit. Der Zirkusdirektor zeigte, was er seinen ‚Kätzchen', wie er sie verharmlosend nannte, beigebracht hatte. Von ‚Männchen machen' bis zu Sprüngen durch Feuerreifen war alles dabei. Zwischendurch gab es ein paar vorgetäuschte Verweigerungen, die schließlich fauchend beendet wurden und mit dem geforderten Kunststück endeten, so dass klar war, wer Herr im Ring war. Das erschien spielerisch leicht. Aber als Jebus einem der Tiger vertrauensvoll seinen Kopf in den geöffneten Rachen legte, wurde sogar Rückert angst und bange. Das mochten wirklich nur große Katzen sein, denen das Spiel Spaß machte. Aber für ihn waren selbst normale Hauskatzen unberechenbar. Da konnte leicht aus dem Spiel Ernst werden. Am Schluss hüpften die fünf Raubtiere eine Runde auf den Hinterbeinen und verschwanden unter dem Jubel und Beifall des Publikums in dem vergitterten Gang aus der Manege.

Berner und Rückert zollten dem Zirkusdirektor ihre Bewunderung für seinen Mut, und Rückert fragte neugierig: „Haben Sie keine Angst, dass der Tiger zubeißt, wenn Sie sich ihm mit dem Kopf ausliefern?"

„Eigentlich nicht. Henry ist der Erfahrenste und Ruhigste unter meinen Tigern. Aber es gibt Tage, da merke ich schon vorher, dass die ganze Gruppe nervös ist. Dann lasse ich diesen Teil der Show lieber weg. Ich bin ja nicht lebensmüde."

Nachdem die Zuschauer abgezogen waren, brauchte nicht mehr verheimlicht zu werden, dass die Kripo vor Ort war. Aber die Befragung der Zirkusleute und des Hilfspersonals, das durchweg über gültige Arbeitsgenehmigungen verfügte, brachte nichts. Auch in den bisher ausgesparten Wohnwagen, zu denen sie von den Besitzern problemlos

Zugang erhielten, gab es nichts, was mit Boris Ezatows Mörder in Zusammenhang gebracht werden konnte.

Die Wurfmesser, die Rückert einer gründlichen Prüfung unterzog, schienen nur auf den ersten Blick als Tatwaffe in Frage zu kommen. Sie gingen von der Spitze in eine zweischneidige Klinge über, hatten dann aber eine Taille in der Mitte, bevor sie in ein wenig handliches Messerheft mündeten. Sie waren sehr schön ausgewogen und zum Werfen sicher bestens geeignet, aber für einen kräftigen Stoß in einen menschlichen Körper waren die Klingen nicht stabil genug. Dennoch nahm Rückert sicherheitshalber ein Exemplar an sich. Es war Sache des Rechtsmediziners, seine Vermutung zu bestätigen.

Rückert war überzeugt, dass der Mörder unter den Zirkusleuten zu finden war. „Sie haben sicher nichts dagegen, wenn wir morgen wieder kommen und von Ihnen und Ihren Leuten Proben von der Mundschleimhaut nehmen, um die DNA zu bestimmen?“, fragte er den Zirkusdirektor.

Jebus, der gehofft hatte, dass alles überstanden sei, fiel es sichtlich schwer, dieser neuerlichen Polizeiaktion zuzustimmen: „Wenn's denn sein muss.“

Rückert verschwieg, dass bisher gar keine Vergleichs-DNA vorlag. Sein Ziel war es, auf diese Weise Boris' Mörder zu verunsichern.

Da nicht ausgeschlossen war, dass der Täter das Weite suchen würde, ließ Rückert einen Streifenwagen so postieren, dass der direkte Weg zum Bahnhof gesperrt war. Außerdem verhängte er über den ganzen Zirkus ein Ausgangsverbot. Er war nicht so leichtgläubig, dass die angeordnete Bewachung ausreichen würde. Vielmehr hoffte er, dass der Betreffende auf seine List hereinfiel: Zusammen mit Olli Berner legte er sich am Ufer der Lahn auf die Lauer.

Sie wurden auf eine harte Geduldsprobe gestellt. Um halb zwölf begann Olli Berner zu quengeln, es sei doch alles umsonst, er sehne sich jetzt nach seinem weichen Bett. Auch Rückert wurde allmählich müde. Er schloss die Augen und konzentrierte sich auf sein Gehör.

Kurz nach Mitternacht wurden sie endlich erlöst. Sie hörten ein leises Plätschern an der Lahn. Da war es tatsächlich jemandem gelungen, im Schutz der Dunkelheit an ihnen vorbei zum Fluss zu schleichen. Sie sahen eine gebückte Gestalt, die am Ufer an etwas Länglichem herumhantierte. Ein Boot war das sicher nicht. Das wäre ihnen vorher aufgefallen.

„Worauf warten wir noch?", raunte Berner seinem Kollegen ins Ohr. „Der will übers Wasser abhauen. Schnappen wir ihn uns."

„Einen Moment noch. Du weißt, dass er hochgefährlich ist, immerhin hat er den Ezatow mit einem Stich erledigt. Ich möchte erst genau wissen, was er vorhat."

Die Person richtete sich vorsichtig auf und schien sich plötzlich wie ein Wasserläufer übers Wasser zu bewegen. Dann ging die Bewegung in ein Gleiten über.

Rückert erkannte in dem vom Wasser zurückgeworfenen Licht der umliegenden Häuser die Gestalt des Jongleurs, der mit vorsichtigen Paddelbewegungen stehend dem anderen Lahnufer zustrebte.

Falls er bewaffnet war, war jetzt ein Angriff am günstigsten, während er auf sein Gleichgewicht achten musste. Er musste möglichst überraschend kommen, bevor der Flüchtende Gegenwehr leisten konnte.

Rückert hatte keine Lust auf eine lange Verfolgungsjagd. Er beauftragte Berner, einen Streifenwagen an das gegenüberliegende Lahnufer und einen weiteren an den Landesteg des Universitätsbootshauses am Afföller Wehr zu schicken.

Dann legte er Jacke und Waffe ab, zog Schuhe und Hose aus und glitt – nur bekleidet mit dunkelblauem T-Shirt und Boxershorts – ins Wasser. Nach einigen kräftigen Armzügen und delphinartigen Rumpfbewegungen unter Wasser tauchte er wieder auf. Er hatte die Entfernung richtig eingeschätzt: Er war noch nicht mal in der Mitte der Lahn angelangt und hatte den Surfpaddler überholt, ohne dass dieser ihn bemerkt hatte.

Rückert griff das Surfbrett am Bug und kippte es mit einem Ruck um, so dass der Gegner den Boden unter den Füßen verlor und im Wasser versank. Nach Luft schnappend tauchte er kurz darauf wieder auf.

Rückert ging kein Risiko ein. Das hier war ernst, kein Karate-Wettkampf, in dem gefährliche Schläge untersagt waren. Er traf ihn mit der Handkante hart an der Schläfe und schleppte den Bewusstlosen zurück ans Ufer. Aus der rechten Brusttasche seiner Lederjacke zog er zwei Kabelbinder und fesselte den Gegner an Händen und Füßen. Dabei fühlte er am rechten Unterschenkel durch die nassen Hosenbeine etwas Festes, Kantiges. Er schob das Hosenbein nach oben und entdeckte das zweischneidige Messer nach dem sie so fieberhaft gesucht hatten: Es war in einer Lederscheide um den Unterschenkel geschnallt. Jetzt gab es für ihn keine Zweifel mehr. Sie hatten Ezatows Mörder zur Strecke gebracht.

Kapitel 27

Als Lia nach ihrem Frühstück und einem ausgedehnten Schwatz mit Dagmar und Nina in ihr Zimmer zurückkam, sah sie gerade den Hausmeister mit seinem Pickup zurückkommen.

Sie öffnete das Fenster und begrüßte ihn munter:

„Na so früh schon aktiv?“

Er lächelte etwas gequält zu ihr hinauf.

„Sie wissen ja: Der frühe Vogel fängt den Wurm“, erwiderte er kurz angebunden. Ploch wirkte verdrossen, ganz anders als sonst.

Lia ließ sich davon nicht abhalten, ihn anzusprechen. Sie selbst war schließlich auch nicht gegen Stimmungsschwankungen gefeit: „Hätten Sie Zeit, mal kurz bei mir vorbeizuschauen?“

„Geht es etwas später? Ich habe noch etwas Dringendes zu erledigen.“

„Ja, klar. Eilt nicht.“ Etwas gekränkt schloss Lia das Fenster. Was mochte das sein, was ihn so in Anspruch nahm? Gestern hatte er sie zuvorkommend wie eine liebe Freundin behandelt, und heute war er so distanziert.

*

Walter Ploch war beunruhigt. Die Strafaktion gegen die Chirurgen hatte ihn mit Genugtuung erfüllt. Nach Leinwegs Tod empfand er nichts, nur Leere. Was war mit ihm los?

Vermutlich war das darauf zurückzuführen, dass Leinweg nicht unmittelbar am Tod seiner Frau und seiner Tochter schuld war, auch wenn er dafür mit verantwortlich war.

Oder lag das an seiner neuen Tätigkeit als Hausmeister im Biesalski-Haus? Hier sah er Menschen, die allen Grund gehabt hätten, mit dem Schicksal zu hadern, das sie aus der Bahn geworfen hatte. Aber sie alle hatten das akzeptiert und nutzten nun jede Möglichkeit, dem Leben etwas Positives abzugewinnen. Er, Ploch, hatte zuletzt seinen Teil dazu beitragen dürfen. Und das Wunderbare war daran: Seine eigene leidvolle Erfahrung war mehr und mehr in den Hintergrund gerückt.

Es kam noch etwas anderes hinzu: Im Rahmen seiner Recherchen hatte er herausgefunden, dass allein bei einer Nierentransplantation bis zu hundertfünfzig Menschen beteiligt waren, sobald ein Spenderorgan zur Verfügung stand, darunter Ärzte und Pflegepersonal, Transporteure, nicht zuletzt auch das Personal der Vermittlungsstellen. Solange Spendernieren Mangelware waren, konnte jeder von ihnen in Versuchung geraten.

Wieso hatten die Ärzte und Politiker nicht längst schon dafür gesorgt, dass genügend Organe zur Verfügung gestellt wurden? Nach jahrelangen Diskussionen, die sicher schon hunderte von gelisteten Patienten das Leben gekostet hatte, hatten sie sich für die komplizierteste der denkbaren Lösungen entschieden. Die neu eingeführte ‚Entscheidungslösung' öffnete der Bürokratie Tür und Tor und überforderte die meisten Menschen.

Wo sollte er nun die Grenzen ziehen, wenn er alle Schuldigen zur Rechenschaft ziehen wollte? Sollte er alle Bundestagsabgeordnete umbringen, die kürzlich für die Entscheidungslösung gestimmt hatten? Oder zumindest die Leithammel, die ihnen den falschen Weg gewiesen hatten?

Es wurde ihm immer klarer: Es war Wahnsinn, was er sich da in seiner Verbitterung in den Kopf gesetzt hatte! Er musste dringend in Ruhe darüber nachdenken, wie es weiter gehen sollte. Er brauchte eine Auszeit. Eine Woche abzuschalten und sich zu sammeln, würde ihm gut tun. Seit er hier war, hatte er noch keinen Urlaub genommen.

Plötzlich konnte er es gar nicht mehr erwarten. Er wusste auch genau, wo er hinfahren würde. Er würde dort ausspannen, wo er mit seiner jungen Frau unbeschwerte Tage genossen hatte, bevor die Kinder gekommen waren: in den Bayerischen Alpen.

Froh, diesen Entschluss gefasst zu haben, überlegte er, was noch alles zu erledigen war: Er musste sofort das Studentenwerk informieren. Bei technischen Pannen konnte der Hausmeister des Hesse-Stübche-Wirts einspringen. Er kannte sich ja schon im Biesalski-Haus aus. Ansonsten konnten sich die Hausbewohner für die paar Tage selbst verwalten, wie das an einigen Studentenwohnheimen schon üblich war.

Aber bei Lia Ferner musste er unbedingt noch vorbeischauen. Vorhin hatte er sie ziemlich kurz abgefertigt. Und das in ihrer schwierigen Situation. Ploch plagte das schlechte Gewissen.

*

Als Lia ihm die Tür öffnete, schaute sie ihn unsicher an. Er schien wieder der Alte zu sein. Mochte der Teufel wissen, welche Laus ihm vorhin über die Leber gelaufen war.

Sie schildert ihm ihre Hoffnung auf die Umrüstung der Geräte im Kieser Studio.

„Gerade für die Drehbewegung im Rumpf gibt es für mich in unserem Hobby-Raum kein geeignetes Trainingsgerät. Vielleicht können Sie den Leuten im Kieser Studio behilflich sein. Die sind grundsätzlich bereit, einen Teil ihrer Geräte unseren Bedürfnissen anzupassen. Manch anderer im Hause würde sicher auch davon profitieren."

„Klar. Da wird sich schon etwas machen lassen. Etwas Erfahrung habe ich ja schon darin. Unsere eigenen Geräte wären ohne Änderungen für die meisten gar nicht zu benutzen gewesen. Hat es ein paar Tage Zeit? Ich muss unbedingt mal abschalten. In einer Woche bin ich wieder da. Dann kümmere ich mich drum", versprach Ploch.

„Na klar. Den Urlaub haben Sie sich bestimmt verdient bei allem, was Sie hier am Hals haben."

„Ich habe Ihnen übrigens noch etwas mitgebracht, damit Sie den Tauben besser zu Leibe rücken können."

Ploch hielt ihr einen Beutel mit bunten Glaskugeln hin.

„Prima!" Sie warf einen Blick auf den Inhalt: „Was ist das denn? Sind die nicht viel zu schade dafür?"

„Die dürften bei den Tauben einen wesentlich besseren Effekt erzielen als Kirschkerne. Wenn so eine Glaskugel zerspringt, hat das eine Wirkung wie eine kleine Splitterbombe. Probieren wir unsere Geheimwaffe doch gleich mal aus."

Im Moment saßen nur zwei Tauben auf dem Dachfirst des Nachbarhauses und schauten satt und gelangweilt dem Treiben unter sich in der Sybelstraße zu.

Ploch nahm Lias Zwille, legte eine Glaskugel ein, zielte auf die Dachziegel unterhalb der Tauben und schoss. Der Erfolg war durchschlagend. Die Tauben verschwanden wie der Blitz und wagten sich auch in den nächsten Minuten nicht wieder zurück.

„Hoffen wir, dass sich das unter den Tauben herum spricht!", meinte Ploch.

Kapitel 28

Der erste Doppelkopfabend bei Marie Döbus mit neuer Besetzung fand ohne Jochen Haller statt, der wegen einer Krisensitzung der Sportwissenschaftler unabkömmlich war. Erstmals war bei einem Sportler der Verdacht auf eine genetische Manipulation aufgetaucht. Das war eine ganz neue Dimension des Dopings, die alle Experten auf den Plan rief.

Für Lia gab es eine wunderbare Überraschung. Marie hatte an der Terrasse eine Teleskop-Rampe anbringen lassen, die nach Bedarf zusammengeschoben werden konnte, so dass sie nicht störte, wenn sie nicht benötigt wurde. Es war für Lia wieder ein Stückchen Freiheit, ohne fremde Hilfe auf die Terrasse zu gelangen, die sie gleich nutzte, um das Tiergehege von oben zu betrachten.

„Was macht denn der Waschbär? Ich sehe ihn gar nicht mehr“, erkundigte sie sich neugierig bei Marie.

„Ich habe mich von dir anregen lassen und mir übers Internet eine Zwille bestellt“, erklärte Marie eifrig. „Dabei habe ich gesehen, dass die Originalmunition eigentlich Stahlkugeln sind. Nach ein paar Fehlschüssen habe ich dem Waschbären tatsächlich eine aufs Fell gebrannt. Die Stahlkugeln scheinen selbst durch seinen Pelz noch wehzutun. Jedenfalls macht er sich immer aus dem Staub, wenn er mich sieht. Wirklich ein schlaues Kerlchen. Jetzt klaut er nur noch Futter, wenn ich nicht da bin. Das ist schon ein Fortschritt.“

Jens Rückert machte ein besorgtes Gesicht, so dass Marie fragte:

„Ist alles in Ordnung mit dir?“

„Ja, schon. Pass nur auf, dass du mit den Stahlkugeln keinen Menschen triffst. Da kannst du fast so viel Unheil anrichten wie mit einer richtigen Schusswaffe", warnte er.

„Also genau richtig für meine Nachbarn, falls die mich belästigen", zog Marie ihn auf.

Rückert sah sie strafend an: „Untersteh dich. Nachher habe ich meine Kollegen am Hals!" Und nach einer kurzen Pause: „Übrigens wollte ich euch noch kurz vom Erfolg unserer Ermittlungen berichten. „Wir haben den Mörder von Boris Ezatow geschnappt. Du, Marie, warst ja indirekt an seiner Ergreifung beteiligt."

„Ich habe noch gar nichts in der Zeitung gelesen", wunderte sich Maria, „die sind doch sonst immer sehr schnell."

„Diesmal haben wir das verhindert, weil es noch ein paar Details zu klären gibt. Aber das Wichtigste kann ich euch schon erzählen."

Seinen gespannten Zuhörern berichtete er, wie er verhindert hatte, dass der Jongleur über die Lahn entkommen war.

„War ganz schön mutig von dir."

„Ich hatte ja das Überraschungsmoment auf meiner Seite. Da konnte nicht viel passieren", wehrte er das Lob ab.

Der Rechtsmediziner hatte bestätigt, dass der Stichkanal zu der sichergestellten Waffe passte. Das letzte Glied in der Beweiskette war die DNA, die man an der Wodkaflasche gesichert hatte. Enttäuscht über das negative Ergebnis seiner Suche nach dem Geld hatte der Jongleur sich tatsächlich mit einem kräftigen Schluck aus der Pulle getröstet und seinen genetischen Fingerabdruck am Hals der Flasche hinterlassen. Die Indizien waren so eindeutig, dass der Jongleur schließlich auch seinen Kumpan ans Messer lieferte. Der Tierpfleger, der das Kamel auf Teichmanns Hof gebracht hatte, hatte Ezatow gesehen und den Jongleur informiert, der Boris aus dem Weg räumte, um an das Geld zu kommen.

„Wenn du dich nicht für das Kamel eingesetzt hättest, hätten wir den Fall nicht lösen können, Marie! Und dir, Tom, verdanken wir die Zusammensetzung des Briefs von Boris Ezatows Großmutter."

„Ich gebe das Lob gern weiter. Die langen Wartezeiten in der Inneren haben das wesentlich beschleunigt. Das gäbe endlich mal positive Schlagzeilen für das Uniklinikum", sagte Tom grinsend.

Marie gab eine Runde selbst angesetzten Heidelbeerlikör aus.

„Darauf trinken wir und auf unsere neue Mitspielerin. Ab jetzt will ich kein Sie mehr in dieser Runde hören."

Lia fügte hinzu: „Und auf deine Tierliebe, auch Fritz hast du ja schnell eingewickelt. Der fühlt sich pudelwohl bei dir. Prost!"

„Ein wunderbares Aroma, und gerade die richtige Mischung von Frucht, Korn und Zucker, Marie. Gut, dass die Nasenpolypen raus sind. Sonst könnte ich den Likör gar nicht richtig würdigen", lobte Tom. „Ich habe dir übrigens ein kleines Gastgeschenk mitgebracht." Tom zeigte auf einen kleinen Karton.

„Was ist es denn?", fragte Marie neugierig.

„Schau selbst nach. Ist meine Geheimwaffe gegen die Krachmacher. Damit du nicht zur Zwille greifen musst und Jens in Schwierigkeiten bringst."

Während Marie sich ans Auspacken machte, erläuterte Tom seine neuste Erfindung.

„Neulich wurde ich im Renthof mal wieder um sieben Uhr morgens von den Stadtarbeitern aus dem Schlaf gerissen. Du kennst ja diese Typen, die das Laub mit einem dieser unnützen Laubbläser von einer Ecke in die andere blasen, nur damit es der nächste Windstoß dann wieder gleichmäßig verteilt. Da dachte ich mir, das wäre das Richtige für dich. Ich habe den Lärm mit dem Mikrofon aufgenommen und noch ein bisschen verstärkt. Wenn du das Gerät anstellst und diesen Hebel hier verschiebst, kannst du dir das Ergebnis zu Gemüte führen."

„Da bin ich aber gespannt. Das ist doch nichts anderes als eine ‚Flüstertüte', wie wir sie bei der Demo vor dem Zirkus verwendet haben."

„Megafon hört sich vornehmer an", verwahrte sich Tom gegen die abfällige Bezeichnung. „Das hier hat zwei Positionen. Die eine erlaubt dir die normale Anwendung, wie sie auch die Trainer beim Rudern verwenden. Über die andere, die ich für dich vorgesehen habe, kann man Geräusche abspielen. Mach mal!" Tom selbst steckte sich schnell die Finger in die Ohren. Kurz darauf begriffen die anderen, warum. Es ertönte ein ohrenbetäubender Heulton, der alle von den Sitzen riss. Man glaubte, dass der Laubbläser direkt nebenan im Wohnzimmer zum Einsatz käme.

Marie schob den Hebel schnell wieder in die Ruheposition.

„Das hält ja kein Mensch aus, geschweige denn meine eigenen Tiere."

„Du kannst ja die Lautstärke regeln. Aber für deine Nachbarn wäre das doch das Richtige. Gerade wenn sie Samstagnachmittag um drei noch ihr Mittagsschläfchen halten, legst du los. So kannst du sie mit ihren eigenen Waffen schlagen."

„Ja, gute Idee. Ich muss mir nur Ohrstöpsel einsetzen und die Position gut aussuchen, damit meine Tiere verschont bleiben."

„Mit dem Schalltrichter kannst du die gewünschte Richtung aussuchen."

„Ich bin gespannt. Werde ich gleich morgen ausprobieren."

„Nun lasst uns aber endlich mit dem Doppelkopfspielen beginnen."

„Mit oder ohne ‚Schweinchen'?", fragte Jens Rückert.

„'Schweinchenjagd' kenne ich nur vom Boule", meinte Lia und schaute Marie fragend an.

„Stimmt. Haben wir in Frankreich oft gespielt." Marie zweites Fach an der Schule war Französisch gewesen. „Beim Doppelkopf werden ja praktisch zwei Skatspiele benutzt, nur ohne Siebener und Achter. Wenn man nun zwei Karo Asse auf der Hand hat, werden diese zu den höchsten Trümpfen. Man gibt das bekannt, indem man beim Ausspielen ‚Schweinchen' oder ‚Supersau' ankündigt."

„Beim Skat wäre das Karo As also dann sogar dem Kreuzbuben überlegen?", vergewisserte sich Lia.

„Genau."

„Lassen wir Lia doch erst mal ins Spiel finden", stellte sich Tom schützend vor Lia. „Beim nächsten Mal kann sie sich dann entscheiden, ob sie sich schon so etwas zutraut. Ohne Schweinchen spielt es sich entspannter."

„Was ist eigentlich mit Leon? Wollte der nicht mitkommen?", erkundigte sich Marie neugierig.

„Momentan nimmt ihn sein Praktikum sehr in Anspruch", erklärte Lia. Ich habe schon seit einigen Tagen nichts mehr von ihm gehört."

Jedenfalls eine gute Ausrede, dachte Marie.

Schon nach drei Spielrunden fühlte sich Lia der neuen Herausforderung gewachsen.

„Lasst uns endlich um Punkte spielen. So ist das doch langweilig", meinte sie übermütig. „Wenn ich Fehler mache, verteilt sich das rein statistisch gesehen auf alle gleichmäßig."

Die anderen lachten zustimmend. Jetzt konnte es richtig losgehen.

Kapitel 29

Nachdem Ezatows Mörder und sein Komplize gefasst waren, durfte Olli Berner endlich seinen Jodelkurs besuchen.

„Wohin geht's denn?", fragte Jens Rückert, als Olli sich verabschiedete.

„Aufs Schloss Neuschwanstein! Ich wollte schon immer mal auf den Spuren von König Ludwig dem Zweiten wandeln. Natürlich freue ich mich auch auf Schweinsbraten, Kalbshaxe und Leberkäse. In Füssen soll es vorzügliche Lokale geben. Wenn ich wieder zurück bin, kann ich euch bei unserer ‚Wochenandacht' immer etwas vorjodeln."

Als Wochenandacht bezeichneten sie ein gemütliches Zusammensein aller Mitarbeiter des Kommissariats am Freitagnachmittag. Nicht selten fiel es aktuellen Ermittlungen zum Opfer, aber einmal im Monat kam es meistens doch zustande.

„Soll ich das als Drohung verstehen? Dann müsste ich dir die Teilnahme am Jodelkurs von Amts wegen untersagen."

Nach Ollis Abreise verfolgte Rückert die Spur zu dem Gerichtsvollzieher in Kassel mit mäßigem Interesse weiter. Jonas Fabel, der als Polizeikommissaranwärter sein Praktikum bei der Kripo absolvierte, hatte den Auftrag erhalten, Kopien der Unterlagen abzuholen, die von den Kollegen in Kassel bei dem Gerichtsvollzieher zur Überprüfung seiner Aktivitäten sicher gestellt worden waren.

Nicht, dass sich Rückert viel davon erwartet hatte. Letztlich ging es ihm nur darum, die Angaben des Zirkusdirektors zu bestätigen, damit der Fall Ezatow abgeschlossen werden konnte. Aber er wollte auch sicher gehen, dass im Zusammenhang mit Lebendspenden nicht noch andere Straftaten begangen worden waren. Wo es um so viel Geld ging, musste man mit allem rechnen.

Es stellte sich heraus, dass der Gerichtsvollzieher ein weit reichendes Netzwerk aufgebaut hatte, in dem der Zirkus Jebus eine zentrale Rolle spielte. Es gab Verbindungen zu chirurgischen und internistischen Kliniken in Hannover, Göttingen, Kassel, Marburg und Gießen, alles Städte, in denen der Zirkus zu gastieren pflegte. Ein gesetzeswidriges Verhalten war jedoch nicht nachzuweisen. In allen Fällen war lückenlos nachzuvollziehen, wie die Organspende zustande gekommen war. Bei den meisten Organvermittlungen ging es um Nieren. Ein paar Mal wurden Lebendspenden auch für Lebertransplantationen in Hannover und Kassel genutzt. In diesem Zusammenhang wurden zum ersten Mal auch Mukoviszidose-Patienten aus Kassel erwähnt. Bei Rückert klingelte es plötzlich.

Waren nicht vor einiger Zeit zwei Chirurgen aus Kassel, die dort mit Hilfe eines Marburger Kollegen eine Lungentransplantation bei einer Mukoviszidose-Patientin vorgenommen hatten, bei einem Flugzeugunfall in Schönstadt ums Leben gekommen?

Und kürzlich hatte es diesen eigenartigen Fall von Brandstiftung in Marburg gegeben, bei dem Professor Winzinger schwer verletzt worden war. Unter anderem war ihm von Mukoviszidose-Patienten in mehreren Leserbriefen vorgeworfen worden, dass sie vernachlässigt würden.

Dann kam noch der tödliche Autounfall eines Gießener Professors in der vergangenen Woche hinzu, von dem er erst heute Morgen aus der Zeitung erfahren hatte. Der hatte offenbar eine leitende Funktion in einer Kommission gehabt, die sich mit Transplantationen befasste.

An Zufälle glaubte Rückert schon lange nicht mehr!

Vielleicht kannte Tom Wieland die Hintergründe genauer. Immerhin hatte er vor einiger Zeit eine Freundin verloren, weil sie nicht rechtzeitig eine neue Lunge erhalten hatte. Konnte es sein, dass bei Tom die Fäden sogar zusammenliefen?

Wenn ihm jemand helfen konnte, seine Gedanken zu ordnen, dann war das Jochen Haller. Er musste dringend mit ihm reden. Der kannte Tom am besten.

„Na, hör mal. – Das ist ja absurd, was du da andeutest", sagte Haller sofort, als Rückert ihn anrief und auf die frappierenden Zusammenhänge hinwies. „Ich bin dafür, dass wir ihn gleich in deine Überlegungen einweihen. Er hat für alles sicher eine einfache Erklärung."

Sie verabredeten sich zum Abendessen im ‚Hesse-Stübche'. Der Wirt hatte ihnen auf Bitten des Kommissars, der oft hier zu Gast war, einen kleinen Raum zur Verfügung gestellt, in dem sie unter sich waren. Er übernahm sogar persönlich die Bedienung.

Wie das seine Art war, kam Jens Rückert gleich zur Sache. Anhand der umfangreichen Unterlagen, die er in einer voluminösen Aktentasche mitgebracht hatte, wies er auf die Berührungspunkte der verschiedenen Ereignisse zur Mukoviszidose-Szene hin.

„Man könnte fast meinen, ich stecke dahinter, aber ich kann dir versichern, das sieht nur so aus", stellte Tom gleich klar.

Jens Rückert blieb betont sachlich: „Du weißt ja. Ich muss in alle Richtungen ermitteln", entschuldigte er sich gewissermaßen. „Am besten gehen wir zusammen noch einmal alle Spuren durch, die mit Marburg in Verbindung stehen. Fangen wir mit dem Anschlag auf Professor Winzinger an."

„Ich denke, das war nur Brandstiftung? Was hast du damit zu tun?", wunderte sich Tom.

„Na, ja schon", erwiderte Rückert zögernd. „Aber immerhin ist Winzinger nur durch Zufall mit dem Leben davon gekommen. Wie auch immer: Kannst du dir vorstellen, wer das war?"

„Ich jedenfalls nicht. Zu dieser Zeit war ich noch in der HNO-Klinik. Man hatte mir gerade die Nasenpolypen entfernt."

„Das kann ich bestätigen", beeilte sich Haller einzuwerfen. „An dem Tag habe ich gerade – übrigens in deinem Auftrag, falls du dich erinnerst – bei Tom angefragt, ob er bei der Zusammensetzung des zerstückelten Briefes helfen könnte. Als er zustimmte, bin ich zu ihm gefahren. Und von da an war er praktisch den ganzen Abend mit deinem Spezialauftrag vollauf beschäftigt."

„Das beruhigt mich ungemein", meinte Rückert, halb im Scherz, halb im Ernst. „Ein Motiv hatte nämlich, nach allem was ich so aufgeschnappt habe, eigentlich jeder Marburger Mukoviszidose-Patient."

„Das kann man wohl sagen", gab Tom zu. „Wie Winzinger mit den Mukoviszidose-Patienten umgeht, das grenzt schon an fahrlässige Tötung. Alles geht den Bach runter." Man merkte Tom an, dass er seine Wut nur mühsam unterdrückte.

„Beruhige dich. Wenn man dich so hört und nicht wüsste, dass du ein Alibi hättest, könnte man wirklich meinen, dass du beteiligt warst", sagte Rückert ohne großen Nachdruck. „Aber wie dem auch sei: Winzinger hat ja überlebt. Immerhin kann derjenige, der für den Anschlag verantwortlich ist, noch mehr auf dem Kerbholz haben."

Tom war unschlüssig, wie er denken sollte. Er fühlte er sich solidarisch mit dem Täter, andererseits wollte er auch nicht, dass noch mehr Unheil angerichtet wurde.

„Ich weiß, dass einige Marburger Patienten, die auf der Hochdringlichkeitsliste für Lungentransplantationen standen, nach den neusten Kriterien heruntergestuft wurden. Die Aussichten, dass sie nun noch eine neue Lunge bekommen, sind damit denkbar gering."

„Aha. Das wäre doch ein erstklassiges Motiv", meinte Rückert.

„Aber mehr erfährst du nicht von mir. Du kannst nicht von mir erwarten, dass ich meine Leidensgenossen hinhänge."

„Auch nicht, wenn du dich selbst damit entlastest?"

Tom hüllte sich in Schweigen.

„Lass gut sein, Jens. Ich werde später Dietmar Knippich dazu befragen. Der kennt die meisten Familien durch die jahrelange Betreuung sehr gut", schaltete sich Jochen Haller ein, um die Wogen zu glätten.

„Also gut. Befassen wir uns erst einmal mit den vermeintlichen Unfällen."

Tom war erleichtert, dass ihm Jochen Haller zu Hilfe gekommen war. Er wollte zeigen, dass er durchaus bereit war, sich weiter an den Ermittlungen zu beteiligen.

„Mir geht gerade eine andere Idee durch den Kopf", äußerte er vorsichtig.

„Da bin ich aber gespannt." Rückert war noch etwas verstimmt.

„Bei einer Patientin in Kassel gab es eine ganz ähnliche Situation. Sie hieß Nicole Gröger. Ich kann mich noch gut an sie erinnern, weil sie eine genauso direkte Art hatte wie meine verstorbene Freundin Anja und nichts ausgelassen hat, was Spaß machte. Sie strahlte auch immer wie Anja einen beneidenswerten Optimismus aus. Ich hatte sie früher schon bei anderen Veranstaltungen kennengelernt. Als ich ihr bei unserem letzten Patienten-Workshop über Transplantationen begegnete, war sie ganz am Boden zerstört, weil sie heruntergestuft worden war. Das war praktisch das Todesurteil für sie. Das muss ein unbeschreiblicher Schock für sie und ihre Familie gewesen sein! Später habe ich mich noch mit ihrem Vater über die Möglichkeit einer Lebendspende von Verwandten unterhalten, wie sie in Japan und USA schon längere Zeit gehandhabt wird. Ich habe die beiden dann ganz vergnügt weggehen sehen. Sie hatten wieder Hoffnung geschöpft. Ich dachte noch, mit ihrem Rucksack, in dem sie den Sauerstoffbehälter transportierte, sieht Nicole aus, als wollten sie zu einer Bergtour aufbrechen. Sie hat mir zum Abschied noch ganz fröhlich zugewinkt. Oh, mein Gott!" Tom brach ab und fasste sich an die Stirn.

„Was ist?", drängte Rückert, und auch Jochen Haller und Leon warteten gespannt, was nun kommen würde.

„Das darf nicht wahr sein. Diese Augen! Jetzt weiß ich, weshalb mir Ploch, der Hausmeister des Biesalski-Hauses, gleich so vertraut vorkam. Ich habe schon die ganze Zeit darüber nachgegrübelt. Das waren die Augen von Nicole."

„Aber der heißt ja Ploch, nicht Gröger", wandte Jochen Haller ein.

„Ja, ich weiß. Deshalb bin ich ja auch jetzt erst darauf gekommen."

„Kann das nicht Zufall sein?"

„Vielleicht! Aber diese Stimme habe ich auch schon mal gehört. So leise und für seine Körpergröße ungewöhnlich tief. Als Beruf hat er damals ‚Standesbeamter' angegeben, als wir uns gegenseitig vorgestellt haben", sagte Tom zweifelnd. „Was mir auch zu denken gibt, ist die zeitliche Nähe zum Hygiene-Skandal in Kassel, der erst vertuscht wurde und dann zur monatelangen Stilllegung des Op-Trakts geführt hat. Könnte sein, dass das Hygiene-Problem auch Nicole und ihrer Mutter zum Verhängnis geworden ist. Einige Wochen später habe ich nämlich den Nachruf auf Nicole in unserer Mukoviszidose-Zeitschrift gelesen. Da war von einer Lungeninfektion die Rede."

„Du hältst es also für möglich, dass Ploch Nicoles Vater Armin Gröger ist?", fasste Rückert zusammen. „Moment mal. Da war doch eine Notiz in den Unterlagen des Gerichtsvollziehers, die mir so unwichtig erschien, dass ich sie nur überflogen habe." Er blätterte in den Papieren. „Ja, richtig, hier habe ich den Zettel."

Daraus ging hervor, dass ein gewisser Armin Gröger vor etwas mehr als einem Jahr grundsätzlich Interesse an einer Lungenspende für seine Tochter Nicole, eine Mukoviszidose-Patientin, geäußert hat. Der hohe Preis schien ihn jedoch abgeschreckt zu haben. Wenige Tage später hatte Gröger den Gerichtsvollzieher darüber informiert, dass er eine andere Lösung gefunden habe.

Wie die Kasseler Kollegen ermittelt hatten, war ein Armin Gröger zwar in Kassel noch registriert. Aber er selbst war wie vom Erdboden verschluckt. Das Haus war jetzt im Besitz seiner Tochter, die von der Miete ihr Studium in München finanzierte. Von ihrem Vater hatte sie nichts mehr gehört, seit er ihr das Haus übertragen hatte. Den hatte sie aus ihrem Leben gestrichen. Er sei daran schuld, dass die ganze Familie zerbrochen war.

„Vielleicht wollte er nur raus aus Kassel", meinte Haller.

„Kann schon sein. Aber ich könnte mir nun auch einen Zusammenhang mit dem Tod der Chirurgen vorstellen", sagte Jens Rückert. „Vielleicht hängt sogar der Tod des Gießener Urologen irgendwie damit zusammen, der auf dem Weg nach Marburg zu einer Sitzung der Hessischen Transplantationskommission war. Das könnte Gröger recherchiert haben."

Wieder blätterte er in seinen Unterlagen. Während er suchte, fragte er Jochen Haller: „Was hat denn so eine Transplantationskommisssion für Aufgaben?"

„Wenn ich mich recht entsinne, ist sie zuständig für die Durchsetzung der Vorgaben, die von Eurotransplant erarbeitet wurden."

„Also trägt der Vorsitzende eine riesige Verantwortung", konstatierte Rückert und setzte seine Suche fort. „Ach, hier hab ich's endlich. Was mich an dem angeblichen Unfall stört, ist der Hinweis, dass Professor Leinweg als sehr erfahrener Fahrer eingeschätzt wurde und die Strecke gut kannte. Völlig trockene Fahrbahn, kein Nebel. Da könnte jemand dran gedreht haben. Und dann gibt es noch ein paar Kleinigkeiten, die mir zu denken geben. Man hat in der näheren Umgebung zwei weiße Kieselsteine und winzige bunte Glassplitter gefunden, die da gar nicht ins Bild passten. Da gab es sonst nur Teer, grauen Schotter und Buntsandstein."

„Und das hat deine Fantasie angeregt? Glasmurmeln? Wahrscheinlich hat dich das an die schönen Zeiten deiner Kindheit erinnert", spottete Haller.

„Mach dich nur lustig. Nein, so weit musste ich nicht in meiner Vergangenheit kramen. Ich habe neulich Lia bewundert, als sie auf den Waschbären, der Marie belästigt, mit einem weißen Kieselstein geschossen hat. Und jetzt ratet mal, von wem sie den hatte?"

„Du wirst es uns gleich verraten."

„Na, von Walter Ploch. Handwerklich muss er auch sehr geschickt sein, nach allem, was mir Marie erzählt hat."

„Ja, wenn ich daran denke, wie er ihre Windkraftanlage umgerüstet hat! Alle Achtung!", bestätigte Tom.

„Und wo hält er sich im Moment auf?"

„Ist irgendwo im Urlaub. Im Studentenwerk müssten sie eigentlich seine Urlaubsadresse haben", meinte Tom. „Soll ich mal bei Leon nachfragen? Der hat da gute Kontakte."

„Ja, das wäre eine große Hilfe. Vielleicht kann er bei der Gelegenheit mal einen Blick in seine Personalakte werfen. Wenn alles stimmt, was wir uns zusammengereimt haben, müsste er sich ja eine ganz neue Identität besorgt haben."

„Wenn er in Kassel Standesbeamter war, wird ihm das nicht schwer gefallen sein", meinte Tom.

„Vielleicht gibt es ja auch Hinweise in seiner Wohnung? Sein Vertreter müsste eigentlich einen Generalschlüssel haben. Wer vertritt ihn denn zur Zeit?", fragte Rückert.

„Die Lia weiß das bestimmt. Soll ich mal anrufen?"

Der Wirt, der gerade abräumte, hatte am Schluss ein paar Gesprächsfetzen mitbekommen. „Deshalb brauchen Sie nicht erst anzurufen. Das kann ich Ihnen gleich beantworten. Das ist mein Hausmeister, Klaus Weitzel. Der ist früher schon mal im Biesalski-Haus eingesprungen. Ich sehe das zwar nicht besonders gern, weil er mit meinen Mietwohnungen und unserem kleinen Hotel schon ausgelastet ist. Aber ich kann auch verstehen, dass er sich ganz gern ein Zubrot verdient."

„Wissen Sie etwas über Plochs Vergangenheit?"

„Nicht viel, aber er machte gleich einen guten Eindruck auf mich. Sonst hätte ich ihn dem Studentenwerk auch nicht empfohlen. Er hat mir erzählt, dass er in Bad Wildungen eine Schlosserwerkstatt hatte, die aber nicht mehr so gut lief. Später hat sich ja gezeigt, dass er den Job prima macht. Ist auch sozial äußerst engagiert, wie ich gehört habe. Den würde ich jederzeit bei mir einstellen."

Klaus Weitzel zeigte sich zwar erst sehr ablehnend, als Rückert ihn ansprach. Aber als er ihm klar machte, dass es unter Umständen um Leben und Tod gehe, war er bereit, dem Kommissar und seinen Begleitern Zugang zu Plochs Wohnung im Biesalski-Haus zu verschaffen.

Kapitel 30

Plochs Wohnung war sehr spartanisch eingerichtet. Man hatte das Gefühl, er habe sich nur für einige Wochen hier eingerichtet. Und das war wahrscheinlich auch ursprünglich seine Absicht gewesen.

Neben der Postablage auf dem Flurschränkchen, die ausschließlich Werbung und zwei ältere Exemplare der Zeitschrift ‚Schießsport' enthielt, lag ein kleiner Stapel der ungelesenen Marburger Tageszeitung, die Klaus Weitzel fein säuberlich für ihn zurechtgelegt hatte.

Der relativ große Küchentisch diente gleichzeitig als Schreibtisch, wie der Laptop zeigte, der nur an die Seite geschoben war. Auf einem Tablett standen griffbereit ein Glas mit Pulverkaffee, eine Schachtel mit Würfelzucker und eine umgedrehte Kaffeetasse mit Untertasse, auf der ein kleiner Löffel lag. Das ließ darauf schließen, dass Ploch sich selten die Mühe machte, die häufig benutzten Gegenstände in den Küchenschrank zu räumen.

In einem kleinen Bücherregal fand sich fast ausschließlich Fachliteratur über die verschiedenen Schießsportarten von der Luftpistole bis zur Armbrust sowie ein neuer Bildband über die Bayerischen Alpen.

Der Inhalt der Schublade des Küchenschranks war aufschlussreicher.

Ein Fotoalbum zeigte Grögers Familie aus glücklichen Tagen. Tom erkannte Nicole und ihren Vater, der damals noch keinen Bart trug, sofort.

In einem braunen DIN-A4-Umschlag, der im Küchenschrank hinter Töpfen und Pfannen versteckt war, fanden sich weitere Belege dafür, dass Walter Ploch mit Armin Gröger identisch war.

Während Rückert und Haller die Unterlagen sichteten, brachte Tom den Laptop auf dem Küchentisch in Gang.

Es kostete Tom nur eine gute Viertelstunde, bis er den Zugangscode geknackt hatte. Nicoles Name war lediglich durch eine vierstellige Zahl ergänzt.

Die Dateien waren übersichtlich angeordnet, so dass sich auch hier zahlreiche Informationen über Plochs früheres Leben fanden. Am interessantesten waren die Dateien, die noch im ‚Papierkorb' enthalten waren. Ploch hatte sie wohl kurz vor dem Urlaub gelöscht und sich nicht mehr die Mühe gemacht, sie auch von dort zu entfernen.

Die darin enthaltenen Informationen gaben Aufschluss über seine bisherigen Aktivitäten. Unter anderem gab es eine vollständige Liste der Mitglieder der Hessischen Transplantationskommission mit Namen und Adressen.

Unter einem Ordner ‚Vorbereitungen' waren noch einmal Dateien mit allen Namen enthalten. Hier tauchten auch die Namen Bertram und Fischer auf. In diesen Dateien fanden sich detaillierte Angaben über Grögers Vorgehensweise bei dem Flugzeugunglück: Er hatte sich eines grünen Laserpointers bedient.

Auch zu dem Anschlag auf Professor Leinweg fanden sich Einzelheiten. Nach zwei Fehlschüssen mit weißen Kieselsteinen war schließlich der Versuch mit einer Glasmurmel erwähnt. Damit waren auch die bunten Glassplitter am Unfallort erklärt.

Über die Brandstiftung an Winzingers Haus war nirgends etwas notiert. Das bestärkte Rückert in der Vermutung, dass dafür jemand anders verantwortlich war. Die Tat trug auch eine ganz andere Handschrift. Aber das war im Moment unwichtig.

Wichtiger war, dass es auch eine Datei Mengelsdorf gab, in der stichwortartig ein Anschlag skizziert war, der dem

Marburger Herzchirurgen galt. Er war momentan der Stellvertretende Vorsitzende der Transplantationskommission.

Im günstigsten Fall hatte Ploch seinen Rachefeldzug beendet, im schlimmsten Fall war er gar nicht im Urlaub, sondern traf in aller Ruhe die Vorbereitungen zur nächsten Strafaktion.

Rückert ließ sicherheitshalber einen Streifenwagen vor Mengelsdorfs Haus, der in der Wilhelmstraße wohnte, Posten beziehen, um Ploch gegebenenfalls abzuschrecken. Trotzdem verbrachte er eine sehr unruhige Nacht. Wenn Ploch die Reihenfolge der Liste nicht einhielt, war unter Umständen jemand anderes in Gefahr. Aber er konnte schließlich nicht alle Kommissionsmitglieder beschützen lassen, die aus ganz Hessen kamen.

Zum frühestmöglichen Zeitpunkt, um sieben Uhr, rief er beim Studentenwerk an. Es meldete sich eine müde Stimme, deren Besitzer man anmerkte, dass er gerade erst seinen Dienst angetreten hatte.

„Studentenwerk Marburg, Zundig."

„Hier Kriminalhauptkommissar Rückert. Herr Zundig, ich bräuchte dringend Informationen über einen ihrer Hausmeister."

„Auskünfte dieser Art geben wir am Telefon grundsätzlich nicht", teilte ihm die Stimme unfreundlich mit.

„Wollen Sie die Verantwortung übernehmen, wenn Ihretwegen ein Mensch stirbt?", fragte Rückert knallhart.

„Das kann ja jeder behaupten."

„Ich schicke Ihnen drei Streifenwagen vorbei, so richtig mit Sirene und Blaulicht", drohte nun Rückert, mit seiner Geduld am Ende.

Das war dem Mann dann doch zu viel Trubel am frühen Morgen.

„Bloß nicht! Also gut, was wollen Sie wissen."

„Ich brauche nur die Adresse, wo Walter Ploch seinen Urlaub verbringt."

Widerstrebend gab ihm Zundig die gewünschte Auskunft.

Kapitel 31

Walter Ploch hatte eine entspannte Fahrt hinter sich. Alles, von dem er meinte, er könne es brauchen, hatte er auf die Pritsche seines Pickup geworfen und war los gefahren. Am frühen Samstagmorgen waren die Straßen frei. Kurz nach elf hatte er schon sein Ziel erreicht.

Er war aufs Geradewohl losgefahren, aber hatte Glück. In der kleinen Pension in Garmisch-Patenkirchen, in der er vor über zwanzig Jahren mit seiner Frau untergekommen war und eine wunderbare Zeit verbracht hatte, war noch ein Zimmer frei, das behaglich eingerichtet war. Er fühlte sich gleich wohl darin. Viel hatte sich nicht verändert. Die Pension wurde immer noch als Familienbetrieb geführt und beherbergte vorwiegend Stammgäste. Aber die Leitung hatte jetzt die nächste Generation, die in Plochs Alter war. Morgens gab es von sieben bis halb zwölf Uhr Brunch, tagsüber musste man sich selbst versorgen.

Walter Ploch nutzte den Tag der Ankunft, Besorgungen zu machen und sich in Garmisch umzusehen. Alles war stärker als früher auf die Touristen und Sportler ausgerichtet. Schließlich lebte der Ort von ihnen.

Abends gab es leckeren Kaninchenbraten, der von der Großmutter der Familie mit viel Liebe zubereitet worden war.

Ein Wohlstandsehepaar, das im benachbarten Sporthotel nicht mehr untergekommen war, stocherte mürrisch im Essen herum, das ihren hohen Ansprüchen nicht genügte. Ihr Alibi-Kind, der achtjährige Nico, schien sich mit seinen Eltern zu Tode zu langweilen und schaute interessiert zu Walter Ploch hinüber. Er schien ihm noch am ehesten gut für etwas Abwechslung.

„Was machst du morgen?", fragte er Ploch ohne jede Scheu.

„Ich wollte hinauf zum Wank."

Er hoffte, dass eine einfache Bergwanderung dem Jungen zu wenig Action war. Dass Ploch mit dem Gedanken spielte, bei den Paraglidern vorbeizuschauen, verschwieg er wohlweislich.

Aber wenn er gehofft hatte, den Jungen damit abgeschreckt zu haben, sah er sich getäuscht. Dem Kleinen schien alles Recht, um seinen Eltern zu entkommen.

„Oh, super. Darf ich mit? Bitte!" Das Flehen des kleinen Nico war so eindringlich, dass Walter Ploch die Bitte nicht abschlagen mochte.

Er schaute hilfesuchend zu den Eltern hinüber und hoffte, dass sie ihrem Sohn verbieten würden, den Tag mit einem wildfremden Mann zu verbringen. Aber weit gefehlt. Sie schienen froh zu sein, mal einen Tag ungestört verbringen zu können, und ihr Tischnachbar sah so harmlos und sympathisch aus.

„Wenn's Ihnen nichts ausmacht?" Anstandshalber schauten Sie Ploch fragend an.

Als er den Jubelschrei des Kindes hörte, ergab er sich in sein Schicksal.

„Also gut. Aber ich erwarte, dass du mir keinen Kummer machst."

„Ist klar."

„Und es geht früh los. Sieben Uhr Frühstück, eine Stunde später starten wir."

Auch dieser Versuch, den Kleinen los zu werden, misslang.

„Geil."

Auch das noch. Mit dem neuen deutschen Sprachgebrauch hatte sich Ploch immer noch nicht anfreunden können, obwohl er jetzt ständig mit Studenten Kontakt hatte.

*

Ausgerüstet mit Wanderstiefeln und gut gefüllten Rucksäcken brachen sie am nächsten Morgen auf. Anfangs empfand Walter Ploch den Jungen noch als Last. Mit kleinen Knirpsen hatte er lange nichts mehr zu tun gehabt, und er wusste erst nicht so recht, was er mit ihm in der ganzen Zeit anfangen sollte. Der Weg nach oben würde einige Stunden in Anspruch nehmen.

Er dachte, dass er mit dem Tempo Rücksicht nehmen müsste. Aber Nico war flink unterwegs wie ein junger, ungebärdiger Hund, mal ein paar Meter voraus, mal etwas zurück, wenn er einen Schmetterling, einen glitzernden Stein oder eine Blume bewunderte. Immer wieder kam er zu Ploch zurück und fragte ihn nach allem, was ihm in den Sinn kam. Sein Wissensdurst kannte keine Grenzen.

Bald merkte Ploch, dass es ihm Spaß machte, die Rolle eines guten Onkels zu übernehmen, der – fast – alles wusste. Die Neugier des Jungen öffnete auch seine Augen wieder für Dinge, die er sonst keines Blickes gewürdigt hätte. Wie kam dieses quicklebendige Bürschchen nur zu so langweiligen Eltern!

Sie überholten eine ganze Reihe von Touristen, die den Aufstieg mehr als Sonntagsspaziergang sahen. Es war abzusehen, dass sie bald abbrechen würden, wenn es anstrengender würde.

Ploch konnte sich einmal nicht verkneifen zu sagen. „So jung und schon so lahm."

Nico lachte begeistert. „Klasse Spruch. Den werde ich demnächst bei meinen Eltern anbringen. Die bummeln auch immer so herum."

„Sag aber nicht, dass du ihn von mir hast."

Auf der Hälfte der Strecke kam ein unerwartetes Highlight. Auf der Alm, die an ihrem Weg lag, grasten drei Kühe unter den erwartungsvollen Blicken zahlreicher Zuschauer, vorwiegend Einheimische in zünftiger bayrischer Tracht, aber auch einige Touristen, die es bis hierher geschafft hatten. Im Sprachengewirr konnte Ploch außer Bayrisch Französisch, Englisch, Spanisch, Russisch und Deutsch ausmachen. Er war verwundert über die vielen Kinder, die unter den Leuten waren.

„Das sind ja fast mehr Zuschauer als bei unserer ersten Fußballmannschaft", wunderte sich Nico. „Und das wegen der paar Kühe!"

Auch Ploch hatte sich gefragt, was das alles sollte. Dann hatte er gesehen, dass die Grasfläche in zahlreiche kleine Quadrate unterteilt war. Darüber hatte er schon gelesen. Das konnte nur eins bedeuten.

„Das ist Kuh-Bingo, sozusagen eine Art Schach für Kühe", erklärte er Nico und ergänzte, um weiteren Fragen zuvorzukommen: „Die Felder, die besonders gekennzeichnet sind, sind die Gewinnfelder. Die Kuh, die zuerst einen Fladen reinfallen lässt, macht den zum Wettkönig, der auf sie gesetzt hat. Aber auch die anderen Kühe bieten noch Gewinnchancen. Und für die anderen Felder gibt es meist Trostpreise. Siehst du die Namen und die großen Nummern am Hals der Kühe?"

„Ja, klar."

„Auf welche Kuh willst du setzen? Elsa, Mathilda oder Greta?"

„Mathilda, so heißt ein Mädchen in meiner Klasse. Ist zwar eine Streberin und dumme Kuh, die der Lehrerin immer unsere Streiche petzt, aber zum Scheißen hoffentlich gut genug."

Ploch musste gegen seinen Willen lachen. Er hatte in der Schulzeit auch so ein Mädchen gekannt. Manche Dinge schienen sich immer zu wiederholen. „Wenn das kein gutes Omen ist!"

Ihre Geduld wurde auf eine harte Probe gestellt. Mathilda hatte es gar nicht eilig, ihren Darminhalt loszuwerden, und dann verfehlte sie zu Nicos Ärger auch noch eines der markierten Felder. Aber das Fass Bier, das sie hätten gewinnen können, hatte ihn sowieso nicht sonderlich interessiert. Als Trostpreis gab es an diesem Sonntag freie Liftfahrten für den Gewinner und seine Begleitung.

Sie nutzten das aus und nahmen den Lift von der Mittelstation bis zum Gipfel des Wank, um die verlorene Zeit aufzuholen.

Am Ausblick hatte Nico sich schnell satt gesehen. Aber die Paraglider, die man etwas weiter unten am Hang sah, faszinierten ihn sofort.

Der Weg zu der provisorischen Startrampe war schnell bewältigt. Nico war begeistert von der bunten Vielfalt der Gleitschirme. Außerdem hatte es ihm der raue, aber herzliche Ton der Flieger angetan, die fluchend ihre Ausrüstung den Berg hinauf geschleppt hatten und ihre Glider nun in Windeseile flugbereit machten, weil sie keine Sekunde der günstigen Thermik verpassen wollten.

Das war nicht mehr zu vergleichen mit dem umständlichen Zusammenbasteln der Drachen früherer Jahre, wie Ploch das noch kannte. Wenige Minuten später erhob sich einer nach dem anderen in die Luft. Die Zurückbleibenden schauten bewundernd hinterher.

Auch Ploch stellte sich vor, dort oben in fast schwerelosem Zustand den Blick über Berge, Täler und Seen wie von einem Heißluftballon aus zu genießen, ohne dass man so viel Aufwand betreiben musste.

Einer der Piloten, der Plochs sehnsüchtigen Blick sah, sprach ihn an: „Wenn Sie auch mal Lust auf einen Flug haben: Wir haben auch ‚Tandemglider' ", und mit einem Blick auf Nico, „auch Tandemgurte für Kinder!"

„Au ja", begeisterte sich Nico.

„Vielleicht beim nächsten Mal. Wir müssen erst deine Eltern fragen." Ploch erkundigte sich bei dem Piloten nach Einzelheiten, die auch Nicos Eltern interessieren würden.

„Prallt man bei der Landung nicht sehr hart auf?"

„Halb so schlimm. Hinter dem Sitz gibt es ein Schaumstoffkissen, das als Protektor dient, und unter dem Sitz ist sogar ein Airbag wie beim Auto, der Verletzungen vorbeugen soll."

„Und welche Sicherheitsvorkehrungen gibt es, falls eine Steuerleine ausfällt, ein Tragegurt reißt oder der Gleitschirm ganz ausfällt?"

„Sie wollen es aber ganz genau wissen. Soweit ich weiß, ist das bei uns noch nie vorgekommen. Aber für den Fall eines Falles gibt es einen Rettungsfallschirm."

Sie machten sich auf den Rückweg. Nach der Weite der Bergwelt hatten sie keine Lust auf die Enge des Kabinenlifts. Sie gingen lieber zu Fuß. Bergab kamen sie flott voran. Mehrmals kreuzte ihr Pfad die Schneise des Lifts. Dann winkten ihnen die Kinder aus den über ihnen vorbei schwebenden Kabinen fröhlich zu, und sie winkten zurück, stolz, dass sie wenigstens den Rückweg zu Fuß bewältigten.

Am Abend fand im Olympiastadion ein regionaler Skisprungwettbewerb unter Flutlicht statt. Walter Ploch wollte sich die neue Anlage ansehen, die durch die Mattenbelegung auch im Sommer Skispringen ermöglichte, und Nico bekam die Erlaubnis, ihn zu begleiten, während seine Eltern lieber einer Einladung der Stadt Garmisch-Partenkirchen zu einem Dinner für ausgewählte Ehrengäste folgten. Nicos Vater war ein hohes Tier bei der Deutschen Bank in München.

Für Nico war es das Größte, als er von den Skisprungassen aufgefordert wurde, zusammen mit ihnen im Lift zum Sprungturm der großen Schanze hinaufzufahren. Es machte ihnen Spaß, einen Münchener Buam für ihre Sportart zu begeistern und sich von ihm bewundern zu lassen. Der ‚Papa' wurde gnädig mitgenommen.

Als sie von der obersten Luke der großen Schanze in die Tiefe schauten und die schmale, in gleißendes Licht getauchte Flugschneise sahen, an deren Ende ein schmaler heller Streifen den Aufsprung markierte, konnte Ploch es kaum fassen, dass sich freiwillig Menschen bei Dunkelheit in die Tiefe stürzten und sogar Spaß daran hatten. Nico dagegen hätte am liebsten gleich mitgemacht. Angst kannte er nicht.

Am nächsten Tag wollten Nicos Eltern Walter Ploch zum Dank fürs Babysitten zu einer Fahrt auf die Zugspitze einladen. Den höchsten Berg Deutschlands mussten sie unbedingt besichtigen! Aber er machte sie darauf aufmerksam, dass der Gipfel um diese Zeit von Touristen überfüllt sei, und schlug stattdessen einen Besuch auf der Alpspitze vor.

Hier verliefen sich die Touristen besser als an der Zugspitze. Der größte Teil von ihnen begnügte sich mit einem Rundgang über einige Hügel in der Nähe der Bergstation der Alpspitzbahn und begeisterte sich an der neuen Aussichtsplattform. Sie bestand aus zwei Stahltürmen, die frei schwebend über den tausend Meter tiefen Abgrund ragten. Für Ploch war das ein abartiger Eingriff in die Natur. Aber der Anblick auf die benachbarte Bergwelt war atemberaubend. Die paar Menschen, die unten herumkraxelten, waren auf Ameisengröße geschrumpft.

Später folgten sie einer Gruppe von Touristen, die von einem erfahrenen Bergsteiger angeführt wurde. Nach der Gefährlichkeit der Unternehmung befragt, rümpfte der Bergführer nur verächtlich die Nase und murmelte etwas von: „Übertrieben ausgebaut. Die Leiter zu Hause in der Scheune ist gefährlicher."

Nicos Eltern wollten ihrem Sohn beweisen, dass sie, gestählt vom Tennis- und Golfspiel, mit den anderen mithalten konnten, und Walter Ploch schloss sich ihnen an. Und tatsächlich: Die Eisenleitern der Alpspitz-Ferrata gingen zwar steil in die Höhe. Aber sie waren bombenfest im Fels verankert, die Stufen waren solide.

Viel technisches Können brauchte man nicht, und die Ausrüstung, Wanderschuhe, Hemd, Wanderweste und Cargohosen, die sie trugen, schien voll und ganz ausreichend. Zuversichtlich machten sie sich auf den Weg.

Die ersten dreißig Meter waren kein Problem. Aber man merkte doch: Das ging ganz schön in die Beine. Ploch kamen erste Bedenken. Er erinnerte sich, gelesen zu haben, dass fast sechshundert Höhenmeter zu bewältigen waren. Aber Nico und seinen Eltern über ihm war nichts anzumerken, und dann kamen ein paar schräg ansteigende Pfade und ein kleiner Absatz, die Gelegenheit zum Verschnaufen und zur Erholung der strapazierten Beinmuskeln boten.

Eine weitere Entlastung brachten später die seitlich am Fels verankerten Stahlseile. Mit ihrer Hilfe ließ sich ein Teil der Belastung auf die Arme verlagern. Ploch war wieder zuversichtlich, der Anforderung gewachsen zu sein, und freute sich schon auf die berauschende Aussicht auf die benachbarten Höllentalspitzen und die dahinter liegende Zugspitze.

Leider hatte er es – ebenso wie Nico und seine Eltern – versäumt, feste Handschuhe mitzunehmen, von einem Klettersteigset ganz zu schweigen. Es war Anfang Juni, und unten war es noch angenehm warm gewesen. Aber mit zunehmender Höhe spürte er, dass die Drahtseile kälter wurden. Gleichzeitig wurden allmählich die Handflächen wund, angegriffen von dem rauen Material. Die Beine trugen wieder die Hauptlast.

Er nahm sich vor, wenn er so etwas jemals wieder machen würde, würde er einen Kurs in einer Klettersteigschule belegen, um besser vorbereitet zu sein. Und wozu gab es Kletterwände in den Städten? Auch in Marburg. Er meinte, sich zu erinnern, dass vor einiger Zeit sogar eine im Hallenschwimmbad installiert worden war. Die war natürlich mehr für Kinder gedacht. Aber der Marburger Alpenverein plante sogar eine richtige Kletterhalle. Das würde auch ihm Spaß machen.

Es wurde allmählich richtig strapaziös, die Hände waren längst gefühllos geworden. Erholungspausen bestanden nur noch aus einem kurzen Verharren an den Stahlankern, die das Drahtseil hielten.

Zu allem Übel kamen jetzt noch selbst ernannte Experten von oben entgegen. Sie sparten zwar den Klettersteig selbst aus, weil sie die Eisenstufen verachteten. Aber es gab immer mal eine Sandstraße, die auf die Kletterer herabrieselte, gelegentlich auch einen kurzen Steinschlag, der meist durch einen lauten Ruf angekündigt wurde. Da konnte man nur den Kopf einziehen, sich dicht an den Fels drücken und abwarten, bis die Gefahr vorüber war. Kaum jemand trug einen Helm.

Danach ging es weiter. Die Beine wurden langsam weich und zittrig.

Ploch konzentrierte sich auf jede einzelne Stufe, jeden Schritt. Er registrierte erleichtert, dass ihm das half, die Schmerzen in den Beinen besser zu ertragen. Er würde durchhalten, solange es ging. Es wäre doch gelacht, wenn er es nicht schaffen würde!

Er schaute nach oben. Das Gipfelkreuz der Alpspitze war von unten nicht mehr zu sehen. Die vor ihm aufragenden Felsen verdeckten die Sicht. Das hieß, dass sie dem Ziel schon recht nahe gekommen waren.

Die überwiegend jugendlichen Kletterer, die nach ihm kamen, drängelten nun, wenn er wieder eine Pause einlegen wollte. Einer von ihnen ließ sich partout nicht mehr aufhalten und kletterte an ihm und Nico vorbei. Er nahm keine Rücksicht darauf, dass er dem Jungen dabei den Weg versperrte. Und dann ging alles blitzschnell. Nico kam ins Rutschen und riss Walter Ploch mit sich. Automatisch griff Ploch nach dem Jungen, um ihn an die Felswand zu schieben. Das gelang ihm auch, die nachfolgenden Kletterer konnten Nico packen und sichern. Aber Ploch hatte dabei alle seine Kraftreserven einsetzen müssen. Er konnte sich nicht mehr halten. Die Füße glitten von einem Metallstift ab, der sie kurzfristig gestützt hatte. Die Hände griffen ins

Leere. Verzweifelt kämpfend versuchte er noch, sich seitlich auf einen Felsvorsprung zu wälzen. Vergeblich. Erst rutschte er immer schneller den Steilhang hinunter, dann verlor er den Kontakt zum Felsen und stürzte über eine fünfzig Meter hohe Steilwand ab. Er war auf der Stelle tot.

Kapitel 32

Leon hatte eine aufreibende Nacht hinter sich. Ein Patient, der vom Notarzt mit einem Schlaganfall eingeliefert worden war, hatte ihn die ganze Nacht auf Trab gehalten. Er musste dringend eine Runde pennen. Er holte sich die Erlaubnis, das Zimmer der Hauptwache des Pflegedienstes zu benutzen, streifte nur die Schuhe ab, zog eine Wolldecke über sich und war sofort eingeschlafen.

Als er aufwachte, war es schon halb elf. Scheiße! Tom hatte ihn in der Nacht noch angerufen und ihm aufgetragen, er sollte so früh wie möglich beim Studentenwerk wegen Walter Ploch nachfragen und Rückert informieren.

Sein Magen knurrte. Er ging in der Stationsküche vorbei und schnappte sich eine Banane, die in der Küche auf einem Tablett lag, offenbar von einem Patienten verschmäht. Dann machte er sich auf den Weg zum Studentenwerk.

Zum Glück traf er gleich auf seinen Bekannten, der ganz überrascht war, als er ihn fragte, wo Ploch seinen Urlaub verbringe: „Ulkig, dass du dich auch nach ihm erkundigst: Heute Morgen hat schon die Kripo nach ihm gefragt, ein Kommissar Rückel oder so ähnlich! Der wollte dringend seine Urlaubsadresse wissen. Und kurz darauf hat er sich noch einmal gemeldet, um mich zu informieren. Ploch ist tot."

Leon brachte keinen Ton heraus. Er setzte sich auf den Besucherstuhl. Das musste er erst einmal verdauen. Walter Ploch tot?

„Wie ist das passiert?"

„Es heißt, er ist beim Bergsteigen abgestürzt."

„Ich verstehe nur Bahnhof!"

„Genaueres weiß ich auch nicht. Da musst du bei der Kripo nachfragen."

Leon setzte sich gleich mit Jens Rückert in Verbindung.

„Ich habe gerade gehört, dass Herr Ploch tot ist. Haben Sie heute Morgen schon beim Studentenwerk angerufen? Ich habe nach dem Nachtdienst leider etwas verschlafen."

„Ja, ich hatte vergeblich versucht, Sie heute Nacht zu erreichen, und hab dann die Sache selbst in die Hand genommen, weil es eine neue Entwicklung gab, die keine Verzögerung zuließ", umschrieb er vorsichtig die Situation. Leon Bartel war ja noch völlig ahnungslos. „Übrigens: Tom Wieland habe ich schon informiert. Der wollte bei Lia vorbeifahren und ihr die Nachricht schonend beibringen."

„Dann kann ich ja beruhigt weiterpennen."

*

Tom hatte sich gleich nach Rückerts Anruf auf den Weg ins Biesalski-Haus gemacht. Er selbst empfand eine tiefe Trauer über den Tod eines Mannes, den der Schmerz um seine Tochter und seine Frau auf Abwege geführt hatte. Am Ende hatte ihn seine Hilfsbereitschaft das Leben gekostet. Die hilflose Wut, die Armin Gröger empfunden haben musste, als ein gewissenloser Chirurg sich über die geltenden hygienischen Standards hinweggesetzt hatte, nur um seine Geltungssucht zu befriedigen, konnte er nachvollziehen, und wenn die behandelnden Ärzte bei Härtefällen wie Nicole nur eine Spur Einfühlungsvermögen gezeigt hätten, wäre das alles nicht passiert. Es war ihm zum Heulen zumute.

Er wusste, dass Lia den Hausmeister schmerzlich vermissen würde. Er hatte sich so rührend um sie gekümmert. Tom verharrte vor ihrer Tür und überlegte, wie er ihr das beibringen sollte.

Lia hatte einen kleinen Akku-betriebenen Staubsauger in der Hand, als sie ihm öffnete, und sah verärgert aus, aber ihr ärgerlicher Gesichtsausdruck wich einem strahlenden Lächeln, als sie ihn sah.

„Du kommst gerade recht“, sagte sie erfreut. „Ich dusselige Kuh habe eine Packung mit Weizenkeimen fallen lassen, die ich mir immer ins Müsli mische. Ich hätte mich mehr darauf konzentrieren sollen. Stattdessen war ich mit meinen Gedanken ganz woanders. Ich habe überlegt, wo man die Tischtennisplatte am besten unterbringen kann, die für Ploch abgeliefert wurde.“

Sie hörte auf mit ihrer Selbstbeschimpfung, als sie sein ernstes Gesicht sah.

„Ist doch kein Beinbruch, es gibt Schlimmeres“, meinte er vage.

Jetzt erkannte sie, dass seine gedrückte Stimmung eine besondere Ursache haben musste. „Was ist passiert?“

Ihre direkte Frage erleichterte ihm die Antwort: „Walter Ploch ist tot.“

„Wie? Tot? Das kann doch gar nicht sein? Der ist doch im Urlaub, in Garmisch-Partenkirchen, soviel ich weiß.“

„Stimmt schon. Er ist beim Klettern in den Bergen abgestürzt.“

„Das glaube ich nicht. Der war doch immer so vorsichtig, und uns hat er auch immer zur Vorsicht gemahnt.“ Er sah, dass sich ihre Augen mit Tränen füllten.

„Soweit ich gehört habe, lag es nicht an ihm. Ein Kind hat den Halt verloren, und er ist beim Versuch, es in Sicherheit zu bringen, abgestürzt“, sagte er betrübt.

„Wie schrecklich, so ein lieber Kerl. Er war wie ein Vater zu mir und zu den anderen“, schluchzte sie.

Tom beugte sich zu ihr herunter und nahm sie in die Arme. Er selbst kämpfte plötzlich auch mit den Tränen.

Trotz ihrer eigenen Trauer bekam sie das mit und streichelte ihrerseits tröstend über seine Haare, dann küsste sie ihn zärtlich erst auf die Stirn, auf die Wangen, auf den Mund, so wie ihr gerade zumute war. Er erwiderte ihre Küsse, die immer inniger wurden. Die gemeinsame Trauer schlug in ein ganz anderes Gefühl um.

Nach einer Zeit lösten sie sich etwas verlegen voneinander.

„Wie kommt das?", fragte er. „Ich dachte immer, du schwärmst für Leon."

„Das war doch nur ein harmloser Flirt. Der Leon hat sich am Anfang um mich gekümmert, und er hat mich auch mal geküsst. Aber wir haben beide schnell gespürt, dass das nichts Richtiges ist. Das war mehr sein Helfersyndrom als echte Zuneigung, oder es fehlte ihm der Mut zu mehr oder beides. Jedenfalls ist der Funke nicht übergesprungen. Ich glaube, er ist mir auch einfach zu perfekt vorgekommen, ein bisschen wie ein Ritter in seiner eisernen Rüstung."

„Und für mich hast du mehr empfunden? Seit wann denn? Ich habe nichts davon mitbekommen", wunderte er sich.

„Eigentlich schon am ersten Tag, als wir Fritz bei Marie abgeliefert hatten und sie mir von deiner Krankheit erzählt hat. Du warst zwar auch sehr fürsorglich, aber anders, nicht so professionell, und gefallen hast du mir gleich. Aber ich wollte es mir am Anfang nicht eingestehen. Und wie war es bei dir?

„Ich habe dein Gesicht gesehen, beobachtet, wie du gelächelt, dich bewegt und gesprochen hast, und schon war es um mich geschehen."

„Und du kriegst es nicht mit der Angst zu tun?", fragte Lia.

Er wusste genau, was sie meinte.

„Wenn man verliebt ist, hat man vor nichts Angst. Lass es uns einfach ausprobieren."

„Aber wie stellst du dir das vor?" Für Lia war es undenkbar, dass er sich trotz ihrer Behinderung auf sie einlassen wollte.

„Kann ich dir gleich erklären", meinte er. „Meine Knie sterben gleich ab. Können wir aufstehen?"

„Ich leider nicht."

„Ich weiß doch, du Dummerchen. Ich zeige dir, wie ich das meine." Er erhob sich und hielt sie dabei fest in seinen Armen. Dann ließen sie sich eng umschlungen aufs Bett sinken.

„Jetzt lass ich dich nie mehr los."

„Ich habe nichts dagegen." Und im Großen und Ganzen stimmte das auch, als sie sich gegenseitig die Kleider abstreiften.

Später reinigten sie gemeinsam den Boden von den Weizenkeimflocken, die überall verstreut waren. Lia saugte den größten Teil auf, während Tom mit dem Putzlappen die Reste aufwischte. Sie kamen sich vor wie ein altes Ehepaar.

„Du machst dich gut so. Ich glaube, das ist das erste Mal, dass ich einen Mann mit einem Putzlappen sehe", sagte Lia und lachte.

„Für mich ist das ganz normal. Ich habe eine WG und bin schon lange mein eigener Hausmeister", entgegnete Tom betont würdevoll.

„Dann kannst du ja hier Plochs Job gleich mit übernehmen."

„Von wegen. Ich habe ja auch noch einen Beruf."

„Stimmt ja. Ich weiß noch viel zu wenig von dir."

Als der Boden wieder sauber war, erzählte er ihr die ganze Geschichte von Walter Ploch alias Armin Gröger.

„Das ist ja wie ein Albtraum. Stell dir vor, deine ganze Welt bricht plötzlich zusammen, und du kannst nichts dagegen tun. Für mich wird er immer als der hilfsbereite und liebenswerte Walter Ploch in Erinnerung bleiben, nicht als Killer. Der arme Kerl. Wenn wir das nur geahnt hätten. Vielleicht hätten wir ihm helfen können", sagte Lia bedauernd.

„Ich glaube, ihr habt ihm mehr geholfen, als ihr denkt. Er hat hier ein neues Leben begonnen. Es sieht ganz so aus, als wollte er mit seinem Rachefeldzug Schluss machen. Die Dateien waren ja schon im Papierkorb abgelegt. Und wenn der Mord an Boris Ezatow nicht passiert wäre, wäre man ihm wahrscheinlich gar nicht auf die Spur gekommen."

"Und ich hätte nicht auf den Waschbären schießen dürfen. Dann hätte Jens Rückert nichts von den Kieselsteinen erfahren."

„Hätte, wäre. Es ist vorbei. Walter Ploch hat gesühnt. Jetzt wollen wir nach vorn denken."

„Ja, du hast Recht. Was machen wir nun mit der Tischtennisplatte?"

„Wie wäre es mit einem kleinen Tischtennisturnier zu Plochs Ehren?"

„Gute Idee."

Kapitel 33

Nach langem Zögern raffte sich Jochen Haller endlich auf, bei Knippich anzurufen, um möglicherweise etwas über die Hintergründe des Brandanschlags auf Winzingers Haus zu erfahren. Es war ihm selbst nicht ganz wohl dabei. Er bedauerte schon, dass er Rückert seine Hilfe so spontan angeboten hatte.

„Knippich!", meldete sich sein Freund kurz.

„Hallo Dietmar. Ich bin's, Jochen."

„Collega?!" Immer wenn Dietmar diese Anrede benutzte, die er für seinen ehemaligen Doktoranden reserviert hatte, wusste dieser, dass Knippich Besuch hatte.

„Du bist nicht allein? Ich mache es ganz kurz. Die Kripo hat bei mir unter der Hand angefragt, wer hinter der Brandstiftung an Winzingers Haus stecken könnte. Und keiner kennt sich da besser aus als du. Du hast ja sicher gelesen, dass bei der Öffnung der Haustür jemand sehr geschickt vorgegangen ist. Hast du eine Ahnung, wer das gewesen sein könnte?"

„Einen Moment, bitte." Jochen Haller hörte Schritte, dann eine Tür klappern. Dann meldete sich Knippich wieder. „Besuch eines Nachbarn, der einen Anbau an sein Haus plant und meine Zustimmung braucht. Der braucht davon nichts mitzukriegen", entschuldigte er sich. „Also, ich wüsste schon jemanden. Ist der Vater eines schwer kranken Patienten, um den ich mich oft notfallmäßig gekümmert habe, als ich noch nicht im Ruhestand war, auch außerhalb der Dienstzeiten.

Der Vater ist bei einem Schlüsseldienst hier in Marburg tätig. Er hat mir angeboten, falls ich jemals vor verschlossener Haustür stehe, käme er zu jeder Tages- und Nachtzeit, um mir zu helfen. Wenn ich dir seinen Namen verrate, fällt das aber unter die ärztliche Schweigepflicht!"

Haller dachte nach. So neugierig er auch war: Unter diesen Bedingungen war es besser, nichts zu wissen. Rückert gegenüber konnte ihm in weinseliger Stimmung schon einmal der Name herausrutschen, und der wäre dann verpflichtet, ihn an seine Kollegen weiterzugeben.

„Dann behalte ihn besser für dich."

„Sehr vernünftig. Von mir erfährt die Polizei jedenfalls nichts. Den Denkzettel hat sich Winzinger redlich verdient. Er ist ja nur an seiner hochschulpolitischen Karriere, nicht an den Patienten interessiert. Vielleicht sorgt der Brandanschlag dafür, dass er wieder aus Marburg verschwindet. Das wäre das Beste für alle Beteiligten."

Mit etwas schlechtem Gewissen informierte Jochen Haller seinen Freund Jens telefonisch, dass Knippich nicht bereit sei, den Namen des mutmaßlichen Brandstifters preiszugeben, weil er den Hausbrand als gerechte Strafe für Winzinger betrachte. Er verschanze sich hinter seiner ärztlichen Schweigepflicht.

Am anderen Ende der Leitung gab es eine kurze Pause, so dass sich Haller schon Sorgen machte. Aber dann hörte er ein leises Lachen:

„Ich kann euch gut verstehen. An eurer Stelle würde ich auch so handeln. Meine Kollegen wissen ja noch nichts von dieser neuen Spur. Belassen wir es also dabei! – Sehen wir uns zum nächsten Doppelkopfabend bei Marie?"

„Natürlich."

Erleichtert legte Jochen Haller auf. Ihrer Freundschaft hatte die unterschiedliche Position in dieser Angelegenheit nicht geschadet.

Kapitel 34

Aus der geplanten Einweihung der Tischtennisplatte wurde eine richtige Veranstaltung zum Gedenken an Walter Ploch.

Die Bewohner des Biesalski-Hauses hatten Johannes Kehr, der jetzt kommissarisch Doktor Königs Aufgaben wahrnahm, gebeten, einige Worte über Ploch zu sagen. Als Tutor des Duisberghauses hatte er den Hausmeister nur oberflächlich gekannt, aber Tom hatte ihm mit Lias Unterstützung die notwendigen Informationen besorgt.

In dem Raum, der von Ploch im Einverständnis mit dem Studentenwerk extra zum Tischtennisraum umfunktioniert worden war, hatten sich alle eingefunden, die öfter mit dem Hausmeister zu tun gehabt hatten und sich ihm verbunden fühlten.

Auch Marie Döbus war gekommen. Schließlich hatte sie ebenfalls von Plochs Hilfsbereitschaft profitiert. Begleitet wurde sie von einer jungen Chinesin, der Austauschstudentin aus Hongkong, die Jochen Haller schon angekündigt hatte. Ihr Leistungsfach war zwar Fußball, aber, wie sich herausstellte, gehörte Tischtennis zu ihrem sportlichen Repertoire, so dass Lia und Tom die Hoffnung hatten, sie könne von Nutzen sein. Außerdem würde es für sie interessant sein zu sehen, wie die Deutschen mit behinderten Studenten umgingen.

Die kleine Feierlichkeit wurde von Dagmar mit einem virtuosen Stück von Telemann, Partita Nr. 5 in e-Moll, auf der Panflöte eingeleitet, bevor Johannes Kehr seine kurze Ansprache hielt.

Er begann mit einer Beschreibung der Tätigkeit Plochs als Hausmeister und hob dann hervor, dass er sich weit über seine Pflichten hinaus auch als väterlicher Freund um die behinderten Hausbewohner gekümmert habe.

„Was wir nicht wussten, war, dass ihn ein tragisches Schicksal aus der Bahn geworfen hatte. Es ist für uns alle unbegreiflich, wie dieser liebenswerte Mensch gleichzeitig zum unerbittlichen Rächer werden konnte. Er und seine Familie sind durch die Bürokratie und den Ehrgeiz einiger weniger Ärzte ins Unglück getrieben worden. Als das Rechtssystem versagt hat, hat er die Vergeltung selbst in die Hand genommen. Und er hat dafür gesühnt. Ich glaube, dabei sollten wir es belassen. Die Tischtennisplatte, die er noch kurz vor seiner Abreise bestellt hat, ist sozusagen sein Abschiedsgeschenk an Sie."

Er nickte Tom zu, der die weitere Moderation übernahm, da nun der Sport in den Vordergrund rückte.

„Die Lia Ferner kennt ihr inzwischen ja alle. Sie ist eigentlich Rollstuhlbasketballerin, hat nach ihrem Unfall in ihrer Reha bei Robert Krüger aber auch erste Erfahrungen im Rollstuhltischtennis gesammelt. Sie wird zusammen mit ihm ein Demonstrationsspiel zum Besten geben." Er zeigte auf einen Gast neben Lia, der auch im Rollstuhl saß. „Robert gehört zur deutschen Spitze im Rollstuhltischtennis und ist extra für dieses Spiel aus Bad Wildungen hierhergekommen, um euch in diese spezielle Form des Tischtennisspiels einzuführen."

Lia und Robert rollten in ihre Positionen und begannen, sich die Bälle zuzuschupfen, damit sich die Zuschauer auf das Spiel einstellen konnten. Dann trainierten sie ein bisschen Abwehr und Angriff, wobei Robert die Bälle so zuspielte, dass Lia sie gut zurückbringen konnte. Als es dann um Punkte ging, zeigte sich schnell, dass Robert, wie erwartet, weit überlegen war. Er siegte klar mit elf zu vier. Aber Lia machte dank ihrer Beweglichkeit in der Schulter und ihrer guten Reichweite keine schlechte Figur.

Dann durften die anderen Erfahrungen mit der ungewohnten Sportart sammeln. Die meisten waren mit Begeisterung bei der Sache, auch wenn die Ballwechsel sehr kurz ausfielen, weil die Erfahrung fehlte.

Zum Erstaunen aller meldete auch Marie Ansprüche an: „Das wäre doch auch was für mich. Ich habe früher immer gern Tischtennis gespielt, aber durch meine Rückenbeschwerden ging das in den letzten Jahren nicht mehr. Darf ich mal deinen Rollstuhl benutzen, Lia? Ich habe ungefähr deine Größe."

„Natürlich, einen Moment, ich muss mich nur nach einer Sitzgelegenheit umschauen."

Ehe sie es sich versah, fühlte sie sich in die Höhe gehoben und landete auf Toms Schoß. „Ist dir das recht?", fragte er leise. Sie war überwältigt, dass er sich so offen zu ihr bekannte. Statt einer Antwort schmiegte sie sich eng an ihn. Sie hätte ewig so sitzen können.

Marie brauchte nicht lange, um sich einzuspielen. Die veränderte Körperposition machte ihr am Anfang zu schaffen. Aber als sie sich daran gewöhnt hatte, bot sie Robert ganz gut Paroli. Robert lobte ihr gutes Auge und ihre Reaktionsfähigkeit, und meinte, sie könne bald bei ihnen mitspielen, wenn sie noch ein bisschen trainieren würde. Man müsste sich nur noch eine Behinderung für sie ausdenken.

„Reicht mein Alter nicht?", wandte Marie ein, „spätestens mit achtzig Jahren sollte man jederzeit Anspruch auf Behindertenstatus haben. Fast hätte ich den Antrag gestellt, ins Biesalski-Haus einziehen zu dürfen. Ich habe nur noch überlegt, was ich als Zweitstudium angeben könnte. Aber zum Glück habe ich Gesellschaft aus Hongkong bekommen. Jetzt halte ich es noch eine Weile in meinem Häuschen aus."

Nachdem das Gelächter abgeebbt war, sagte sie. „Zum Einstand habe ich euch übrigens etwas mitgebracht. Lia hat mich darauf gebracht, als sie mich kürzlich besucht hat. Wir haben da über Boule gesprochen, das ich von meinen Frankreichbesuchen gut kenne. Da dachte ich, ich bringe euch das Spiel mit."

Die meisten zogen ein bedenkliches Gesicht. Für die Mehrzahl von ihnen war das sicher nichts.

„Keine Angst. Ihr braucht euch nicht ständig zu bücken. Das ist auch für mich nichts mehr. Kommt mal mit hinters Haus", räumte Marie ihre Vorbehalte aus.

Als sie alle dort versammelt waren, ließ sie eine silbern glänzende Boule-Kugel auf den Rasen fallen. Dann löste sie eine unscheinbare Kette von ihrem Hals und ließ das eine Ende nach unten gleiten, dahin, wo die Kugel lag. Das andere behielt sie in der Hand. Ein leiser Klick, Kugel und Kette hatten Kontakt gefunden. Ein leichter Zug und die Kugel schwebte in der Luft.

„Magnetisch", erklärte sie. „Ich habe euch gleich ein paar Ketten mitgebracht."

Im Nu war sie von einem Grüppchen umringt, das lebhaftes Interesse am Boulespiel bekundete, während die anderen zurückgingen und sich weiter mit Tischtennis vergnügten.

Dagmar sah betrübt zu, wie die anderen ihren Spaß beim Tischtennis und Boulespiel hatten. Sie fühlte sich wie auf dem Abstellgleis. Das waren wieder Sportarten, von denen sie ausgeschlossen war. Fürs Tischtennisspiel waren ihre

Arme nicht lang genug, und die großen Boulekugeln waren nichts für ihre kleinen verformten Hände.

Tom, der ihre Enttäuschung sah, griff unter den Tischtennis-Tisch und zog einen grünen Karton hervor: „Ich glaube, das hat Herr Ploch extra für dich mitbestellt."

Tom hob einen zusammengefalteten brettartigen Gegenstand heraus und baute ihn auf. Er stellte sich als Miniaturausgabe einer Tischtennisplatte mit kurzen Füßen und kleinen handlichen Schlägern herausstellte, deren Griff sogar in ihre verformten Hände passte.

„Hat jemand mit so etwas Erfahrung?", fragte Tom in die Runde.

„Ja, ich", meldete sich Maries Begleiterin Ye Wang. „Das haben wir früher immer zur Abwechslung gespielt. Ist ein gutes Training für schnelle Ballwechsel, macht aber auch viel Spaß. Für Schüler gibt es sogar richtige Turniere mit Mini-Tischtennis."

Ye zog die Miniplatte ans Ende des großen Tischtennistisches und führte vor, wie man spielen konnte, wobei sie die weniger geschickte linke Hand zum Abblocken benutzte, während sie mit der rechten variabel spielte.

Dann probierte sie mit Dagmar aus, welche Schlägerhaltung für sie am besten geeignet war. Es zeigte sich, dass für ihre Finger der Penholdergriff, der früher von asiatischen Spielern bevorzugt wurde, am günstigsten war, und dann spielte sie Dagmar die Bälle so gekonnt zu, dass sie trotz der kleinen Schlägerfläche einige Male traf. Dagmar war überglücklich und konnte sich gar nicht beruhigen: „Dass Herr Ploch auch an mich gedacht hat!"

Schließlich gab es noch einen kleinen Schießwettbewerb mit Luftpistole, Zwille und Bogen, bei der alle Hausbewohner entsprechend ihren Möglichkeiten mitmachten und ihren Spaß hatten.

Am Schluss forderte Tom auch Lia, die inzwischen wieder in ihrem Rollstuhl Platz genommen hatte, auf, einen Bogen in die Hand zu nehmen.

„Du weißt doch, dass mir die Kraft dazu fehlt. Deshalb hat mir Walter Ploch das Schießen mit der Zwille beigebracht", meinte sie ein bisschen unglücklich. Sie hatte mehr Feingefühl von ihm erwartet.

„Ach, bitte. Du bist doch eine Kämpferin!" Tom blieb hartnäckig.

Lia tat ihm den Gefallen. Wenigstens wollte sie ihren guten Willen zeigen. – Sie schaffte es tatsächlich, die Sehne weiter als damals unter Plochs Aufsicht an sich heranzuziehen, aber bis zum Kinn war es doch noch ein gutes Stück. Sie wollte gerade aufgeben, da spürte sie plötzlich, wie etwas in ihre Arme griff und ihren Zug unterstützte, bis die Sehne eine Kerbe in ihre Nasenspitze grub. Sie war so überrascht, dass sie gar nicht richtig zielte, sondern einfach den Pfeil los ließ, der weit über die Zielscheibe hinwegflog und sich in das Holz des Schuppens bohrte, in dem die Gartenmöbel untergebracht waren.

Sie schaute sich nach ihrem Helfer um und erkannte zu ihrer Verblüffung ein skelettartiges Gebilde aus Drähten und Metallplatten.

„Was ist denn das?"

„Das ist einer meiner Fußballroboter, den ich etwas umgebaut habe", erklärte Tom. „Dieser hier ist extra für dich programmiert. Bei Bedarf kann der auch auf andere Größen und andere Leistungen umgestellt werden. Der kann dir sogar beim Aufstehen helfen."

Im Nu war Lia umgeben von den anderen, die den Roboter bestaunten.

„Das wäre ja fantastisch. Das muss ich gleich probieren."

Lia gelang es tatsächlich, mit Hilfe des Roboters langsam aufzustehen. Es war ein grandioses Gefühl, nach so vielen Jahren wieder stehen zu können. Mit Unterstützung des Roboters zog sie die Sehne des Bogens im Stehen erneut bis an die Nasenspitze, visierte diesmal in aller Ruhe das Ziel an und schickte den Pfeil im richtigen Winkel auf die Reise. Er traf den vor die Schießscheibe platzierten Luftballon, der mit lautem Knall zersprang.

Es gab einen unbeschreiblichen Jubel. Das war ein Funken Hoffnung für alle. Walter Ploch wäre begeistert gewesen.

ENDE

Nach einem brutalen Überfall wird der Fußballschiedsrichter Bernd Wölber mit einer Querschnittslähmung auf der Intensivstation der Inneren Medizin des Uniklinikums Marburg eingeliefert. Wenige Tage später wird er tot aufgefunden. Selbsttötung erscheint nicht ausgeschlossen. Kurz darauf stirbt auch sein ehemaliger Zimmernachbar bei einem Motorradunfall. Für die Polizei ist die Sachlage trotzdem klar: Selbstmord. Für Jochen Haller, inzwischen ordentlicher Professor am Sportwissenschaftlichen Institut, ist das ausgeschlossen. So schlittern er und seine Freunde in die Ermittlungen. Sie haben alle Hände voll zu tun, den vagen Spuren nachzugehen. Am Schluss präsentiert sich ihnen eine überraschende Lösung.

Meinungen zu
„Der Tod des Schiedsrichters"

„Und abermals bietet auch dises dritte Buch spannende Einblicke eines Insiders in die Welt der Wissenschaft und eines Uni-Klinikums. Außerdem bietet auch dieser neue Marburg-Krimi wieder viel Lokalkolorit" (Express 26.4.2012)

Der zweite Marburg
320 Seiten, broschiert Euro 8,90
ISBN 978-3-87185-404-0
Dustri-Verlag Dr. Karl Feistle

Sport-Mord: Marie Döbus, ehemalige Sportlehrerin, und ihr Dackel Poldi finden auf dem Dammelsberg, in der Nähe des Marburger Schlosses, einen Toten. Es handelt sich um einen ehemaligen Radprofi, der mit der Dopingszene Kontakt hatte. Die Spuren führen ins Sportwissenschaftliche Institut der Uni Marburg, in dem geheimnisvolle Dinge passieren. Ein Stick mit Informationen über eine brandneue Nachweismethode von EPO verschwindet. Eine Doktorandin wird umgebracht. Ein Laborarzt macht lukrative Nebengeschäfte. Der Protagonist Jochen Haller, inzwischen Juniorprofessor und Antidoping-Experte, hat alle Hände voll zu tun, die Verbrechen aufzuklären und gerät dabei selbst ins Visier des Killers.

Meinungen zu „Sport-Mord"

"Jan Tilden nimmt sich für die Zeichnung seiner Charaktere Kollegen und Freunde zu Vorbildern und schafft so auch einen tragfähigen Querschnitt durch die Bevölkerung Marburgs. Motive und das Agieren der Protagonisten sind glaubwürdig und lassen die Leser mitzittern ... Tilden schreibt spannend und wartet immer wieder mit überraschenden Wendungen und Pointen auf" (Gießener Anzeiger)

"Neben allerlei Wissenswertem und Witzigem über Marburg bietet „Sport-Mord" auch interessante Einblicke hinter die Kulissen des Profisports" (Oberhessische Presse, Marburg)

Der Tod des Pathologen: Der Medizinstudent Jochen Haller, ein ambitionierter Ruderer, kentert bei einem Zusammenstoß mit einem Drachenboot auf der Lahn und entdeckt dabei im Schlamm des Flussbetts einen neuwertigen Motorroller mit Nummernschild. Die Besitzerin trifft er einen Tag später in der Pathologie wieder – als Leiche, die auf rätselhafte Weise kurz darauf verschwindet.
Die Jagd nach dem Mörder und Suche nach der Leiche beginnt. Jochen wird wegen seiner einschlägigen Kenntnisse des Marburger Klinikums in die Ermittlungen der Kripobeamten einbezogen und trägt entscheidend zur Lösung bei. Vielleicht hat der Täter auch mehr auf dem Kerbholz. Denn kurz bevor er überführt wird, wird der Chef der Pathologie ermordet.

Der erste Marburg-Krimi
256 Seiten, broschiert Euro 8,90
ISBN 978-3-87185-399-9
Dustri-Verlag Dr. Karl Feistle

Meinungen zu
„Der Tod des Pathologen"

"Jochen Haller ist der Held wider Willen im Krimi-Debüt, und natürlich würde der Leser allzu gern wissen, welche autobiografischen Züge des Autors in diesem Medizinstudenten stecken, der ins kalte Wasser geworden wird – anfangs buchstäblich, als der Sportruderer auf der Lahn beim Zusammenstoß mit einem Drachenboot schwimmen muß, später im übertragenen Sinn, als er in Mordermittlungen verwickelt wird: Haller entdeckt bei seinem unfreiwilligen Bad im Lahnschlamm einen Motorroller und einen Tag später in der Pathologie die Leiche der Zweiradfahrerin. Diese Tote verschwindet wenig später auf rätselhafte Weise, dafür gibt es ein weiteres Opfer: Der Chef der Pathologie wird ermordet. Tilden hat seine spannende Story mit viel Lokalkolorit versehen" (Oberhessische Presse)

"Jan Tilden kennt sich aus im medizinischen Milieu und in Marburg. Klinikgänge sind ihm ebenso vertraut wie Dienstpläne und Arbeitsabläufe" (Dr. Ulrike Röper ÄP DermatologieAllergologie)